中國語言文字研究輯刊

二二編

許學仁 主編

第 **24** 冊

《清華大學藏戰國竹簡（柒）‧
越公其事》考釋（下）

江秋貞 著

花木蘭文化事業有限公司

國家圖書館出版品預行編目資料

《清華大學藏戰國竹簡（柒）‧越公其事》考釋（下）／江秋貞
著 -- 初版 -- 新北市：花木蘭文化事業有限公司，2022〔民
111〕
目 2+156 面；21×29.7 公分
（中國語言文字研究輯刊　二二編；第 24 冊）
ISBN 978-986-518-850-4（精裝）
1.CST：簡牘文字　2.CST：研究考訂
802.08　　　　　　　　　　　　　　　　　110022450

ISBN-978-986-518-850-4

9 789865 188504

中國語言文字研究輯刊
二二編　　第二四冊　　　　　ISBN：978-986-518-850-4

《清華大學藏戰國竹簡（柒）‧
越公其事》考釋（下）

作　　者　江秋貞
主　　編　許學仁
總 編 輯　杜潔祥
副總編輯　楊嘉樂
編輯主任　許郁翎
編　　輯　張雅淋、潘玟靜、劉子瑄　美術編輯　陳逸婷
出　　版　花木蘭文化事業有限公司
發 行 人　高小娟
聯絡地址　235 新北市中和區中安街七二號十三樓
　　　　　電話：02-2923-1455／傳真：02-2923-1452
網　　址　http://www.huamulan.tw 信箱 service@huamulans.com
印　　刷　普羅文化出版廣告事業
初　　版　2022 年 3 月
定　　價　二二編 28 冊（精裝）　台幣 92,000 元

《清華大學藏戰國竹簡（柒）·
越公其事》考釋（下）

江秋貞　著

第三節　越勝吳亡

一、《越公其事》第十章「試民襲吳」

【釋文】

　　王監雪（越）邦之既苟（敬），亡（無）敢偏（偏）命，王乃犾（試）民。乃斂（竊）焚舟室，鼓命邦人【五十九下】救火。譽（舉）邦走火，進者莫退，王思（懼），鼓而退之，死者昌=（三百）人。王大憙（喜），亖（焉）卽（始）蠿（絕）吳之行李（李），母（毋）或（有）徍（往）【六十】秂（來），以交之此（訾），乃誩（屬）邦政於夫=（大夫）住（種），乃命軛（范）羅（蠡）、太甬大鬲（歷）雪（越）民，必（比）卒（卒）加（勒）兵，乃由王卒（卒）君子卒（六千）。王【六一】卒（卒）既備，舟鼉（乘）既成，吳市（師）未忌（起），雪（越）王句戔（踐）乃命鄾（邊）人敢（取）息（怨），弁（變）圂（亂）厶（私）成，舀（挑）起息（怨）嗇（惡），鄾（邊）人乃【六二】相戉（攻）也，吳市（師）乃忌（起）∟。吳王起市（師），軍於江北。雪（越）王起市（師），軍於江南。雪（越）王乃中分亓（其）市（師）以為右（左）【六三】軍、右軍，以亓（其）厶（私）卒（卒）君子卒=（六千）以為中軍。若（諾）明日酒（將）舟戰（戰）於江。及昏，乃命右（左）軍監（銜）梲（枚）穌（溯）江五【六四】里以須，亦命右軍監（銜）梲（枚）渝江五里以須，夌（夜）中，乃命右（左）軍、右軍涉江，鳴鼓，中水以壐。【六五】吳市（師）乃大戏（駭），曰：「雪（越）人分為二市（師），涉江，酒（將）以夾□（攻）我師。」乃不□（壐）旦，乃中分亓（其）市（師），酒（將）以御（禦）之。【六六】雪（越）王句戔（踐）乃以亓（其）厶（私）卒（卒）卒=（六千）斂（竊）涉。不鼓不喿（噪）以渧（侵）攻之，大圂（亂）吳市（師）。左軍、右軍乃述（遂）涉，戉（攻）之。【六七】吳市（師）乃大北，疋（三）戰（戰）疋（三）北，乃至於吳。雪（越）市（師）乃因軍吳=（吳，吳）人昆奴乃內（納）雪=市=（越師，越師）乃述（遂）閤（襲）吳。∟【六八】

【簡文考釋】

（一）王監睪（越）邦之既苟（敬），亡（無）敢徧（偏）命①，王乃犾（試）民②。乃敆（竊）焚舟室③，鼓命邦人【五十九下】救火④。舉（舉）邦走火，進者莫退，王愳（懼），鼓而退之，死者晶=（三百）人⑤。王大憙（喜），亥（焉）旬（始）醫（絕）吳之行李（李）⑥，母（毋）或（有）徍（往）【六十】婎（來），以交之此（訾），乃誯（屬）邦政於夫=（大夫）住（種）⑦，乃命軛（范）羅（蠡）、太甬大鬲（歷）睪（越）民⑧，必（比）卒（卒）加（勒）兵⑨，乃由王卒（卒）君子卒（六千）⑩。

1. 字詞考釋

①王監睪（越）邦之既苟（敬），亡（無）敢徧（偏）命

原考釋隸「徧」為「蹋」：

> 監，明察。《書‧酒誥》：「人無于水監，當于民監。」苟，《說文》：「自急敕也。从羊省，从包省，从口，口猶慎言也。」《廣韻》紀力切，與艸部「苟」異字，「敬」字所從。簡文中用為「敬」。蹋命，不聽從命令。〔註1545〕

何家興已於第九章把「蹋」字改隸為「徧」讀「偏」，本章同改隸「蹋」字為「徧」。以為該段講述越王身邊的親近不敢不公正，無有結黨營私：

> 《越公其事》簡58、59相關內容如下：

> 敿（禁）禦莫【58】徧（偏），民乃整（敕）齊。王監雽（越）邦之既苟（敬），亡敢徧（偏）命（令），王乃試民。

> 該段講述越王身邊的親近不敢不公正，無有結黨營私。我們認為「徧」讀「偏」。《尚書‧洪範》「無偏無陂，遵王之義。」「無偏無黨，王道蕩蕩」；《潛夫記‧釋難》「無偏無頗，親疏同也」等可與對讀。關於「徧（偏）命」，我們疑即承上所說的「禁禦無敢徧

〔註1545〕清華大學出土文獻與保護中心編、李學勤主編：《清華大學藏戰國竹簡（柒）》，上海，中西書局，2017年4月，頁146，注1。

（偏）命」，意思是禁禦不敢行不正之令，越王於是試民。〔註1546〕

子居認為「徾」如何家興當釋為「徧」讀為「叛」：

> 整理者讀為「躍」的字，原作「𢻹」，見於《越公其事》第九章及
> 本章，何家興先生《〈越公其事〉「徧」字補說》文已指出當是「徧」
> 字，筆者以為，「徧」當讀為「叛」（可參看《古字通假會典》第105
> 頁「徧與半」條，濟南：齊魯書社，1989年7月），《左傳・襄公三
> 十一年》：「吾愛之，不吾叛也。」孔疏引劉炫云：「叛，違也。」《論
> 語・雍也》：「君子博學于文，約之以禮，亦可以弗畔矣。」何晏《集
> 解》引鄭玄注：「弗畔，不違道。」故「叛命」即違命，「莫叛」即
> 莫違。〔註1547〕

羅云君認為第十章開頭是總結第九章兩個主題「敬」和「命」：

> 從「五政」敘述的結構來看，此「王監雩（越）邦之既苟（敬），亡
> （無）敢（躍）命」乃是對第九章的總結，因此第九章的主題包括
> 兩方面，其一與「敬」相關，其二與「命」相關。〔註1548〕

秋貞案：

「監」，《國語・周語上》「使監謗者」、「后稷監之」、《晉語三》：「監戒而
謀」韋昭注：「監，察也。」〔註1549〕「既」，盡也。《易・臨》「既憂之，無咎。」
孔穎達疏。《說卦》：「既成萬物也。」焦循章句。〔註1550〕本簡59下「苟」字
形「𦰩」和簡53「敬」（敬、敬）、簡58「敬」（敬）字相較省了右
旁「戈」形。「敬」上古音在見母耕部，「苟」是見母職部，聲同韻旁對轉。
〔註1551〕「𦰩」，原考釋釋為「敬」可從。這裡原考釋釋「亡敢徾命」的「徾」
（𢻹），筆者認為應該從何家興改隸為「徧」，為「亡敢徧命」。字形的考釋
請參見第九章簡59「敵御莫徧」條。「徧」即「偏」，《書・洪範》：「無偏無

〔註1546〕何家興：《〈越公其事〉「徧」字補說》，http://www.ctwx.tsinghua.edu.cn/publish/cetrp/
6842/2017/20170507235618333625818/20170507235618333625818_.html，20170507。

〔註1547〕子居：〈清華簡七《越公其事》第十、十一章解析〉，http://www.xianqin.tk/2017/
12/13/418，20171213。

〔註1548〕羅云君：《清華簡《越公其事》研究》，東北師範大學，2018年5月，頁107。

〔註1549〕宗福邦、陳世鐃、蕭海波主編：《故訓匯纂》，商務印書館，2007年9月，頁1537。

〔註1550〕宗福邦、陳世鐃、蕭海波主編：《故訓匯纂》，商務印書館，2007年9月，頁1004。

〔註1551〕陳新雄：《古音學發微》，文史哲出版社，1983年二月三版，頁1089。

陂，遵王之義。」孔安國傳：「不平也。」《大戴禮記・曾子天圓》：「偏則風」王聘珍解詁：「偏，不正也。」〔註1552〕「亡敢徧命」意即「不敢對王命有所偏頗不正」。子居認為「徵」釋為「徧」是對的，但是再釋「徧」為「叛」則不必。「王監峚邦之既茍，亡敢徧命」意指「越王查察全越國都已恭敬遵從，對王的命令不敢有所偏頗的時候。」

②王乃犾（試）民

原考釋：

> 犾，讀為「試」，試探。《呂氏春秋・用民》：「句踐試其民於寢宮，民爭入水火。」〔註1553〕

子居認為所謂「試民」即傳世文獻中的「蒐」、「閱」，所試的「民」皆是兵士。「民」本對應於「邦人」、「臣」，等級身份則至少是「士」：

> 所謂「試民」即傳世文獻中的「蒐」、「閱」，所試的「民」皆是兵士，《尉繚子・勒卒令》：「三軍之眾，有分有合，為大戰之法，教成，試之以閱。」即此「試民」。筆者在《清華簡〈厚父〉解析》中曾提到：「值得特別提出的是，《厚父》篇中的『民』並非是現代意義上的人民、民眾之義，而是指有職位的臣屬，下文『臣民』連稱就體現出了這一點。不惟《厚父》篇如此，清華簡《尹至》、《尹誥》篇中的『民』同樣可以明顯看出並非泛指民眾，甚至不晚於春秋後期的各篇文獻，其中的『民』也基本都是指此義。由此上推，就不難知道，西周金文中的『民』也當都解為臣屬。」〔註1554〕以此故，春秋時所謂野人的無職者，雖然在「人」的範疇內，但並不在「民」的範疇之內。《墨子・兼愛中》稱「昔越王句踐好士之勇，教馴其臣和合之，焚舟失火。」《越公其事》則稱「王乃試民……鼓命邦人救火」，猶可見「民」本對應於「邦人」、「臣」，等級身份則至少是「士」。對比《越公其事》第七章「東夷、西夷、姑蔑、

〔註1552〕宗福邦、陳世鐃、蕭海波主編：《故訓匯纂》，商務印書館，2007年9月，頁144。

〔註1553〕清華大學出土文獻與保護中心編、李學勤主編：《清華大學藏戰國竹簡（柒）》，上海，中西書局，2017年4月，頁146，注2。

〔註1554〕清華大學出土文獻研究與保護中心：http://www.ctwx.tsinghua.edu.cn/publish/cetrp/6831/2015/20150428171432545304531/20150428171432545304531_.html，2015年4月28日。

句吳四方之民乃皆聞越地之多食、政薄而好信，乃頗往歸之，越地
乃大多人。」是「民」的泛化且與「人」對應，大致就是在《墨子·
兼愛中》至《越公其事》的成文時段轉化完成的。〔註1555〕

秋貞案：

《越公其事》上一章說什麼，下一章開頭即點出什麼。第九章最末說「民
乃整齊」，而第十章開頭卻說「王監瞇（越）邦之既苟（敬）」可見得「敬」就
指「民乃整齊」，意指「越國全體臣民對越王的法律命令嚴格遵守。

「犾」字形「犾」從「犬」，「弋」聲，原考釋讀為「試」可從。《論語·
衛靈公》：「子曰：『吾之於人也，誰毀誰譽？如有所譽者，其有所試矣。斯民
也，三代之所以直道而行也。』」「試」即是「考驗」、「試驗」。「試民」就是
「考驗人民」。「王乃犾民」指「越王開始試探考驗人民（是否真的唯王命是
從）。」子居認為「民」為士，即使在《厚父》、《尹至》、《尹誥》中有此可能，
但是《越公其事》中並無確證。《尉繚子·勒卒令》中「試之以闐」一句指大
戰前的試演，《左傳》中楚晉之戰。上博九《成公？兵》都有類似的記錄，但
不能據此說所有的「試」都是「蒐」、「閱」，《越公其事》此處只是句踐偷偷
燒船以測試「民」的忠誠度與「蒐」、「閱」無關。

③乃廠（竊）焚舟室

原考釋：

「竊」從廠，《字彙補》：「廠，古竊字。」《墨子·兼愛中》：「昔越
王句踐好士之勇，教馴其臣和合之，焚舟失火。」《太平御覽·宮
室部》引《墨子》作「自焚其室」。黃紹箕云：「《御覽》引作『焚
其室』，竊疑本作『焚舟室』。《越絕外傳·記越地傳》云：『舟室
者，句踐船宮也。』蓋即教舟師之地。故下篇云：『伏水火而死者，
不可勝數也』，言或赴火或蹈水，死者甚眾也。後人不喻舟室之義，
則誤刪『舟』字，校本書者又刪『室』字，遂至歧互矣。」詳見
孫詒讓《墨子閒詁》。

子居認為本節的試民內容有《墨子·兼愛中》、《墨子·兼愛下》、《呂氏春

秋‧用民》、《韓非子‧內儲說》等等的內容到《越公其事》稱「鼓命邦人救火，舉邦走火」都是《越公其事》晚於《墨子‧兼愛中》而早于《呂氏春秋》的特徵。《韓非子‧內儲說》的赴火、赴水，當也是從《墨子‧兼愛下》的「伏水火而死」和《呂氏春秋‧用民》的「民爭入水火」類似記述衍生出的內容：

> 本節的試民內容，若將先秦文獻相關部分都列出，有《墨子‧兼愛中》：「昔越王句踐好士之勇，教馴其臣，和合之焚舟失火，試其士曰：『越國之寶盡在此！』越王親自鼓其士而進之，士聞鼓音，破碎亂行，蹈火而死者左右百人有餘，越王擊金而退之。」《墨子‧兼愛下》：「昔者越王句踐好勇，教其士臣三年，以其知為未足以知之也，焚舟失火，鼓而進之，其士偃前列，伏水火而死，有不可勝數也。當此之時，不鼓而退也，越國之士可謂顫矣。故焚身為其難為也，然後為之越王說之，未踰於世而民可移也，即求以鄉上也。」《呂氏春秋‧用民》：「句踐試其民于寢宮，民爭入水火，死者千余矣，遽擊金而卻之；賞罰有充也。」《韓非子‧內儲說》：「越王問于大夫文種曰：『吾欲伐吳可乎？』對曰：『可矣。吾賞厚而信，罰嚴而必。君欲知之，何不試焚宮室？』於是遂焚宮室，人莫救之，乃下令曰：『人之救火者，死，比死敵之賞。救火而不死者，比勝敵之賞。不救火者，比降北之罪。』人塗其體被濡衣而走火者，左三千人，右三千人。……故越王將複吳而試其教，燔台而鼓之，使民赴火者，賞在火也，臨江而鼓之，使人赴水者，賞在水也，臨戰而使人絕頭剖腹而無顧心者，賞在兵也，又況據法而進賢，其助甚此矣。」相較之下，《墨子‧兼愛中》稱「左右百人有餘」，《越公其事》稱「三百人」，《呂氏春秋‧用民》稱「死者千餘矣」；《墨子‧兼愛中》稱「鼓其士而進之」，《越公其事》稱「鼓命邦人救火，舉邦走火」，都是《越公其事》晚於《墨子‧兼愛中》而早于《呂氏春秋》的特徵。與此類似，《韓非子‧內儲說》的赴火、赴水，當也是從《墨子‧兼愛下》的「伏水火而死」和《呂氏春秋‧用民》的「民爭入水火」類似記述衍生出的內容。〔註1556〕

〔註1556〕子居：〈清華簡七《越公其事》第十、十一章解析〉，http://www.xianqin.tk/2017/12/13/418，20171213。

秋貞案：

原考釋釋「敿」為「竊」，可從。「竊」，《孟子·離婁下》：「其義則丘竊取之矣」，焦循正義：「竊，私也」《呂氏春秋·知士》「孟嘗君竊以諫靜郭君。」高誘注：「竊，私也」。〔註1557〕《墨子閒詁·兼愛中》：「昔越王句踐好士之勇，教馴其臣，和合之焚舟失火，試其士曰：『越國之寶盡在此！』越王親自鼓其士而進之。士聞鼓音，破碎亂行，蹈火而死者左右百人有餘。越王擊金而退之。」孫詒讓注「焚舟失火」，舟非藏寶之所。御覽宮室部引《墨子》作「自焚其室」，孫疑「舟」當作為「內」，內謂寢室。「內」、「舟」形近而訛。《非攻中》篇有「徙大舟」，「舟」訛作「內」，可與此互證。」孫詒讓也指出黃紹箕說「焚舟室」，《越絕外傳·記越地傳》云：「『舟室者，句踐船宮也』，蓋即教舟師之地」，黃其說亦通，孫說：

> 「馴」讀為「訓」，詳脩身篇。「和合之」此三字無義，疑當作「私令人」，屬下讀。「焚舟失火」，舟非藏寶之所，御覽宮室部引墨子作「自焚其室」。疑「舟」當作為「內」，內謂寢室。《呂氏春秋用民篇》云：「句踐試其民於寢宮，民爭入水火死者千餘矣，遽擊金而卻之」，劉子《新論·閱武》篇同。《韓非子·內儲說上》篇亦云：「焚宮室」，並與此事同。「內」、「舟」形近而訛。《非攻中》篇「徙大舟」，「舟」訛作「內」，與此可互證。下篇亦同。黃紹箕云：「御覽引作『焚其室』，竊疑本當作『焚舟室』。《越絕外傳記越地傳》云：『舟室者，句踐船宮也』，蓋即教舟師之地，故下篇云：『伏水火而死者，不可勝數也』，言或赴火，或蹈水死者甚眾也。後人不喻舟室之義，則誤刪『舟』字，校本書者又刪『室』字，遂致歧互矣。」案：黃說亦通。

古代典籍《墨子》、《韓非子》、《呂氏春秋》中或作「舟室」，或作「其室」或如孫詒讓所謂「內」等，可見前人所見版本諸多莫衷一是。楚簡《越公其事》的簡59「乃敿焚舟室」的「舟」字作「（字形）」、簡62「舟籗既成」的「舟（字形）」、簡64「牆舟戰於江」的「舟（字形）」，其為「舟」字無誤。我們

可以說楚簡《越公其事》在此爭論上提供了直接有力的證據。

子居說：《墨子‧兼愛中》稱「左右百人有餘」，《越公其事》稱「三百人」，《呂氏春秋‧用民》稱「死者千餘矣」；《墨子‧兼愛中》稱「鼓其士而進之」，《越公其事》稱「鼓命邦人救火，舉邦走火」，都是《越公其事》晚於《墨子‧兼愛中》而早于《呂氏春秋》的特徵。他認為《越公其事》比《墨子‧兼愛中》的記敘繁雜，而《呂氏春秋》又比《越公其事》繁雜，因此可以證明《越公其事》晚於《墨子‧兼愛中》而早於《呂氏春秋》。這是疑古時代顧頡剛所提出「層累造成」的古史說的論證法，現在看來說服力是不夠的。「乃斂焚舟室」即「私自偷偷放火燒船屋」。

④鼓命邦人【五十九下】救火

原考釋：

> 鼓字作「鼔」，左側訛書。鼓命，擊鼓而命。救火，《國語‧晉語四》：「呂甥、冀芮畏偪，悔納公，謀作亂，將以己丑焚宮室，公出救火而遂弒之。」〔註1558〕

郭洗凡認為「鼓」從「攴」、「支」或者「殳」都可以，沒有明顯的區別：

> 整理者觀點正確。金文「鼓」字有的從「攴」有的從「支」古文字中凡是像手拿物品擊打的動作，從「攴」、「支」或者「殳」都可以，沒有明顯的區別。〔註1559〕

子居認為先秦時一般多是鼓之而進，鳴金而退。因此《越公其事》當晚於《墨子‧兼愛下》，另一方面也說明《越公其事》的編撰者沒有任何從軍習武的經歷，只是基於搜集到的材料編撰內容，以至於對相關情況多有誤識：

> 先秦時一般多是鼓之而進，鳴金而退，《墨子‧兼愛下》稱「不鼓而退」尚為不失，《越公其事》稱「鼓而退之」則當是誤解了《墨子‧兼愛下》的「不鼓」，因此這一方面說明《越公其事》當晚於《墨子‧兼愛下》，另一方面也說明《越公其事》的編撰者沒有任何從軍習武的經歷，只是基於搜集到的材料編撰內容，以至於對相關情況多有

〔註1558〕清華大學出土文獻與保護中心編、李學勤主編：《清華大學藏戰國竹簡（柒）》，上海，中西書局，2017 年 4 月，頁 146，注 1。
〔註1559〕郭洗凡：《清華簡《越公其事》集釋》，安徽大學碩士學位論文，2018 年 3 月，頁 97。

誤識。〔註1560〕

秋貞案：

簡 59「鼓」字作「🝞」形，原考釋認為是訛書，筆者認為「🝞」形不一定是訛書。可以參考筆者論文第一章簡 8「王親鼓之」的考釋。這個從「朝」形的「鼓」字，出現在《越公其事》簡文中，正好可以提供我們一種新的「鼓」形的認識。「鼓」作動詞「擊鼓」義。原考釋說「鼓命」，擊鼓而命，可從。

「邦人」，西周到春秋大約採行的制度，居住在城邑之內的國人，住在城外的基本上是野人。春秋末期越國的邦人，其範圍是否有擴大，還須要考慮。「鼓命邦人救火」指「擊鼓命令國人救火」。

⑤墾（舉）邦走火，進者莫退，王思（懼），鼓而退之，死者言＝（三百）人

原考釋：

> 走火，奔走救火。《韓非子・外儲說右下》：「救火者，吏操壺走火，則一人之用也；操鞭使人，則役萬夫。」〔註1561〕

子居認為走火即趨火，本身應該並沒有救火義，並不是「奔走救火」。「走火」在先秦僅見稱於《越公其事》和《韓非子》，也即韓非當讀過源自《越公其事》而有所增益的某種語類材料：

> 走火即趨火，本身應該並沒有救火義，所以嚴格的說，並不是「奔走救火」。由於「走火」在先秦僅見稱於《越公其事》和《韓非子》，因此二者間當存在著文獻上的傳承脈絡，也即韓非當讀過源自《越公其事》而有所增益的某種語類材料。〔註1562〕

秋貞案：

「走火」即為火而奔走，意思等於奔走救火。「墾邦走火」即「全國奔走

〔註1560〕子居：〈清華簡七《越公其事》第十、十一章解析〉，http://www.xianqin.tk/2017/12/13/418，20171213。

〔註1561〕清華大學出土文獻與保護中心編、李學勤主編：《清華大學藏戰國竹簡（柒）》，上海，中西書局，2017 年 4 月，頁 146，注 5。

〔註1562〕子居：〈清華簡七《越公其事》第十、十一章解析〉，http://www.xianqin.tk/2017/12/13/418，20171213。

救火」。「毀邦走火，進者莫退，王愳，鼓而退之，死者晉＝人」意即「全國都奔走救火，只有前進沒有後退，越王感到驚懼，擊鼓命令救火者退去，死者有三百人」。

⑥王大憙（喜），亖（焉）訋（始）鐅（絕）吳之行李（李）

原考釋：

《左傳》僖公三十年「行李之往來，共其乏困」杜預注：「行李，使人。」〔註1563〕

海天遊蹤認為行李就是行使，行人、使人之謂：

簡60「王大喜，焉始絕吳之行李」，「行李」可括讀為「行使」。「李」是「使」的假借字，行李就是行使，行人使人之謂。通假例證如同《繫年》簡137：「王命坪（平）亦（夜）悼武君李（使）人於齊陳淏求師。」參考張富海〈清華簡《繫年》通假柬釋〉。〔註1564〕

林少平認為「行李」或是吳越邊境之要塞，《越絕書》作「就李」是引發吳越交惡的敏感地名：

簡文「焉始絕吳之行李」，其中「行李」或是吳越邊境之要塞。《越絕書》作「就李」，有「范蠡興師戰于就李，闔廬見中於飛矢」的記載，是引發吳越交惡的敏感地名，稱之為「就李之恥」。《三松堂集》引作「醉李」。〔註1565〕

子居認為「行人」先秦時外交官的標準稱，「行李」一詞較晚出現。「焉始」即《尚書·呂刑》的「爰始」，這個詞彙在先秦傳世文獻中的用例甚少，但在清華簡中則高頻出現，除本篇外，清華簡《系年》中七見，清華簡《楚居》中一見。由此或可推測，清華簡《系年》、《楚居》、《越公其事》很可能是同一個人編撰成篇的，應該是一個標準的史官類中高層文職官員：

先秦時外交官的標準稱謂是「行人」，凡「行李」、「行理」、「行使」當皆是晚出的詞彙。「焉始」，即《尚書·呂刑》的「爰始」，這個詞

〔註1563〕清華大學出土文獻與保護中心編、李學勤主編：《清華大學藏戰國竹簡（柒）》，上海，中西書局，2017年4月，頁146，注6。
〔註1564〕簡帛論壇：「清華七《越公其事》初讀」，第101樓，20170429。
〔註1565〕簡帛論壇：「清華七《越公其事》初讀」，第138樓，20170502。

彙在先秦傳世文獻中的用例甚少，但在清華簡中則高頻出現，除本篇外，清華簡《系年》中七見，清華簡《楚居》中一見。由此或可推測，清華簡《系年》、《楚居》、《越公其事》很可能是同一個人編撰成篇的。考慮到《系年》中時間和歷史事件的若干錯訛，此人應該沒有見過《左傳》、《國語》等書，但能接觸到不少片段式的原始素材，此人的受教育程度頗高，卻沒有任何從軍經驗，因此應該是一個標準的史官類中高層文職官員。〔註1566〕

王青認為「女（焉）」當連上句讀。〔註1567〕

秋貞案：

此處的「行李」就如第三章簡15下的「事者」及「使人」及簡24的「使者」。可參考筆者在第三章「君雪公不命使人而夫=（大夫）親辱」中已作「使人」的考釋。「使人」不是低階的使役之人。林少平認為「行李」為地名「就李」。「就李」也有人寫作「檇李」地名。但「檇李之戰」發生的時間點在吳越夫椒之戰前。夫椒之戰後越王棲於會稽，求成吳國，行五政厲精圖治。此處的「行李」為「使人」，非地名「就李」。「女」釋「焉」，於是也。《墨子‧非攻下》：「湯焉敢奉率其眾。」孫詒讓閒詁引王紹蘭云：「焉之為言，於是也。」《墨子第四‧魯問》：「焉始為舟戰之器。」王念孫案。〔註1568〕「王大憙，女甶戀吳之行李」意即「越王感到大大心喜，於是開始斷絕和吳國的使者往來。」

⑦母（毋）或（有）徎（往）【六十】㒳（來），以交之此（訾），乃詎（屬）邦政於夫=（大夫）住（種）

原考釋斷讀為「母或徎㒳以交之，此乃詎邦政於夫=住」：

> 或，讀為「有」。不要有往來交往。〔註1569〕

> 此，乃。《禮記‧大學》：「有德此有人，有人此有土。」詎，讀為「屬」，委托。《左傳》隱公三年：「宋穆公疾，召大司馬孔父而屬

〔註1566〕子居：〈清華簡七《越公其事》第十、十一章解析〉，http://www.xianqin.tk/2017/12/13/418，20171213。

〔註1567〕王青：〈清華簡《越公其事》補釋〉，「出土文獻與商周社會學術研討會」會議論文集，2019年，頁323～332。

〔註1568〕宗福邦、陳世鐃、蕭海波主編：《故訓匯纂》，商務印書館，2007年9月，頁1357。

〔註1569〕清華大學出土文獻與保護中心編、李學勤主編：《清華大學藏戰國竹簡（柒）》，上海，中西書局，2017年4月，頁146，注7。

殤公焉。」〔註1570〕

馬楠認為「交」讀為「徼」，訓為「招致」：

> 交讀為徼，訓為招致。《吳語》「弗使血食，吾欲與之徼天之衷」，韋注：「徼，要也。」陳劍先生指出《繫年》簡【四三】之「交」，簡【一二九】【一三〇】之「迮」，當讀為「邀」或「徼」，義為「遮攔、截擊、阻截、攔擊」（復旦大學出土文獻與古文字研究中心讀書會：《〈清華（貳）〉討論記錄》，復旦網，2011 年 12 月 23 日）〔註1571〕

石小力認為「之」，代詞，指代夫差或者吳國，「此」當連上讀為「訾」，厭惡、恨也。本句的大意是勾踐斷絕吳國使人，不再和吳國交往，目的是招引夫差的怨恨，從而挑起兩國之間的戰爭：

> 「此」字整理者屬下讀。今按，當連上讀為「訾」，厭惡、恨也。《管子‧形勢》：「訾食者不肥體。」尹知章注「訾，惡也。」《逸周書‧太子晉解》：「四荒至，莫有怨訾，乃登為帝。」孔晁注：「訾，歎恨也。」之，代詞，指代夫差或者吳國。本句的大意是勾踐斷絕吳國使人，不再和吳國交往，目的是招引夫差的怨恨，從而挑起兩國之間的戰爭。〔註1572〕

易泉認為「此乃」語義重複。「此」當屬上讀，指代「吳之行李（使）」：

> 「此乃」語義重複。「此」當屬上讀，指代「吳之行李（使）」。《春秋繁露‧觀德》：「天地者，萬物之本、先祖之所出也，廣大無極，其德昭明，歷年眾多，永永無疆。天出至明，眾知類也，其伏無不炤也；地出至晦，星日為明不敢闇，君臣、父子、夫婦之道取之此。」〔註1573〕

悅園認為「此」字當上屬，疑「此」當讀為「些」，語已辭：

> 「易泉」先生認為「此」字當上屬，甚確，疑「此」當讀為「些」，

〔註1570〕清華大學出土文獻與保護中心編、李學勤主編：《清華大學藏戰國竹簡（柒）》，上海，中西書局，2017 年 4 月，頁 146，注 8。

〔註1571〕石小力整理：〈清華七整理報告補正〉，http://www.tsinghua.edu.cn/publish/cetrp/6831/2017/20170423065227407873210/20170423065227407873210_.html，20170423。

〔註1572〕石小力整理：〈清華七整理報告補正〉，http://www.tsinghua.edu.cn/publish/cetrp/6831/2017/20170423065227407873210/20170423065227407873210_.html，20170423。

〔註1573〕簡帛論壇：「清華七《越公其事》初讀」，第 102 樓，20170430。

語已辭，《說文》新附此字，注云：「些，語辭也。見《楚辭》。」《廣
雅・釋詁四》：「些，詞也。」《爾雅・釋詁下》「呰，此也」，釋文：
「些，謂語餘聲也。」《助字辨略》卷四：「些，語已之辭，猶云兮
也。」〔註1574〕

暮四郎認為贊同將「此」屬上讀，石小力先生的思路可從，「此」可讀為
「疵」，意為瑕疵、毛病。「交」讀為「徼」。「交（徼）之疵」，句
踐刻意不與吳國往來，以尋求瑕釁、挑起事端：

> 我們贊同將「此」屬上讀的意見。「此」似難以確定為語助詞。石
> 小力先生的思路可從。「交」讀為「徼」可信，不過似當解釋為求；
> 「此」可讀為「疵」，意為瑕疵、毛病，這裏指與吳國關係中出現
> 的麻煩。「交（徼）之疵」可參看《韓非子・大體》「不吹毛而求
> 小疵，不洗垢而察難知」。句踐刻意不與吳國往來，以尋求瑕釁、
> 挑起事端。〔註1575〕

蕭旭認為「此」屬下讀，「所以」、「因此」。「交」，交接、交往。詡，讀為
投，託也，致也，歸也：

> 整理者讀不誤，「此」屬下讀，猶故也（參見裴學海《古書虛字集
> 釋》，中華書局 1954 年版，第 678 頁），口語曰「所以」、「因此」。
> 「交」讀如字，交接、交往、聯繫義。詡，讀為投，託也，致也，
> 歸也。《廣韻》：「投，託也。」〔註1576〕

子居認為「往來」指聘問類國與國之間的外交交往，「往來以交之」相對於
「師以交之」而言。「此」當訓「是」，「此乃」即「是乃」，相當於傳世文獻中
的「於是乃」：

> 此處的「往來」指聘問類國與國之間的外交交往，「往來以交之」相
> 對于「師以交之」而言，「往來以交之」屬和平狀態，「師以交之」
> 屬交戰狀態。《系年》第二十三章：「鄭人侵榆關，陽城桓定君率榆

〔註1574〕簡帛論壇：「清華七《越公其事》初讀」，第 110 樓，20170430。
〔註1575〕簡帛論壇：「清華七《越公其事》初讀」，第 134 樓，20170502。
〔註1576〕蕭旭：〈清華簡（七）校補（二）〉，http://www.gwz.fudan.edu.cn/Web/Show/3061，
　　　　20170605。

關之師與上國之師以交之。」同樣可以看出《系年》與《越公其事》在措辭上的相似性。

「此」當訓「是」，「此乃」即「是乃」（見《古字通假會典》第584頁「此與是」條，濟南：齊魯書社，1989 年 7 月），相當於傳世文獻中的「於是乃」。「屬邦政于大夫」類似于清華簡《晉文公入于晉》的「屬邦耆老」和《鄭武夫人規孺子》的「孺子如毋知邦政，屬之大夫」，由此可見，清華簡若干篇章皆有著相似的措辭習慣。〔註1577〕

郭洗凡認為石小力的觀點可從，「此」當屬上讀，詆毀、非議的意思。意思是勾踐與吳國使臣斷絕友好關係，不再和吳國有聯繫，是為了讓夫差怨恨越國，進而讓吳越開戰：

石小力的觀點可從，此當屬上讀，為「訿」詆毀、非議的意思，《說文解字》：「訿，訿訿不思稱意也。從言，此聲。」簡文中的意思是勾踐與吳國使臣斷絕友好關係，不再和吳國有聯繫，是為了讓夫差怨恨越國，進而讓吳越開戰。〔註1578〕

羅云君認為「交」可如字讀，訓為交往。「以」作修飾詞，承前文「女（焉）訇（始）醢（絕）吳之行（李）」。即越國不僅要斷絕和吳國官方的外交活動，也禁止民間的交往：

「交」可如字讀，訓為交往。「母（毋）或（有）徃（往）坔（來）以交之」，「交」與「往來」構成一個義羣，即通過「往來」達到交往的目的，「以」作修飾詞，該句緊承前文「女（焉）訇（始）醢（絕）吳之行（李）」而言，即越國不僅要斷絕和吳國官方的外交活動，也禁止民間的交往。如此，與下文越國在邊境挑起事端，引發越滅吳之戰，順理成章。〔註1579〕

吳德貞認為如「易泉」所說。「此乃」語義重複。「此」字或屬上讀：

如「易泉」所說。「此乃」語義重複。雖可破讀為「茲乃」，但簡文

〔註1577〕子居：〈清華簡七《越公其事》第十、十一章解析〉，http://www.xianqin.tk/2017/12/13/418，20171213。

〔註1578〕郭洗凡：《清華簡《越公其事》集釋》，安徽大學碩士學位論文，2018 年 3 月，頁99。

〔註1579〕羅云君：《清華簡《越公其事》研究》，東北師範大學，2018 年 5 月，頁 109。

未見此種用法，則「此」字或屬上讀。〔註1580〕

何家歡認為「此」字當為衍文。「交」訓「交接」。先秦古書常見「於此」用於句尾，未見「之此」用例，且此字常通假為「是」，訓「這」：

> 此字當係衍文。交訓「交接」，「無有往來以交之」義為「越邦人沒有和吳國往來交接的。」後文「乃屬政於大夫種」亦通，且前後順承關係明晰。先秦古書常見「於此」用於句尾，未見「之此」用例。且此字常通假為「是」，訓「這」，出土文獻如睡虎地秦簡一〇四四至一〇四五號《日書乙・亡日》：「十二月二旬，凡以此往亡必得，不得必死。」一〇四七號《亡者》：「二旬，凡是往亡□□，不得必死。」傳世文獻如《孟子・公孫丑上》：「如此則無敵於天下。」（（清）阮元校刻《十三經注疏》，第 2690 中欄。）《周禮・司關》賈公彥疏引「此」作「是」（（清）阮元校刻《十三經注疏》，第 739 中欄。），可資比勘。〔註1581〕

秋貞案：

原考釋釋「此」為「乃」，「此乃」語意重複，讓人不禁懷疑。石小力先說「此」應上讀為「訾」，提供一個很好的思路。之後易泉、悅園及暮四郎都贊成「此」屬上讀。但是「此」的釋讀以石小力讀為「訾」，厭惡、恨也，比較適切。《逸周書・太子晉》：「四荒至，莫有怨訾，乃登為帝。」孔晁注：「訾，嘆恨也。」又當「詆毀、指責」意。《禮記・曲禮上》：「不登高，不臨深，不苟訾，不苟笑。」孔穎達疏：「相毀曰訾。」「交」可如馬楠釋為「徼」，要也。《國語晉語》「以徼天禍」韋昭注：「徼，要也。」〔註1582〕「交之此」即「要之訾」，招致吳國的指責怨恨。另外，筆者認為「此」屬上讀的原因是句法的關係。《越公其事》這裡寫到越王見舉國唯王命是從後大喜，於是開始一系列布置發動戰爭前的行動：「乃<u>詎（屬）</u>邦政於夫=住；<u>乃命</u>軩羅、太甬大鬲雩民，必卒加兵；<u>乃由</u>王卒君子卒」三句都是「乃＋（動詞）……」的句型。

〔註1580〕吳德貞：《清華簡《越公其事》集釋》，武漢大學碩士論文，2018 年 5 月，頁 94。

〔註1581〕何家歡：《清華簡（柒）《越公其事》集釋》，河北大學碩士論文，2018 年 6 月，頁 50。

〔註1582〕宗福邦、陳世鐃、蕭海波主編：《故訓匯纂》，商務印書館，2007 年 9 月，頁 768。

以此觀之，則可見這裡的「此」字屬上讀比較合乎整齊的句法。「母或徎夌，以交之此，乃誈邦政於夫=住」意指「不和吳國有往來，用以招致吳國的指責怨恨，於是把國內政治交給大夫種處理」。

⑧乃命虹（范）羅（蠡）、太甬大帚（歷）雩（越）民

原考釋：

> 太甬，清華簡《良臣》作「大同」。帚，讀為「歷」，數。《楚辭・離騷》「靈氛既告余以吉占兮，歷吉日乎吾將行」，朱熹《集注》：「遍數而實選也。」歷民，即料民。《國語・周語上》「宣王既喪南國之師，乃料民於大原」，韋昭注：「料，數也。」〔註1583〕

A.「太甬」考釋

石小力認為這裡的「太甬」為清華簡《良臣》中作「大同」。廣瀨薰雄則認為「大同」即古書的「舌庸」，並從古音和古書記載兩個方面做了論證，故「太甬」即是「舌庸」：

> 簡文的「大同」，過去學界曾有不同的意見，如整理者認為「大」字下脫合文符號，「大=同」即大夫種。在古書中，常見范蠡和文種（即大夫種）作為越王勾踐的良臣，且二人屢以並舉的形式出現，故整理者的說法得到了不少學者的肯定，也有一些學者雖然不同意誤脫合文符號，如陳偉先生在清華陸的發佈會上的講話指出「大」可能是「文」字的誤寫〔註1584〕，王挺斌先生後作專文證成陳說〔註1585〕，但也是將「大同」與「文種」聯繫起來的。此外羅小華先生提出「大」是「夫」之訛，「大同」其實是「夫同」或「扶同」，古書或誤作「逢同」。〔註1586〕以上各家說法皆在《良臣》篇存在訛誤的基礎上展開的，但訛誤必須有可靠的根據，否則難以令人信服。廣瀨薰雄先生

〔註1583〕清華大學出土文獻與保護中心編、李學勤主編：《清華大學藏戰國竹簡（柒）》，上海，中西書局，2017 年 4 月，頁 146，注 9。

〔註1584〕陳偉《〈清華大學藏戰國竹簡・良臣〉初讀——在《清華大學藏戰國竹簡（三）》成果發布會上的講話》，武漢大學簡帛網，2013 年 1 月 4 日。

〔註1585〕王挺斌：《再論清華〈良臣〉篇的「大同」》，「第五屆出土文獻研究與比較文字學全國博士生學術論壇」，西南大學，2015 年 10 月。

〔註1586〕羅小華《試論清華簡〈良臣〉的「大同」》，《管子學刊》2015 年第 2 期，頁 114～115。

則認為「大同」即古書的「舌庸」，并從古音和古書記載兩個方面做了論證。〔註1587〕

今據《越公其事》「大同」作「太甬」，且一句之中既出現「太甬」，又出現「大夫種」，人名「種」不用「同」字來表示，而是用「住」字來表示，由此可以確定《良臣》篇「大同」並非「大夫種」，故上引各家中以訛誤為說者皆不可信。《越公其事》所載「太甬」事跡與古書所載「舌庸」之事相近，可知廣瀨薰雄先生「大同」為「舌庸」說可信，《越公其事》的「太甬」也應當是「舌庸」。

《越公其事》之「太甬」和《吳語》之「舌庸」在越國的地位和職能是相同的，都是和范蠡一起率領越國的軍隊，可見二者確為一人。

過去，不少學者認為姑虞句鑃（《集成》424）中的器主「姑虞〔註1588〕昏同之子」之「昏同」即「舌庸」〔註1589〕，所謂的「昏」字原銘作▨，但與古文字中刮、括等所從的「舌（即昏）」作古、▨等形有別〔註1590〕，故廣瀨薰雄先生指出該字並非「昏」字，銘文的人名待考，與「舌庸」可能並非一人，但同時也不完全否定「昏同」為「舌庸」的可能性，態度十分審慎。現在根據楚簡中，「舌庸」作大同，太甬，「舌」字皆作「大」聲系之字，這進一步降低了姑虞句鑃的人名「昏同」為「舌庸」的可能性。〔註1591〕

〔註1587〕廣瀨薰雄《釋清華大學藏楚簡（叁）《良臣》的「大同」——兼論姑馮句鑃所見的「昏同」》，復旦大學出土文獻與古文字研究中心網站，2013年4月24日；《古文字研究》第30輯，中華書局，2014年9月，頁415。

〔註1588〕「虞」字釋讀從何琳儀先生（《戰國古文字典》，中華書局，1998年9月，第907頁）、李家浩先生（《關於姑馮句鑃的作者是誰的問題》（《傳統中國研究集刊》第七輯，2010年3月）說。

〔註1589〕楊樹達先生最早提出此說，見《姑鵬句鑃再跋》（《積微居金文說》，上海古籍出版社2007年10月版，第225～226頁），學者多讚同之，如李家浩先生《關於姑馮句鑃的作者是誰的問題》（《傳統中國研究集刊》第七輯，2010年3月）。

〔註1590〕參趙平安《續釋甲骨文中的「毛」、「舌」、「褔」——兼釋舌（昏）的結構、流變以及其他古文字資料中從舌諸字》，《華學》第四輯，紫禁城出版社，2000年8月；後收入趙平安《新出與古文字古文獻研究》，商務印書館，2009年12月。

〔註1591〕石小力：〈據清華簡（柒）補證舊說四則〉，http://www.ctwx.tsinghua.edu.cn/publish/cetrp/6842/2017/20170423064545430510109/20170423064545430510109_.html，20170423。

胡敕瑞透過對清華簡參《良臣》「大同」即「舌庸」的考證，從上古音及古代文獻得到相應的證據：

> 《清華大學藏戰國竹簡（叁）‧良臣》簡7有如下文字：雩（越）王句踐又（有）大[夫]同（種），又（有）軛（范）羅（蠡）。

> 整理者注：「『大』字下應脫合文符號。同、種均定母東部字。大夫種，見《古今人表》中上。」（清華大學出土文獻與古文字研究中心編，李學勤主編：《清華大學藏戰國竹簡（叁）》第157頁釋文、161頁注釋，中西書局，2012年）整理者認為「太甬」即「大同」，應該沒有問題。但是整理者認為「大同」就是「大夫種」，恐怕不能成立。〔註1592〕

他認為「大同」即「太甬」，就是傳世文獻中的「曳庸」、「洩庸」、「泄庸」、「舌庸」為同一人：

> 我們認為清華簡中的「大同」「太甬」，就是傳世文獻中的「舌庸」「曳庸」「洩庸」「泄庸」。

> 《吳越春秋》中的「曳庸」「洩庸」即《國語》中的「舌庸」。「曳」「洩」古音為餘紐、月部，「舌」古音為船紐、月部。「曳」「洩」與「舌」韻部相同，均為入聲月部；「曳」「洩」聲紐為喻四（餘紐），曾運乾《喻母古讀考》主「喻四歸定」說。「舌」的船紐，與定紐同為舌音全濁聲母。古人多舌音，不僅知、徹、澄讀如端、透、定，照三組的章、昌、船亦然（唐作藩：《漢語語音史教程》第23～24頁，北京大學出版社，2011年）。由此可見，「曳」「洩」與「舌」古音極其相似，「舌庸」「曳庸」「洩庸」是同一人名的異寫。

> 廣瀨薰雄先生曾論及清華簡的「大同」即古書的「舌庸」。他說「『舌』古音為船母月部，『大』為定母月部，兩者韻母相同，船母、定母

〔註1592〕陳偉先生曾指出「大」可能是「文」字的誤寫（陳偉《〈清華大學藏戰國竹簡‧良臣〉初讀——在《清華大學藏戰國竹簡（三）》成果發布會上的講話》，武漢大學簡帛網，2013年1月4日），王挺斌先生後作專文證成陳說（王挺斌《再論清華簡〈良臣〉篇的「大同」》，「第五屆出土文獻研究與比較文字學全國博士生學術論壇」，西南大學，2015年10月）。此注內容轉引自石小力先生《據清華簡（柒）補證舊說四則》，http://www.ctwx.tsinghua.edu.cn/，2017年4月23日。

同為舌音。齊、楚兩系文字的有些達字從舌聲，《說文》『達』有或體『达』，可作為『舌、大』相通的一個證據。」此外他還引用了《國語·吳語》記載舌庸的兩段話（即上文（1）（2）所引）。據此他得出結論，「可見舌庸和範蠡同樣在越王勾踐滅吳中扮演了極為重要的角色。從舌庸在勾踐臣下中的地位看，釋《良臣》的『大同』為『舌庸』也是極為合適的。」〔註1593〕

王寧認為這裡的「太」為楚簡中常見的「大」在右邊加一豎筆的寫法，現在看來這個所謂的「太」字恐怕的確不是「太」：

> 胡敕瑞先生認為「太甬」就是傳世文獻中的「舌庸」、「曳庸」、「洩庸」、「泄庸」。此「太」亦為楚簡中常見的「大」在右邊加一豎筆的寫法，清華簡六《鄭文公問太伯》中「太伯」的「太」也是這個寫法，筆者曾認為「太伯」當作「洩伯」，即洩駕，（《清華簡六〈鄭文公問太伯〉之「太伯」為「洩伯」說》，簡帛網 2016-05-08. http://www.bsm.org.cn/show_article.php?id=2547）二者適可互證。現在看來這個所謂的「太」字恐怕的確不是「太」，古書的「太」多作「大」，後或作「泰」，無作此形者。〔註1594〕

郭洗凡認為石小力的觀點可從，「舌庸」又稱「后庸」春秋時期越國大夫：

> 石小力的觀點可從，「舌庸」又稱「后庸」春秋時期越國大夫，《國語·吳語》：於是越王勾踐乃命范蠡、舌庸，率師沿海溯淮以絕吳路。

〔註1595〕

王青認為，「甬」，《釋詁》訓為常，疑太甬即太常，當指太常之官，至於是何人，待考。因上一句簡文提到「屬邦政于大夫種」，所以這裡也不會是指文種。〔註1596〕

〔註1593〕廣瀨薰雄《釋清華大學藏楚簡（叁）《良臣》的「大同」——兼論姑馮句鑃所見的「昏同」》，復旦大學出土文獻與古文字研究中心網站，2013 年 4 月 24 日；《古文字研究》第 30 輯，中華書局，2014 年 9 月，第 415～416 頁

〔註1594〕簡帛論壇：「清華七《越公其事》初讀」，第 165 樓，20170506。

〔註1595〕郭洗凡：《清華簡《越公其事》集釋》，安徽大學碩士學位論文，2018 年 3 月，頁99。

〔註1596〕王青：〈清華簡《越公其事》補釋〉，「出土文獻與商周社會學術研討會」會議論文集，2019 年，頁 323～332。

秋貞案：

石小力認為這裡的「太甬」應該就是清華簡《良臣》中的「大同」。當《清華叁‧良臣》出來之後，簡7：「越王句踐有大同，有范蠡。」很多學者對「大同」有意見，陳偉認為「大」可能是「文」字的誤寫〔註1597〕；王挺斌贊成陳說。〔註1598〕羅小華認為「大同」應是「扶同／逢同」。〔註1599〕至廣瀨薰雄認為「大同」即古書中的「舌庸」之後成為定說。〔註1600〕在這裡《越公其事》簡61中的「大甬」整理者指出即清華簡《良臣》篇的「大同」，可從。石小力及胡敕瑞的補充「大同」即「太甬」以及是傳世文獻中的「舌庸」、「曳庸」、「洩庸」、「泄庸」，可從。〔註1601〕王寧懷疑此字非「太」，實屬不必。

B.「鬲」考釋

王挺斌認為「鬲」可讀為「歷」，但是當訓為相視、察看之義，簡文「歷民」之「歷」當即相視之義。「料民」之「料」訓為數，「料民」即計點人口，與「歷民」在詞義上略有區別：

> 「鬲」，整理者讀為「歷」，根據《楚辭‧離騷》「靈氛既告余以吉占兮，歷吉日乎吾將行」朱熹《集注》「遍數而實選也」之語，而將「歷」直接訓為數，這恐怕是不妥當的。「歷吉日」之「歷」，一般就訓為選擇之義，同漢司馬相如《子虛賦》「於是歷吉日以齋戒」、揚雄《甘泉賦》「歷吉日，協靈辰」之「歷」（湯炳正、李大明、李誠、熊良智《楚辭今注》，上海古籍出版社，2012年9月，第38頁）。不過，整理者認為「歷民」猶如《國語‧周語上》的「料民」則是很有道理的。

〔註1597〕陳偉《〈清華大學藏戰國竹簡‧良臣〉初讀——在《清華大學藏戰國竹簡（三）》成果發布會上的講話》，武漢大學簡帛網，2013年1月4日。

〔註1598〕王挺斌：《再論清華簡〈良臣〉篇的「大同」》，「第五屆出土文獻研究與比較文字學全國博士生學術論壇」，西南大學，2015年10月。

〔註1599〕羅小華《試論清華簡〈良臣〉篇的「大同」》，《管子學刊》2015年第2期，頁114～115。

〔註1600〕廣瀨薰雄《釋清華大學藏楚簡（叁）《良臣》的「大同」——兼論姑馮句鑃所見的「昏同」》，復旦大學出土文獻與古文字研究中心網站，2013年4月24日；《古文字研究》第30輯，中華書局，2014年9月，頁415。

〔註1601〕胡敕瑞：〈「太甬」、「大同」究竟是誰？〉，http://www.gwz.fudan.edu.cn/Web/Show/3009#_edn10，20170426。

我們認為，「昴」可讀為「歷」，但是當訓為相視、察看之義，《爾雅・釋詁下》：「艾、歷、覶、胥，相也。」王引之《經義述聞》：「『歷』、『覶』為相視之相，《郊特牲》曰：『簡其車賦，而歷其卒伍。』『歷』，謂閱視之也。《大戴禮・文王官人》篇曰：『變官民能，歷其才藝。』謂相其才藝也。《晉語》曰：『夫言以昭信，奉之如機，歷時而發之。』謂相時而發之也。」（王引之《經義述聞》，鳳凰出版社，2000 年 9 月，第 630 頁）。簡文「歷民」之「歷」當即相視之義，與《郊特牲》「歷其卒伍」之「歷」相類。「料民」之「料」訓為數，「料民」即計點人口，與「歷民」在詞義上略有區別。〔註1602〕

趙嘉仁認為早期典籍似不見「歷民」的說法，「昴」應讀為「厲」謂訓練人民或鼓勵、勸勉人民：

> 早期典籍似不見「歷民」的說法。頗疑此「昴民」之「昴」應讀為「厲」《管子・權修》：「凡牧民者，欲民之謹小禮，行小義，脩小廉，飾小恥，禁微邪，此厲民之道也。」「厲民」謂訓練人民或鼓勵、勸勉人民。赦過遺善，則民不勵。有過不赦，有善不遺，勵民之道，於此乎用之矣。尉繚子・戰威勵士之道，民之生不可不厚也。爵列之等，死喪之親，民之所營不可不顯也。必也因民所生而制之，因民所營而顯之，田祿之實，飲食之親，鄉里相勸，死喪相救，兵役相從，此民之所勵也。〔註1603〕

心包認為王挺斌認為「歷」應該訓為「相」、「視」，正確可從。並引清華簡叁《芮良夫毖》「載聽民之謠，簡歷若否，以自誓讀」為佐證，指出黃甜甜所說「歷，在簡文語境中，仍可訓為相視，與選擇義接近」：

> 簡 61 的「大昴（歷）越民」，王挺斌兄認為「歷」應該訓為「相」、「視」（《報告補證》），正確可從。我們這裡想說的是《芮良夫毖》簡 3：「載聽民之謠，簡歷若否，以自誓讀」，學者似乎都將「簡」

〔註1602〕石小力整理：〈清華七整理報告補正〉，http://www.tsinghua.edu.cn/publish/cetrp/6831/2017/20170423065227407873210/20170423065227407873210_.html，20170423。

〔註1603〕趙嘉仁：〈讀清華簡（七）散札（草稿）〉，http://www.gwz.fudan.edu.cn/forum/forum.php?mod=viewthread&tid=7968，20170424。

訓為「擇」（參黃甜甜先生《清華簡「芮良夫毖」補釋四則》，中國文字 42 輯），黃甜甜先生認為「簡歷可能是偏義副詞，詞義重心偏向簡」，並且進而認為「若否指民意中的好壞意見」，其實如果按照黃先生訓「簡」為「選擇」的這種看法的話，我門只能認為「若否」也是一個偏義復詞，意義重心側重在「若」上面，所以，這種看法是自相矛盾的。「簡」實在沒必要一定要解釋為「選擇」這一意義，「簡」解釋為「閱」這一類的意義似更加貼切（如同「歷」有「遍」的意義，在「經歷」這一過程中自然會有「閱歷」，這一過程；又如「搜」，其實也含有「遍察」這一義涵，著落于定點的話就是「求」「擇」「檢」;「索」有「求」義，也有「盡」義，「求」與「簡」也很接近，《皇門》「乃旁求選擇元武聖夫」，這些都是類似的詞義流變），只是我們習慣了「簡」著落于「選擇」這一意義定點上來。黃先生說「歷，在簡文語境中，仍可訓為相視，與選擇義接近」，已經注意到這一情況。〔註1604〕

蕭旭認為鬲，讀為麻，治也，理也。亦謂種擅國政，蠡治萬民也：

鬲，讀為麻。《說文》:「麻，治也。」又「曆」字云:「從甘、麻。麻，調也。」《玉篇》:「麻，理也。」《越絕書‧外傳紀策考》:「種躬正內，蠡出治外，內不煩濁，外無不得。」亦謂種擅國政，蠡治萬民也。〔註1605〕

林少平認為「歷」當是指等次編列之義，他舉里耶秦簡 8-1514 記載有按等次編列官徒的一些做法說明「歷」是指按等次編列黔首的考課項目：

我們認為各家對「大歷越民」的解釋仍有商榷之處。簡文「歷」當是指等次編列之義。《禮記‧月令篇》:「命宰歷卿大夫至于庶民土田之數，而賦犧牲以共山林名川之祀。」注:「歷，猶次也。」文中大意是說「命令宰按卿大夫至庶民所擁有土地和田畝數量的等次編列，然後分攤祭祀山林名川所需的牲畜。」又《禮記‧郊特牲》:「季春出火，為焚也。然後簡其車賦，而歷其卒伍，而君親誓社，以習

〔註1604〕簡帛論壇:「清華七《越公其事》初讀」，第 190 樓，20170605。
〔註1605〕蕭旭:〈清華簡（七）校補（二）〉，http://www.gwz.fudan.edu.cn/Web/Show/3061，20170605。

軍旅，左之右之，坐之起之，以觀其習變也。」《注》：「簡歷謂算具陳列之也。」《疏》：「『然後簡其車賦者』謂既焚之後簡選車馬及兵賦器械以習軍旅之屬，『而歷其卒伍者』謂歷其百人之卒、五人之伍」。顯然，「歷其卒伍」是指按等次編列卒伍。實際上，清華簡叁《芮良夫毖》「簡歷若否」，「歷」也當理解為按等次編列之義。段玉裁《說文注》：「歷，漢令鬲，從瓦厤聲，謂載於令甲、令乙之鬲字也。」《漢書・宣帝紀》顏師古注：「如淳曰：『令有先後，故有令甲、令乙、令丙。』如說是也。甲、乙者，若今之第一、第二篇耳。」顯示「鬲」、「歷」與按等次編列密切相關。

「歷」與「編」之義相近，「歷民」當與「編民」同義，皆是指按等次編民為戶，目的是均調民之賦役。「料民」側重于統計、核算人數。顯然，「歷民」是「料民」基礎上進一步發展的結果：

> 「歷」與「編」之義相近，《說文》：「編，次簡也。」段玉裁《注》：「以絲次弟竹簡而排列之曰編。」《字林》：「以繩次物曰編。」《漢書・儒林傳》注：「編，所以聯次簡也。」《漢書・高帝紀》顏師古注：「編戶者，言列次名籍也。」由此可知，簡文「歷民」當與「編民」同義，皆是指按等次編民為戶，目的是均調民之賦役。

> 戰國至秦漢時期，通過按等次編民為戶來均調民之賦役的做法，在各諸侯國都比較流行。《通典》引徐偉長《中論》曰：「夫治平在庶功興，庶功興在事役均，事役均在民數周，民數周為國之本也。」《戰國策・韓策一》：「子嘗教寡人循功勞，視次第。」《史記・陳涉世家》：「陳勝、吳廣皆次當行，為屯長。」文中「次當行」當是指按等次編列為戶後，輪到他們服徭役。據此，可知「歷民」與「料民」不同。「料民」側重于統計、核算人數。顯然，「歷民」是「料民」基礎上進一步發展的結果。〔註1606〕

子居認為「歷」當訓為相、閱視，而非數義。「大歷」猶言「大閱」，較之前的「試民」規模更大，之前的「試民」範圍僅是在都城的國人範圍內，「大

〔註1606〕林少平：〈清華簡柒《越公其事》「大歷越民」試解〉，http://www.gwz.fudan.edu.cn/Web/Show/3111，20170925。

歷越民」則當是涉及到越土全境：

> 此處的「歷」，包括整理者所引的辭例，都當訓為相、閱視，是由
> 遍經引申而來，而非數義。《經義述聞》卷十三：「《文王官人》篇：
> 『變官民能，歷其才藝。』引之謹案：……歷，相也（見《爾雅》
> 《方言》。《晉語》：『夫言以昭信，奉之如機，歷時而發之。言相
> 時而發之也。』《楚辭·離騷》：『歷吉日乎吾將行。』言相吉日也）。」
> 《經義述聞》卷二十六：「歷、覒為相視之相，《郊特牲》曰：『簡
> 其車賦而歷其卒伍』，歷謂閱視之也。」故「大歷」猶言「大閱」，
> 較之前的「試民」規模更大，之前的「試民」範圍僅是在都城的
> 國人範圍內，「大厤越民」則當是涉及到越土全境。〔註1607〕

郭洗凡認為林少平的觀點可從，「鬲」讀為「歷」「歷民」就是「編民」按等級把越國人民編成戶，按等次編民為戶來調配民力：

> 林少平的觀點可從，「鬲」讀為「歷」，簡文「歷民」就是「編民」
> 按等級把越國人民編成戶，為了更方便的調配人民。戰國至秦漢
> 時期，通過按等次編民為戶來調配民力，「料民」側重于統計、核
> 算人數。「歷民」是在「料民」基礎上進行對人民的進一步管理和
> 分類。〔註1608〕

孟蓬生認為整理者之說甚是，在「計數」的意義上，「料」和「鬲」記錄的是同一個詞或兩個同源詞。「歷」訓「數」為常用義，「歷算」一詞是同義複合詞，「歷」、「數」字名動兩用。又說「麗（戲）歷同訓為數，猶麗歷同訓為過、（曬）歷之同訓為視也」；又說「古音宵藥部字或與錫部字相通」，「適歷，聲轉則為勺藥」；又說「料聲與樂聲豪聲相通」，「料民」之於「鬲民」，猶轢之於轣，擽之於攊，爍之於獵，芍藥之於適歷也。綜上所述，在「計數」的意義上，「料」和「鬲」記錄的是同一個詞或兩個同源詞。〔註1609〕

〔註1607〕子居：〈清華簡七《越公其事》第十、十一章解析〉，http://www.xianqin.tk/2017/ 12/13/418，20171213。

〔註1608〕郭洗凡：《清華簡《越公其事》集釋》，安徽大學碩士學位論文，2018 年 3 月，頁 100。

〔註1609〕孟蓬生：〈《清華柒。越公其事》字義拾瀋〉，《出土文獻綜合研究期刊》第八輯，西南大學出土文獻研究中心，成都巴蜀書社，2019 年 4 月，頁 196～200。

秋貞案：

「鬲」，原考釋讀為「歷」，數。歷民，即料民。筆者認為原考釋把「鬲」讀為「歷」可從，但是解釋得不夠明確。王挺斌訓「歷」為「相視」義，「料民」為計點人口，和「歷民」的詞義有區別。心包認為「歷」訓「相」、「視」的看法和王挺斌的看法較為一致。林少平則認為「歷」是等次編列之義，「料民」側重于統計、核算人數，「歷民」是「料民」更進一步發展的結果。同時林少平和王挺斌都引證了《郊特牲》曰：「簡其車賦，而歷其卒伍。歷，謂閱視之也。」「歷其卒伍」這一句是個關鍵。再來孟蓬生從古代典籍說明「料」和「鬲」記錄的是同一個詞或兩個同源詞，並引證「歷」也可訓為「數」、「視」、「料」。《越公其事》的「大歷越民」之後是「庀卒勒兵」一句，和「歷其卒伍」類似。故筆者同意，「歷民」不只有王挺斌及心包的「相視察看」之義，林少平的等次編列之義，還有原考釋和孟蓬生的「料民」之義。當越王把國家內政交給文種大夫後，《國語‧吳語》指出在軍事上，越王多仰賴范蠡、太甬的協助〔註1610〕，和簡文「乃命范蠡、太甬大歷越民，庀卒勒兵」正好相合，在視察人力資源多寡計算後加以編排調配以作為「庀卒勒兵」的準備。故「鬲」讀為「歷」，與「料」含義皆近。《經義述聞‧爾雅上‧艾歷覛胥相也》：「郊特牲曰：簡其車賦而～其卒伍，謂閱視也。」〔註1611〕，故「歷民」即「閱視人民」。「乃命軷羅、太甬大鬲孚民」意即「（越王）於是命令范蠡、太甬閱視人民」。

⑨必（比）窣（卒）劢（勒）兵

原考釋釋必，讀為「庀」：

> 必，讀為「庀」，治理。《國語‧魯語下》：「子將庀季氏之政焉。」
>
> 協，調整。〔註1612〕

馬楠認為「劢」疑讀為「勒」。〔註1613〕

〔註1610〕吳王夫差既殺申胥，不稔於歲，乃起師北征。闕為深溝，通於商、魯之閒，北屬之沂，西屬之濟，以會晉公午於黃池。於是越王句踐乃命范蠡、舌庸，率師沿海泝淮以絕吳路。敗王子友於姑熊夷。越王句踐乃率中軍泝江以襲吳，入其郛，焚其姑蘇，徙其大舟。（《國語‧吳語》）

〔註1611〕宗福邦、陳世鐃、蕭海波主編：《故訓匯纂》，商務印書館，2007年9月，頁1185。

〔註1612〕清華大學出土文獻與保護中心編、李學勤主編：《清華大學藏戰國竹簡（柒）》，上海，中西書局，2017年4月，頁146，注10。

〔註1613〕石小力整理：〈清華七整理報告補正〉，http://www.tsinghua.edu.cn/publish/cetrp/6831/2017/20170423065227407873210/20170423065227407873210_.html，20170423。

趙嘉仁認為我們認為「庀」應讀為「比」為「編次排比」的意思，「劢」可讀為「勒」，為「統率」、「部署」之意。「勒卒」與簡文的「（勒）兵」義同：

我們認為「庀」應讀為「比」，為「編次排比」的意思，「劢」可讀為「勒」，為「統率」、「部署」之意。《孔子家語・相魯》：「孔子命申句須、樂頎勒士眾，下伐之。」典籍有「勒卒」一語，《墨子・旗幟》：「勒卒，中教解前後左右。」孫詒讓《閒詁》：「蓋謂部勒兵卒，將居中而教其前後左右。」《漢書・晁錯傳》：「士不選練，卒不服習，起居不精，動靜不集，趨利弗及，避難不畢，前擊後解，與金鼓之音相失，此不習勒卒之過也，百不當十。」「勒卒」與簡文的「（勒）兵」義同。〔註1614〕

陳偉認為「必」疑讀為「比」，圖、比、陳、協，皆考績之言。比卒協兵，即考校兵卒：

「必」疑讀為「比」。《周禮・秋官・大行人》：「春朝諸侯而圖天下之事，秋覲以比邦國之功，夏宗以陳天下之謨，冬遇以協諸侯之慮，時會以發四方之禁，殷同以施天下之政。」鄭玄注：「此六事者，以王見諸侯為文。圖、比、陳、協，皆考績之言。」比卒協兵，即考校兵卒。〔註1615〕

蕭旭認為讀「必」為「比」，讀「劢」為協，皆齊同、和協義：

讀「必」為比，讀「劢」為協（古字亦作「劦」，又作「恊」），是也，皆齊同、和協義。「劢」是「劦」省文，字亦作扐、放，郭店簡《緇衣》：「則民咸放而刑不試。」上博簡（一）作「扐」，今本《緇衣》作「服」。「放（扐）」疑從劦省聲，讀為協。《爾雅》：「協，服也。」邢疏：「協者，和合而服也。」訓服乃和協之引申義。白于藍、孔仲溫徑讀「放（扐）」為「服」〔註1616〕，其聲母遠隔。〔註1617〕

〔註1614〕趙嘉仁：〈讀清華簡（七）散札（草稿）〉，http://www.gwz.fudan.edu.cn/forum/forum.php?mod=viewthread&tid=7968，20170424。

〔註1615〕陳偉：〈清華簡七《越公其事》校讀〉，http://www.bsm.org.cn/show_article.php?id=2790，20170427。另刊於〈清華簡七《越公其事》校釋〉，「出土文獻與傳世典籍的詮釋國際學術研討會」會議論文集，復旦大學出土文獻與古文字研究中心，2017年10月14～15日。

〔註1616〕白于藍《郭店楚簡拾遺》，《華南師範大學學報》2000年第3期，第89頁。白于

　　子居認為陳偉提出「必」疑讀為「比」所說當是，《韓非子・外儲說左》「比卒乘」即其辭例。整理者讀為「協」的「劦」則當讀為「勒」，「勒兵」一詞典籍習見：

> 陳偉先生《清華簡七〈越公其事〉校讀》提出：「『必』疑讀為『比』。」所說當是，《韓非子・外儲說左》：「且夫卿必有軍事，是故循車馬，比卒乘，以備戎事。」即其辭例。整理者讀為「協」的「劦」則當讀為「勒」，「勒兵」一詞典籍習見，如《史記・越王句踐世家》：「句踐聞吳王夫差日夜勒兵，且以報越。」《韓詩外傳》卷三：「武王曰：『於戲！天下已定矣。』乃修武勒兵于寧。」《新序・義勇》：「勝怨楚逐其父，將弒惠王及子西，欲得易甲，陳士勒兵，以示易甲。」皆是其例。〔註1618〕

郭洗凡認為「必」應讀為「比」排編的意思：

> 「必」應讀為「比」排編的意思「劦」亦作「放」，見于郭店簡《緇衣》「民咸放而刑不試」。〔註1619〕

秋貞案：

　　「必」讀為「比」為考校義，「比卒」考校士卒，《周禮・春官・大胥》：「比樂官」《小胥》：「掌學士之徵令而比之。」鄭玄注：「比，猶考校也。」《夏官・大司馬》：「比軍眾」鄭玄注：「比，校次之」〔註1620〕，原考釋認為「必」為「庀」治理，非也。「劦」，楚簡未見，偏旁也未見，但甲骨、金文「協」作「劦」，從二「力（耒）」或三「力（耒）」，因此二力有可能讀「協」、也有可能是「力」的複體，讀「協」讀「力（勒）」都有可能，此時應以上下文義為思考的依據。

藍《戰國秦漢簡帛古書通假字彙纂》，福建人民出版社 2012 年版，第 394 頁。孔仲溫《郭店楚簡〈緇衣〉字詞補釋》，《古文字研究》第 22 輯，中華書局 2000 年版，第 243～244 頁。另外異說甚多，參看季旭昇主編《〈上海博物館藏戰國楚竹書（一）〉讀本》所引各家說，北京大學出版社 2009 年版，頁 94。

〔註1617〕蕭旭：〈清華簡（七）校補（二）〉，http://www.gwz.fudan.edu.cn/Web/Show/3061，20170605。

〔註1618〕子居：〈清華簡七《越公其事》第十、十一章解析〉，http://www.xianqin.tk/2017/12/13/418，20171213。

〔註1619〕郭洗凡：《清華簡《越公其事》集釋》，安徽大學碩士學位論文，2018 年 3 月，頁 101。

〔註1620〕宗福邦、陳世鐃、蕭海波主編：《故訓匯纂》，商務印書館，2007 年 9 月，頁 1205。

原考釋說「劦」為「協」，協兵，即調整軍隊，語意較泛，查古代典籍未見「協兵」。馬楠讀「勒兵」即治軍，操練或指揮軍隊。《史記‧廉頗藺相如列傳》：「秦軍鼓譟勒兵，武安屋瓦盡震。」《漢書‧武帝紀》：「勒兵十八萬騎，旌旗徑千餘里，威震匈奴。」文意較為合適。「必（比）卒劦（勒）兵」意即「考校士卒，操練士兵」。

⑩乃由王卒（卒）君子卒（六千）。

原考釋：

> 由，任用。《左傳》襄公三十年「以晉國之多虞，不能由吾子，使吾子辱在泥塗久矣」，杜預注：「由，用也。」王卒，《左傳》成公十六年：「楚之良，在其中軍王族而已。請分良以擊其左右，而三軍萃於王族，必大敗之。」王卒君子，又見於下文。〔註1621〕

陳偉認為「由」，疑可讀為「抽」，擢也、拔也。簡文是說通過考校，從普通兵卒中選拔出王卒：

> 由，疑可讀為「抽」。《左傳》宣公十二年「抽矢菆」杜預注：「抽，擢也。」《楚辭‧九章‧抽思》「與美人之抽思兮」，朱熹集注：「抽，拔也。」簡文是說通過考校，從普通兵卒中選拔出王卒。〔註1622〕

海天遊蹤認為「由」應該就是上博簡《子羔》簡8的「（采）」裘先生讀為「擢」：

> 簡 61：「必卒協兵，乃由王卒君子六千」的「由」應該就是上博簡《子羔》簡8「故夫舜之德其誠賢矣，采諸畎畝之中而使君天下而稱。」的「采」。
>
> 此字以往有多種讀法，包含「抽」等等，裘錫圭先生《〈上海博物館藏戰國楚竹書（二）‧子羔〉釋文注釋》有分析、評論，此從裘先生

〔註1621〕清華大學出土文獻與保護中心編、李學勤主編：《清華大學藏戰國竹簡（柒）》，上海，中西書局，2017 年 4 月，頁 146，注 11。

〔註1622〕陳偉：〈清華簡七《越公其事》校讀〉，http://www.bsm.org.cn/show_article.php?id=2790，20170427。另刊於〈清華簡七《越公其事》校釋〉，「出土文獻與傳世典籍的詮釋國際學術研討會」會議論文集，復旦大學出土文獻與古文字研究中心，2017年 10 月 14～15 日。

讀為「擢」。〔註 1623〕

Zzusdy 認為《子羔》「（采）」似以陳秉新先生所讀為「遂」為最適合，「遂」即發、舉、進（賢良）之義。至於本篇的「由」用作本字。「由」即進用（包括《子羔》「采」也可以用為「由」），簡 47「善人則由，諂民則背」以「由」與「背」相對，「由」義亦同：

> 《子羔》「采」似以陳秉新先生（《上海博物館藏戰國楚竹書（二）補釋》，《江漢考古》2004 年第 2 期）讀為「遂」為最適合，他以戰國貨幣地名「武采」即「武遂」、《禮記》「贊桀俊，遂賢良，舉長大」為證據，又舉《孟子》「舜發於畎畝之中，傅說舉於版築之閒……」為比較，「遂」即發、舉、進（賢良）之義。以前研究中似多未注意到此說。至於本篇的「由」用作本字，文意並無不通，「由」即進用（包括《子羔》「采」也可以用為「由」），簡 47「善人則由，諂民則背」以「由」與「背」相對，「由」義亦同。（此外，「迪」的一些用法與此「由」相近，「迪」也是進用，可參《古文字研究》31 馬楠先生文）。〔註 1624〕

蕭旭認為「由」讀為抽或擢，皆是，亦可讀為挑，并音近義同，猶言選擇、選取：

> 「由」讀為抽或擢，皆是，亦可讀為挑，并音近義同，猶言選擇、選取。〔註 1625〕

子居認為整理者所舉楚王卒例，是由楚的王族子弟構成的，與《越公其事》中的王卒是簡選出來的明顯有別。這裡的「王卒」又稱「私卒」是由個人支配的部隊：

> 整理者所舉楚王卒例，是由楚的王族子弟構成的，與《越公其事》中的王卒是簡選出來的明顯有別。《越公其事》的「王卒」，下文又稱「私卒」，因此可知是由個人支配的部隊，與春秋早、中期臨出征

〔註 1623〕簡帛論壇：「清華七《越公其事》初讀」，第 72 樓，20170428。
〔註 1624〕簡帛論壇：「清華七《越公其事》初讀」，第 73 樓，20170428。
〔註 1625〕蕭旭：〈清華簡（七）校補（二）〉，http://www.gwz.fudan.edu.cn/Web/Show/3061，20170605。

之前分配至將領麾下的部隊性質截然不同。〔註1626〕

秋貞案：

原考釋釋「由」，用也；陳偉釋「由」讀為「抽」；海天遊蹤釋「由」通「（爪／禾）」裘先生讀為「擢」；Zzusdy 認為似以陳秉新先生所讀為「遂」為最適合；馬楠的「迪」；蕭旭認為「由」讀為抽或擢。「由」字有「拔擢」、「進用」之意。《禮記禮運》：「禹、湯、文、武、成王、周公，由此其選也。此六君子者，未有不謹於禮者也。」鄭玄注：「由，用也。」〔註1627〕可參考第七章簡47「善人則由，譖民則背」的「由」亦作此解。「王卒君子」，原考釋引《左傳》：「楚之良，在其中軍王族而已。」似乎意指「中軍王族」是王族組成的精銳的部隊。子居認為《越公其事》中的王卒是不同的。筆者認為因為下文尚有「以其私卒君子六千以為中軍」一句，中軍多部署精銳部隊，亦是軍隊的指揮中心，所以，此處的「王卒君子」如原考釋的解釋，可從。「乃由王卒君子卒」意即「於是選拔出國家的精銳士卒六千人」。

2. 整句釋義

越王查察全國都已恭敬遵從，對王命不敢有所偏頗。越王開始試探考驗人民（是否真的唯王命是從），於是私自偷偷放火燒船屋，擊鼓命令國人救火。全國都奔走救火，只有前進沒有後退，越王感到驚懼，擊鼓命令救火者退去，死者有三百人。越王感到大大心喜，於是開始斷絕吳國的使者。不和吳國有往來，用以招致吳國的指責怨恨，於是把國內政治交給大夫種處理，命令范蠡、太甬閱視人民，考校士卒，操練士兵，選拔出國家的精銳士卒六千人。

（二）王【六一】卒（卒）既備，舟籊（乘）既成①，吳帀（師）未迟（起），雩（越）王句戔（踐）乃命鄾（邊）人菆（取）悬（怨）②，弁（變）翾（亂）厶（私）成③，舀（挑）起悬（怨）吾（惡），鄾（邊）人乃【六二】相戉（攻）也，吳帀（師）乃迟（起）④。ㄴ

〔註1626〕子居：〈清華簡七《越公其事》第十、十一章解析〉，http://www.xianqin.tk/2017/12/13/418，20171213。

〔註1627〕宗福邦、陳世鐃、蕭海波主編：《故訓匯纂》，商務印書館，2007年9月，頁1480。

1. 字詞考釋

①王【六一】卒（卒）既備，舟蓋（乘）既成

原考釋：

> 王卒，優良軍隊。舟，水戰戰具。乘，陸戰戰具。「服」與「成」互
> 文見義。〔註1628〕

心包認為「備」不用破讀，成也：

> 簡62「王卒既備（服），舟車既成」，「備」不用破讀，《廣雅・釋詁》
> 「備，成也」，「飭，備也」。（參復旦網「鳲鳩」兄「一點疑問」的
> 帖子）〔註1629〕

子居認為原考釋說「王卒」為「優良軍隊」，不是很貼切，「王卒」簡選出
的兵士。心包指出「備」不用破讀所說是：

> 整理者直接以「王卒」為「優良軍隊」應該說不是很貼切，關於
> 「王卒」，前文解析內容已論。但凡是簡選出的兵士，自然都是非
> 常優良的，所以這與是不是「王卒」無關。網友心包指出10樓：
> 「簡62『王卒既備（服），舟車既成』，『備』不用破讀，《廣雅・
> 釋詁》『備，成也』，『飭，備也』。」所說是。〔註1630〕

秋貞案：

「備」字在《越公其事》出現多次：第六章「越邦備農多食」、第七章「越
邦備信」和第八章「越邦備徵人」。「王卒既備」的「備」，原考釋釋「服」，不
確。心包所言「『備』不用破讀，成也」可從。《詩・小雅・楚茨》：「禮儀既
備，鍾鼓既戒。」「備」有「完備、齊備」之意。原考釋釋「舟」，水戰戰具；
「乘」，陸戰戰具，可從。「王卒既備，舟蓋既成」意即「國家精銳部隊完備，
水陸戰具也齊備。」

②吳市（師）未记（起），雫（越）王句戈（踐）乃命鄻（邊）人敢（取）
　息（怨）

〔註1628〕清華大學出土文獻與保護中心編、李學勤主編：《清華大學藏戰國竹簡（柒）》，
　　　　　上海，中西書局，2017年4月，頁146，注12。

〔註1629〕簡帛論壇：「清華七《越公其事》初讀」，第10樓，20170424。

〔註1630〕子居：〈清華簡七《越公其事》第十、十一章解析〉，http://www.xianqin.tk/2017/
　　　　　12/13/418，20171213。

原考釋釋「萩」為「聚」：

> 萩，《說文》：「麻蒸也。」讀為「聚」。聚怨，猶積怨。《淮南子·人間》：「夫積愛成福，積怨成禍。」〔註1631〕

Cbnd 認為「萩」應讀作「取」。「取怨」的意思是招致怨憤：

> 「萩」字整理者讀作「聚」。我們認為應讀作「取」。「取怨」的意思是招致怨憤，在簡文中可以理解為挑起怨恨，與後面的「挑起怨惡」是差不多的。〔註1632〕

魏宜輝認為「萩」即讀作「取」，「取怨」意為招致怨憤。指越王命邊人挑起對方吳人的怨恨：

> 「萩」字，整理者讀作「聚」。聚怨，猶積怨。《淮南子·人間》：「夫積愛成福，積怨成禍。」（清華大學出土文獻研究與保護中心編：《清華大學藏戰國竹簡（柒）》，中西書局，2017年，第147頁）我們傾向於認為「萩」即讀作「取」。「取怨」意為招致怨憤。《左傳·定公四年》：「水潦方降，疾瘧方起，中山不服，棄盟取怨，無損於楚，而失中山，不如辭蔡侯。」《禮記·月令》：「毋或敢侵削眾庶兆民，以為天子取怨于下。」簡文「越王句踐乃命邊人萩（取）怨」是說越王命邊人挑起對方吳人的怨恨，這與後面「挑起怨惡」的意思是差不多的。〔註1633〕

子居認為「王卒既服，舟乘既成，吳師未起，越王句踐乃命邊人聚怨，變亂私成，挑起怨惡，邊人乃相攻也，吳師乃起。」這段話，很可能是編撰者以己意或其他傳說補入的：

> 《左傳·成公十六年》：「怨之所聚，亂之本也。」可證這種亂與怨的關係是先秦共識。由《左傳》可見，自黃池之會起，勾踐即數度伐吳，所以真實情況並非《越公其事》中所描述的這樣。實

〔註1631〕清華大學出土文獻與保護中心編、李學勤主編：《清華大學藏戰國竹簡（柒）》，上海，中西書局，2017年4月，頁146，注13。

〔註1632〕簡帛論壇：「清華七《越公其事》初讀」，第156樓，20170506。

〔註1633〕魏宜輝：〈讀《清華大學藏戰國竹簡（柒）》札記〉，香港浸會大學饒宗頤國學院，澳門大學中國語言文學系，清華大學出土文獻研究與保護中心：《〈清華簡〉國際會議論文集》，2017年10月26日～28日。

際上，當時夫差只一心與齊、晉爭鋒，和越國之間根本就不存在什麼「邊人乃相攻也，吳師乃起」的情況，一直都是勾踐在主動攻擊報復吳國。由下文與《國語·吳語》類似章節也可以看到，彼時勾踐是主動進攻方。所以，「王卒既服，舟乘既成，吳師未起，越王句踐乃命邊人聚怨，變亂私成，挑起怨惡，邊人乃相攻也，吳師乃起。」這段話，很可能是編撰者以己意或其他傳說補入的，只是為了在兩份不同的原始材料間起到一個過渡的作用。〔註1634〕

郭洗凡認為整理者觀點可從，「聚」，會也，邑落云聚，聚怨，就是聚集眾人的怨恨之心。〔註1635〕

秋貞案：

原考釋釋「萭」讀「聚」，聚怨，猶積怨。Cbnd、魏宜輝釋為「取怨」招致怨憤。因為「聚怨」沒有主動招致怨恨的意思，而「取怨」則為主動挑釁，比較符合越王句踐此時的行徑。「邊人」應是吳越兩國邊境的人民。「吳帀未迮，雪王句戈乃命鄹人萭恩」意即「吳國的軍隊沒有動作，越王句踐就命令邊境人民主動挑釁招惹怨恨」。

③弁（變）阆（亂）厶（私）成

原考釋：

> 變亂，變更，使紊亂。《書·無逸》：「此厥不聽，人乃訓之，乃變亂先王之正刑。」厶成，猶私刑。行為變亂，私自枉為。又「厶」為「已」之訛。變亂已成指改變已有的和平條約。〔註1636〕

趙嘉仁認為「弁（變）阆（亂）厶（私）成」，應該是指兩國邊民之間的私下達成的交易約定等，所以稱為「私成」。改變擾亂這些私下的交易或約定，自然會蓄積怨恨，很容易產生爭鬥：

> 注釋對「變亂厶成」的理解似乎有問題。這一段簡文中的「（邊）

〔註1634〕子居：〈清華簡七《越公其事》第十、十一章解析〉，http://www.xianqin.tk/2017/12/13/418，20171213。

〔註1635〕郭洗凡：《清華簡《越公其事》集釋》，安徽大學碩士學位論文，2018年3月，頁102。

〔註1636〕清華大學出土文獻與保護中心編、李學勤主編：《清華大學藏戰國竹簡（柒）》，上海，中西書局，2017年4月，頁146，注14。

人」所指，應包括吳越兩國接壤的邊境上的民眾。簡文的意思是說因為吳國軍隊始終不主動出擊，所以越國就想辦法讓兩國的邊人積怨，挑起爭鬥，互相攻擊，促使吳國軍隊不得不動起來。這其實是為越國發動戰爭尋找藉口。其中的「弁（變）矞（亂）厶（私）成」，應該是指兩國邊民之間的私下達成的交易約定等，所以稱為「私成」。「改變擾亂」這些私下的交易或約定，自然會蓄積怨恨，很容易產生爭鬥，從而互相攻擊，成為發動戰爭的導火索。〔註1637〕

暮四郎認為「變亂私成」中「變亂」是動詞，「私成」是名詞。「私成」或有可能是指吳越兩國的邊人私下達成的和平協定：

> 我們懷疑，「變亂私成」中「變亂」是動詞，「私成」是名詞。「私成」或有可能是指吳越兩國的邊人私下達成的和平協定（不一定是正式的文件，也可以是口頭協定）之類，「變亂私成」指打破這種協定。「成」有和解、媾和之義，與此相關。《左傳》隱公六年；「鄭伯請成于陳，陳侯不許。」

> 【友人提示，這個意見已經有學者說過，參見趙嘉仁《讀清華簡（七）散札（草稿）》第十五條。此條權當呼應趙說。】〔註1638〕

子居認為這裡所說的「變亂私成」，指的是讓吳國邊縣守將私成變亂。馬王堆帛書《刑德》甲篇、乙篇皆有所說「私成」皆與本節「私成」同：

> 「變亂」指變故叛亂，《韓非子‧八說》：「法明則內無變亂之患，計得則外無死虜之禍。」「私成」指背著君主所做的私下政治交易，《韓非子‧內儲說》：「是以奸臣者，召敵兵以內除，舉外事以眩主，苟成其私利，不顧國患。」馬王堆帛書《刑德》甲篇、乙篇皆有「月暈二重，倍滿在外，私成外，倍滿在中，私成中。」《開元占經》卷十五：「《帝覽嬉》曰：月暈再重，倍在外，私成於外；倍在內，私成於內。」所說「私成」皆與本節「私成」同。這裡所說的「變亂

〔註1637〕趙嘉仁：〈讀清華簡（七）散札（草稿）〉，http://www.gwz.fudan.edu.cn/forum/forum.php?mod=viewthread&tid=7968，20170424。
〔註1638〕簡帛論壇：「清華七《越公其事》初讀」，第135樓，20170502。

私成」，指的是讓吳國邊縣守將私成變亂。〔註1639〕

　　郭洗凡認為「暮四郎」的觀點可從，「變亂私成」指打破吳越兩國之間簽訂的和平協議「成」有和解、和平之義。〔註1640〕

　　秋貞案：

　　原考釋認為「變亂」為「變更」，可從。原考釋釋「私成」釋為「私自枉為」或「ㄙ」訛為「已」，「已成」為「已有的和平條約」，則並不妥當。趙嘉仁認為是改變擾亂這些私下的交易或約定，比較接近原考釋第二種說法，但是並沒有把「ㄙ」認為「已」的訛寫。暮四郎認為「變亂吳越兩國的邊人私下達成的和平協定」他的說法比較接近趙嘉仁的說法。子居則認為「變亂私成」是讓吳國邊將私自變亂。筆者認為簡文的「ㄟ（ㄙ）」應釋為「私」，不是訛寫。《越公其事》簡7 ㄟ「勿使句踐繼孳於越邦已（矣）」，簡14 ㄟ「凡吳之善士將中半死已（矣）」的「已」或訛為「巳」形。「弁嗀ㄙ成」意指「私自變亂民間的交易或約定」。

④舀（挑）起惥（怨）亞（惡），鄩（邊）人乃【六二】相戉（攻）也，吳帀（師）乃迟（起）。ㄴ

　　原考釋：

　　　　舀，讀為「挑」。《文選·報任少卿書》「垂餌虎口，橫挑彊胡」李善

　　　　注引臣瓚曰：「挑，挑敵求戰也。」〔註1641〕

　　子居認為「舀」與「挑」似無直接通假之例，故他認為「舀」或當讀為「導」，導起猶言引起。〔註1642〕

　　秋貞案：

　　「舀」上古音在以母宵部，「挑」在透母宵部。陳新雄《古音研究》：古讀「舀」如「挑」：

〔註1639〕子居：〈清華簡七《越公其事》第十、十一章解析〉，http://www.xianqin.tk/2017/12/13/418，20171213。

〔註1640〕郭洗凡：《清華簡《越公其事》集釋》，安徽大學碩士學位論文，2018年3月，頁102。

〔註1641〕清華大學出土文獻與保護中心編、李學勤主編：《清華大學藏戰國竹簡（柒）》，上海，中西書局，2017年4月，頁147，注15。

〔註1642〕子居：〈清華簡七《越公其事》第十、十一章解析〉，http://www.xianqin.tk/2017/12/13/418，20171213。

「古讀『舀』如『挑』，《儀禮。少牢饋食禮》：『手執挑匕枋以挹湆注於疏匕』注：『挑謂之畝，讀如或舂或抌之抌。(《說文》：『舀，抒臼也。从爪臼，或从手从冘。或从臼从冘』)』字或作挑者，秦人語也。」按：挑，吐雕切，定母清聲。〔註 1643〕

「舀」讀為「挑」可從。「舀起悁噁，鄒人乃相戉也，吳帀乃迟」意指「（越國）挑起怨惡，國境邊的人民於是互相攻擊，吳國軍隊就起兵了」。

2. 整句釋義

越國國家精銳部隊整兵完備，水陸戰具也齊備，吳國的軍隊卻沒有動作。越王句踐就命令邊境人民主動挑釁招惹怨恨，私自變亂民間的交易或約定。越國挑起怨惡後，讓國境周邊的人民互相攻擊，吳國軍隊就起兵了。

（三）吳王起帀（師），軍於江北。雩（越）王起帀（師），軍於江南①。雩（越）王乃中分亓（其）帀（師）以為右（左）【六三】軍、右軍，以亓（其）厶（私）翠（卒）君子卒₌（六千）以為中軍②。若（諾）明日牆（將）舟戩（戰）於江。及昏，乃命右（左）軍監（銜）梡（枚）鮴（溯）江五【六四】里以須③，亦命右軍監（銜）梡（枚）渝江五里以須④，夜（夜）中，乃命右（左）軍、右軍涉江，鳴鼓，中水以盨。【六五】⑤。

簡文從這一段其內容和今本《國語·吳語》、《吳越春秋·句踐二十一年》、《太平御覽·銜枚》有相似性極高的段落。以下列出以方便對照參照：

◎《國語·吳語》：

于是吳王起師，軍于江北，越王軍于江南。越王乃中分其師以為左右軍。以其私卒君子六千人為中軍。明日將舟戰于江，及昏，乃命左軍銜枚泝江五里以須，亦令右軍銜枚泝江五里以須。夜中，乃命左軍、右軍涉江鳴鼓中水以須。

◎《吳越春秋·句踐二十一年》：

於是吳悉兵屯於江北，越軍於江南。越王中分其師以為左右軍，皆被兕甲又令安廣之人，佩石碣之矢，張盧生之弩。躬率君子之軍六

〔註 1643〕陳新雄：《古音研究》，五南圖書出版社，2000 年 11 月印刷二版，頁 576。

千人，以為中陣。明日，將戰於江。乃以黃昏令於左軍，銜枚泝江而上五里，以須吳兵。復令於右軍，銜枚踰江十里，復須吳兵。於夜半，使左軍涉江，鳴鼓，中水以待吳發。

◎《太平御覽・銜枚》：

《國語》曰：吳王起師，軍于江北，越王軍于江南。越王乃令左軍銜枚，泝江五里以須，亦令右軍銜枚，逾江五里以須。（賈逵曰：逆流而上曰泝，徑渡曰逾。須，待也。）夜中，乃令涉江鳴鼓中水以須。越王以其中軍私率六千人銜枚以襲攻之，吳師大北。

1. 字詞考釋

①吳王起帀（師），軍於江北。雩（越）王起帀（師），軍於江南

原考釋：

> 據《左傳》，吳、越此戰在魯哀公十七年，公元前四七八年。江，《國語・吳語》「軍於江北」，韋昭注：「松江，去吳五十里。」〔註1644〕

子居認為對照《國語・吳語》：「於是吳王起師，軍於江北，越王軍於江南。」明顯是《吳語》更簡潔一些，說明《吳語》此章的成文當早於《越公其事》。〔註1645〕

郭洗凡認為根據傳世文獻可以充分補充簡文中不明顯的信息。〔註1646〕

秋貞案：

「軍」在此為動詞，《戰國策。齊策一》：「軍於邯鄲之郊。」高誘注：「軍，屯也。」〔註1647〕「吳王起帀，軍於江北。雩王起帀，軍於江南」意指「吳王發動軍隊，屯師於江北。越國發動軍隊，屯師於江南。」

②雩（越）王乃中分亓（其）帀（師）以為右（左）【六三】軍、右軍，以亓（其）厶（私）夲（卒）君子夲=（六千）以為中軍

〔註1644〕清華大學出土文獻與保護中心編、李學勤主編：《清華大學藏戰國竹簡（柒）》，上海，中西書局，2017年4月，頁147，注16。

〔註1645〕子居：〈清華簡七《越公其事》第十、十一章解析〉，http://www.xianqin.tk/2017/12/13/418，20171213。

〔註1646〕郭洗凡：《清華簡《越公其事》集釋》，安徽大學碩士學位論文，2018年3月，頁103。

〔註1647〕宗福邦、陳世鐃、蕭海波主編：《故訓匯纂》，商務印書館，2007年9月，頁2241。

原考釋：

> 本簡作「厶卒君子」，與《國語‧吳語》同。第六十一簡作「王卒
> 君子」韋昭注：「王所親近有志行者，猶吳所謂賢良，齊所謂士。」
>
> 〔註1648〕

子居認為本章的「厶卒君子」與《國語‧吳語》同。他認為第四章「王作
安邦」至第十章「乃由王卒君子六千」材料來源和「王卒既服」之後的部分材
料來源不同，才會出現所指相同但用詞各異的情形：

> 由整理者所言「本簡作『厶卒君子』，與《國語‧吳語》同，第六十
> 一簡作『王卒君子』」也可以看出，第四章「王作安邦」至第十章「乃
> 由王卒君子六千」部分當是另有材料來源，與「王卒既服」之後的
> 部分材料來源不同，所以才會雖然所指相同但用詞各異。此役越師
> 在江南，吳師在江北，故越師是面北背南，越師的左軍在西，右軍
> 在東。〔註1649〕

秋貞案：

此處的「厶坙（卒）君子坙＝」即簡61的「王坙（卒）君子坙」。「私卒
君子」即越王令范蠡、太甬「大歷越民，比卒勒兵」之後挑選的精銳部隊，
越王把他們安置在中軍以方便發號施令指揮及保護越王安全。「雩王乃中分亓
帀以為右軍、右軍，以亓厶坙君子坙＝以為中軍」意指「越王於是把軍隊中
分為左、右兩軍，再把國家精銳士卒六千人安置在中軍。」

③若（諾）明日酒（將）舟戰（戰）於江。及昏，乃命右（左）軍監（銜）
榠（枚）鮛（溯）江五【六四】里以須

原考釋：

> 監，讀為「銜」，皆為談部。榠，疑即「枚」之形聲異體，「微」
> 與「枚」皆為明母微部。銜枚，見《國語‧吳語》。《周禮‧大司
> 馬》：「群司馬振鐸，車徒皆作，遂鼓行，徒銜枚而進。」須，等
> 待。《國語‧吳語》「乃令左軍銜枚泝江五里以須」韋昭注：「須，

〔註1648〕清華大學出土文獻與保護中心編、李學勤主編：《清華大學藏戰國竹簡（柒）》，
上海，中西書局，2017年4月，頁147，注17。

〔註1649〕子居：〈清華簡七《越公其事》第十、十一章解析〉，http://www.xianqin.tk/2017/
12/13/418，20171213。

須後命。」〔註1650〕

石小力認為簡文中的「岢」字原作 ⿱ピ兄、⿱ピ兄。過去整理者釋「先」、白於藍先生釋「長」、李家浩先生釋「㞢」，陳劍先生釋「岢」。《越公其事》篇中，恰好有從「岢」之「桄」用為「枚」之例，可證陳劍先生之釋讀確實正確無疑，「岢」及從「岢」之字用為「枚」，也豐富了我們對楚簡字詞關係的新認識：

包山楚簡140：「鄧人所漸（斬）木：四百岢（枚）於正鄝（蔡）君之地虇溪之中；其百又八十岢（枚）於畢地郑（卷）中。反」簡文中的「岢」字原作 ⿱ピ兄、⿱ピ兄，過去整理者釋「先」、白於藍先生釋「長」、李家浩先生釋「㞢」，陳劍先生釋「岢」〔註1651〕。該字釋「岢」，讀「枚」從文意來看也是最為允當的。但陳先生的說法並未獲得學術界的公認，如陳偉等著《楚地出土戰國簡冊[十四種]》讀為「微」〔註1652〕，李守奎、賈連翔、馬楠編著之《包山楚墓文字全編》仍從李家浩先生說釋為「㞢（微）」〔註1653〕，一個重要的原因應該就是楚簡中「岢」未見用為量詞「枚」之例。

在《越公其事》篇中，恰好有從「岢」之「桄」用為「枚」之例：「若明日，將舟戰於江。及昏，乃命左軍監（銜）桄（枚）鯀（溯）江五 64 里以須，亦命右軍監（銜）桄（枚）渝江五里以須」（簡64-65）。「桄」字，整理者疑即「枚」之形聲異體，微與枚皆為明母微部。簡文之語見於《國語・吳語》：「明日將舟戰於江，及昏，乃令左軍銜枚泝江五里以須，亦令右軍銜枚踰江五里以須。」與「桄」字對應之正字作「枚」，可證整理者將「桄」視作「枚」之異體甚確。

現在《越公其事》中兩例從「岢」之「桄」皆明確用為「枚」，可證陳劍先生之釋讀確實正確無疑，「岢」及從「岢」之字用為「枚」，

〔註1650〕清華大學出土文獻與保護中心編、李學勤主編：《清華大學藏戰國竹簡（柒）》，上海，中西書局，2017年4月，頁147，注18。

〔註1651〕陳劍：《上博（三）・〈仲弓〉賸義》，《簡帛》第3輯，上海古籍出版社，2008年，收入氏著《戰國竹書論集》，上海古籍出版社，2013年。

〔註1652〕陳偉等：《楚地出土戰國簡冊[十四種]》，經濟科學出版社，2009年，頁69。

〔註1653〕李守奎、賈連翔、馬楠：《包山楚墓文字全編》，上海古籍出版社，2012年，頁350。

也豐富了我們對楚簡字詞關係的新認識。〔註1654〕

亦趨認為段注《說文》「枚」字，微也。包山楚簡140號簡的「㕟」陳劍教授讀為「枚」，現在看來包山簡和清華簡這兩個字可以互證：

> 《說文》：「枚」字段注：「豳風傳曰：『枚，微也。』《魯頌》傳曰：『枚枚，礱密也。』皆謂枚為微之假借也。」值得注意的是，包山楚簡140號簡正反記：「登人所漸（斬）木四百㕟於？君之地蓳溪之中，其百又八十㕟於畢地鄭中。」兩處「於」前之字有不同的推測。陳劍教授讀為「枚」（陳劍：《楚簡「昪」字試解》，《簡帛》第四輯，上海古籍出版社2009年）。朱曉雪博士從之（《包山楚簡綜述》，福建人民出版社2013年，第470～472頁），現在看來包山簡和清華簡這兩個字可以互證，陳劍先生和清華簡整理者的釋讀，當可憑證。〔註1655〕

ee認為「若明日」後不應加逗號，其義是「擺出好像明日要打仗的樣子」：

> 《越公其事》簡64：「若明日將舟戰於江。」「若明日」後不應加逗號，其義是「擺出好像明日要打仗的樣子」，今本《國語・吳語》奪去「若」字，文義已不太清晰矣。〔註1656〕

陳偉疑「若」讀為「諾」，應許義。即越、吳雙方約定的交戰時間和方式，但越人半夜偷襲，且涉江而戰，完全破壞了約定：

> 疑「若」讀為「諾」，應許義。《莊子・外物》「監河侯曰諾」，成玄英疏：「諾，許也。」《荀子・王霸》「刑賞已諾信乎天下矣」楊倞注同。《大戴禮記・保傳》「不知已諾之正」，王聘珍解詁：「諾，相然許之辭也。」「明日將舟戰于江」為「諾」的內容，即越、吳雙方約定的交戰時間和方式。這是早期戰爭的古風。但越人半夜偷襲，且

〔註1654〕石小力：〈據清華簡（柒）補證舊說四則〉，http://www.ctwx.tsinghua.edu.cn/publish/cetrp/6842/2017/20170423064545430510109/20170423064545430510109_.html，20170423。

〔註1655〕簡帛論壇：「清華七《越公其事》初讀」，第9樓，20170424。補按：石小力先生已將包山簡、清華簡「枚」字關聯（http://www.tsinghua.edu.cn/publish/cetrp/6831/2017/20170423064545430510109/20170423064545430510109_.html）

〔註1656〕簡帛論壇：「清華七《越公其事》初讀」，第50樓，20170427。

涉江而戰，完全破壞了約定。〔註1657〕

石小力認為若，當訓為及、至。「若明日」與下文「及昏」、「夜中」相類，皆在句中表示時間：

> 若，當訓為及、至。王引之《經傳釋詞》卷七：「若，猶及也，至也。《書·召誥》曰：『若翼日乙卯』。《吳語》：『王若今起師以會』。」「若明日」與下文「及昏」、「夜中」相類，皆在句中表示時間。〔註1658〕

蕭旭認為「監」，讀為「嗛」，口有所銜也。上博二《子羔》：「有燕監卵。」整理者括注為「銜」：

> 監，讀為嗛。《說文》：「嗛，口有所銜也。」「銜」亦借字。上博簡（二）《子羔》簡11：「有燕監卵。」整理者括注為「銜」（《上海博物館藏戰國楚竹書（二）》，上海古籍出版社2002年版，第195頁。），亦未得正字。〔註1659〕

子居認為網友ee指出「若明日」後不應加逗號，所說甚是。《左傳》既稱「越子以三軍潛涉」，是「左右句卒」當為三軍編制外的奇兵，而非《國語·吳語》及《越公其事》所說的左軍、右軍：

> 對比《左傳·哀公十七年》：「三月，越子伐吳，吳子禦之笠澤，夾水而陳。」是笠澤當即在江上，《左傳》既稱「越子以三軍潛涉」，是「左右句卒」當為三軍編制外的奇兵，而非《國語·吳語》及《越公其事》所說的左軍、右軍，因此當時的戰況與《國語·吳語》及《越公其事》所記實頗為不同。〔註1660〕

郭洗凡認為陳偉的觀點可從。「若」讀為「諾」，答應的意思。越國破壞了吳越兩國之間的協定，偷襲吳國的軍隊：

〔註1657〕陳偉：〈清華簡七《越公其事》校讀〉，http://www.bsm.org.cn/show_article.php?id=2790，20170427。另刊於〈清華簡七《越公其事》校釋〉，「出土文獻與傳世典籍的詮釋國際學術研討會」會議論文集，復旦大學出土文獻與古文字研究中心，2017年10月14～15日。

〔註1658〕簡帛論壇：「清華七《越公其事》初讀」，第63樓，20170427。

〔註1659〕蕭旭：〈清華簡（七）校補（二）〉，http://www.gwz.fudan.edu.cn/Web/Show/3061，20170605。

〔註1660〕子居：〈清華簡七《越公其事》第十、十一章解析〉，http://www.xianqin.tk/2017/12/13/418，20171213。

陳偉的觀點可從。「若」讀為「諾」均為上古鐸部字，允許，答應的
意思。簡文的意思是越國破壞了吳越兩國之間的協定，偷襲吳國的
軍隊。〔註1661〕

郭洗凡認為「微」與「枚」都是明母微部，「梡」極可能是「枚」之異體。
古代行軍時候口中銜著枚，防止出聲：

> 「微」與「枚」都是明母微部，故「梡」極可能是「枚」之異體。
> 銜枚，《周禮‧夏官‧大司馬》：「羣司馬振鐸，車徒皆作，遂鼓行，
> 徒銜枚而進。古代行軍時候口中銜著枚，防止出聲。〔註1662〕

羅云君認為陳偉之說可從。〔註1663〕

吳德貞認為讀「諾」可從。句讀從陳偉先生觀點將整句連讀。〔註1664〕

秋貞案：

「若明日」的「若」，原考釋沒有解釋。今本《國語‧吳語》沒有「若」字。
ee認為「若明日」後不應加逗號，「擺出好像明日要打仗的樣子」。筆者認為其
實可以不加逗號，但是加了對語義也沒有什麼理解上的歧義。陳偉疑「若」讀
為「諾」，應許義，即吳越承諾「明日舟戰於江」，此看法是對的。石小力認為
「若」訓及、至。筆者認為「若」雖有「及、至、到」的意思。如《書‧召誥》：
「越五日甲寅，位成。若翼日乙卯，周公朝至于洛。」但是細看此句「若明日，
酒（將）舟戰（戰）於江」的「若」是「及、至、到」的話，表示時序上已經
到了明日，如何「將舟戰於江」呢？邏輯不通。故筆者認為此處的「若」應如
陳偉的看法，讀為「諾」，「許諾」義較合理。在春秋時期即使遇到戰爭也還有
講求戰爭禮儀的，如尊周禮的宋襄公為了堅持戰爭禮儀，結果被楚軍大敗。宋
襄公倡仁義，和楚交戰時為了師出有名，絕不偷襲和設伏，先下戰帖交代作戰
的時間、人數、地點，讓雙方準備好再戰。當楚軍尚在渡河未列陣時，宋襄公
仍堅持等楚軍列好陣勢再攻擊，結果宋被人數眾多的楚軍打敗。吳越交戰時，
即使承諾了，也可能是欺敵的手段。

〔註1661〕郭洗凡：《清華簡《越公其事》集釋》，安徽大學碩士學位論文，2018年3月，頁
103。

〔註1662〕郭洗凡：《清華簡《越公其事》集釋》，安徽大學碩士學位論文，2018年3月，頁
104。

〔註1663〕羅云君：《清華簡《越公其事》研究》，東北師範大學，2018年5月，頁114。

〔註1664〕吳德貞：《清華簡《越公其事》集釋》，武漢大學碩士論文，2018年5月，頁96。

「及昏」的「及」訓為「到、至」。「監梡」即「銜枚」，原考釋之說可從，今本《國語·吳語》亦為「銜枚」。從「岂」之字讀為「枚」，陳劍先生曾釋包山簡中「四百岂……」、「其百又八十岂」之「岂」為「枚」，目前《越公其事》的「梡」釋「枚」正好提供證據。「鯂」字原考釋沒有說明，但在釋文中寫作「溯」。《上博八·王居》「王居鯂（蘇）澷（漫）之室」的「鯂（）」，「蘇」和「溯」上古音都在心母魚部，可通。今本《國語·吳語》寫「泝江」。「泝」、「溯」的上古音都在心母魚部，聲韻可通。「須」為「等待」。「若明日酒舟戰於江。及昏，乃命右軍監梡鯂江五里以須」意指「（越國）承諾到天亮將船戰於江。但到了黃昏，就命令左軍銜枚溯江五里待命」。

④亦命右軍監（銜）梡（枚）渝江五里以須

原考釋：

渝江，順江流而下，與「溯江」反義。〔註1665〕

易泉認為「渝」，讀作「逾」，訓作「降、下」。鄂君啟舟節有「逾江」，可參看。〔註1666〕

子居認為左軍逆流而上，右軍順流而下，因此可知吳越會戰的「江」是東流的。〔註1667〕

郭洗凡認為整理者觀點可從。「渝」，變污濁，意思指的是渝水，不合適。另一通「逾」，超越前進：

整理者觀點可從，「渝」，變污濁，從水，俞聲，另一種意思指的是渝水，在文中的意思不合適。逾，從辵，俞聲，超越前進，《周書》：「無感昏逾」。〔註1668〕

吳德貞認為「易泉」之說可從，「渝（逾）」指「順流而下」。〔註1669〕

〔註1665〕清華大學出土文獻與保護中心編、李學勤主編：《清華大學藏戰國竹簡（柒）》，上海，中西書局，2017年4月，頁147，注19。

〔註1666〕簡帛論壇：「清華七《越公其事》初讀」，第103樓，20170430。

〔註1667〕子居：〈清華簡七《越公其事》第十、十一章解析〉，http://www.xianqin.tk/2017/12/13/418，20171213。

〔註1668〕郭洗凡：《清華簡《越公其事》集釋》，安徽大學碩士學位論文，2018年3月，頁105。

〔註1669〕吳德貞：《清華簡《越公其事》集釋》，武漢大學碩士論文，2018年5月，頁97。

秋貞案：

原考釋釋「渝江，順流而下」可從。「渝」字從「水」從「俞」聲。《說文》「俞」：「空中木為舟也，从人从舟，从巜。巜水也。」易泉認為「渝」，讀作「逾」，訓作「降、下」於理有據。《上博六·莊》簡4：「四航以～（逾）」作，表順流而下。〔註1670〕

「亦命右軍監桉渝江五里以須」意指「也命令右軍銜枚順流而下五里待命」。

《國語·吳語》相應段落寫的是「乃命左軍銜枚泝江五里以須」。「泝」有逆水而上的意思。如：《左傳·文公十年》：「〔楚子西〕沿漢泝江，將入郢。」《吳越春秋·句踐二十一年》相應段落寫的是「銜枚踰江十里」，「踰」通「逾」。原考釋認為「渝」有順流而下的意思，則和《國語·吳語》的版本有出入。《越公其事》的「乃命右軍監桉鮛江五里以須」是「左軍溯江」如今這裡是「右軍渝江」，這一點和《吳越春秋·句踐二十一年》版本就比較接近，但不見得今本的版本都完全和簡本一致。據筆者的觀察，簡本《越公其事》有寫的段落，不一定在《國語·吳語》或《國語·越語》或《吳越春秋》上有相應的段落，也沒有孰比較詳述及孰比較簡略的問題，各有千秋。筆者認為古代典籍版本應該很多，傳抄者亦不少，以目前所見可能只是其中冰山一角，故無法論定孰為對錯及優劣或成書之早晚等，也無法從一二版本中的內容考定歷史、地理方位。但我們不否定各方學者對這個問題的高度興趣，我們只能期待這些努力研究的珍貴成果在未來出土材料更豐富的時候，可以得到更確切的證明。

⑤麥（夜）中，乃命右（左）軍、右軍涉江，鳴鼓，中水以塱。【六五】。

原考釋：

> 中水，《國語·吳語》「中水以須」，韋昭注：「水中央也。」塱，《說文》：「待也，從立，須聲。」〔註1671〕

〔註1670〕徐在國：《上博楚簡文字聲系（一～八）》，合肥，安徽大學出版社，2013年12月，頁1028。

〔註1671〕清華大學出土文獻與保護中心編、李學勤主編：《清華大學藏戰國竹簡（柒）》，上海，中西書局，2017年4月，頁147，注20。

子居認為《左傳‧哀公十七年》無「中水以須」等等內容，這些內容很可能是演繹出來的：

> 《左傳‧哀公十七年》所記為「越子為左右句卒，使夜或左或右，鼓噪而進，吳師分以禦之。」並無「中水以須」等等內容，這些內容很可能是演繹出來的。〔註1672〕

趙平安認為「竪」字最早見於《越公其事》。本簡的第三個「竪」字和前兩個「須」字一樣都是等待之意，但是「竪」借鬚髮的「須」（有時也借「需」）表示，「立」旁是後來加上去的。〔註1673〕

秋貞案：

簡30的涉字形「（圖）」和本簡的涉字「（圖）」寫法不同。可見楚文字的字形多變，同音不同形的字很多。「麥中，乃命右軍、右軍涉江，鳴鼓，中水以竪」意指「入夜後，就命令左軍右軍渡江，擊鼓，至水中央待命」。

2. 整句釋義

吳王發動軍隊，屯師於江北。越國發動軍隊，屯師於江南。越王於是把軍隊中分為左、右兩軍，再把國家精銳士卒六千人安置在中軍。（越國）承諾到天亮將船戰於江。但到了黃昏，就命令左軍銜枚溯江五里待命，也命令右軍銜枚順流而下五里待命。入夜後，就命令左軍右軍渡江，擊鼓，至水中央待命。

（四）吳帀（師）乃大懡（駭），曰：「雩（越）人分為二帀（師），涉江，牂（將）以夾□（攻）我師。」乃不□（竪）且①。乃中分亓（其）帀（師），牂（將）以御（禦）之。【六六】雩（越）王句戔（踐）乃以亓（其）厶（私）卒（卒）卒=（六千）歔（竊）涉②。不鼓不枭（噪）以滯（侵）攻之，大闔（亂）吳帀（師）③。左軍、右軍乃述（遂）涉，戎（攻）之。【六七】吳帀（師）乃大北，疋（三）戰（戰）疋（三）北，乃至於吳④。雩（越）帀（師）乃因軍吳=（吳，吳）人昆奴乃內（納）雩=帀=（越師，

〔註1672〕子居：〈清華簡七《越公其事》第十、十一章解析〉，http://www.xianqin.tk/2017/12/13/418，20171213。

〔註1673〕趙平安：〈說字小記（八則）〉，《出土文獻》（第十四輯），中西書局，2019年4月，頁117。

越師）乃逃（遂）闔（襲）吳。∟【六八】⑤

今本《國語·吳語》、《吳越春秋·句踐二十一年》和《太平御覽·銜枚》和本章此段落相似性極高的部分列出以便對照參考：

◎《國語·吳語》：

> 吳師聞之，大駭，曰：「越人分為二師，將以夾攻我師。」乃不待旦，亦中分其師，將以御越。越王乃令其中軍銜枚潛涉，不鼓不譟以襲攻之，吳師大北。越之左軍、右軍乃遂涉而從之，又大敗之于沒，又郊敗之，三戰三北，乃至于吳。越師遂入吳國，圍王臺。

◎《吳越春秋·句踐二十一年》：

> 吳師聞之，中大駭，相謂曰：「今越軍分為二師，將以使攻我眾。」亦即以夜暗中分其師以圍越。越王陰使左右軍與吳望戰，以大鼓相聞；潛伏其私卒六千人，銜枚不鼓攻吳。吳師大敗。越之左右軍乃遂伐之，大敗之於囿，又敗之於郊，又敗之於津，如是三戰三北，俓至吳，圍吳於西城。

◎《太平御覽·銜枚》：

> 《國語》曰：越王以其中軍私率六千人銜枚以襲攻之，吳師大北。

1. 字詞考釋

①吳市（師）乃大烖（駭），曰：「雩（越）人分為二市（師），涉江，牆（將）以夾☐（攻）我師。」乃不☐（朢）旦

原考釋：

> 殘缺約四到五字，「攻」與「朢」有殘存筆畫，可補為「攻我師乃不朢」或「攻我師不朢」。〔註1674〕

子居認為《越公其事》末兩章文字多承襲自《國語·吳語》末兩章，但其敘事則往往替換為越人視角：

> 本節的「乃大駭」，《國語·吳語》作「聞之大駭」，後文對應部分《國語》也無「涉江」二字，可見二者在流傳過程中已各有改寫，《國語·

〔註1674〕清華大學出土文獻與保護中心編、李學勤主編：《清華大學藏戰國竹簡（柒）》，上海，中西書局，2017年4月，頁147，注21。

吳語》側重了吳師聽到越師左右軍鳴鼓的情況，《越公其事》則側重
了越師的涉江行為。由下文解析內容也可以看到，雖然《越公其事》
末兩章文字多承襲自《國語·吳語》末兩章，但其敘事則往往替換
為越人視角。〔註1675〕

秋貞案：

原考釋認為「殘缺約四到五字，『攻』與『𦎫』有殘存筆畫，可補為『攻
我師乃不𦎫』或『攻我師不𦎫』」，但筆者從原圖版來看，「夾攻……𦎫」含殘
字「攻、𦎫」不算，就只有四個缺字。所以不可能是原考釋的「攻我師不𦎫」，
這要排除，而「攻我師乃不𦎫」就變得較有可能。筆者參考今本《國語·吳
語》「乃不待旦」，認為這一殘句可以補「□（攻）我師。』乃不□（𦎫）旦」，
「攻我師」後要斷句。「將以夾□（攻）我師。」一句是以吳軍視角口語寫作，
而「乃不𦎫旦」一句又回到作者視角敘述，其主語是吳師。

圖 015

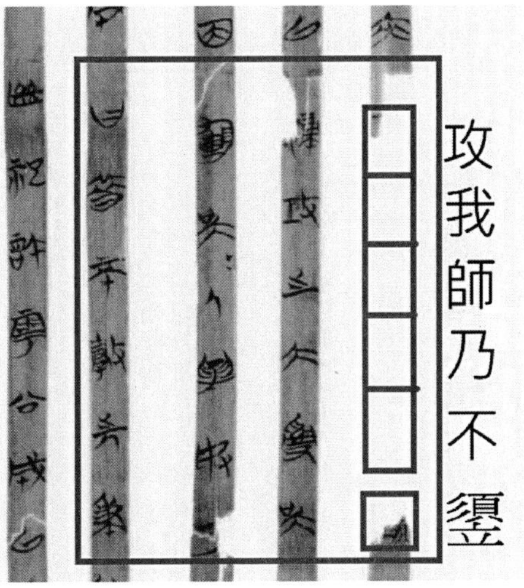

「吳帀乃大炆，曰：『雩人分為二帀，涉江，牕以夾□（攻）我師。』乃不
□（𦎫）旦」意即「吳師於是非常害怕，說：『越國人分左右二師，渡江要來
夾攻我師。』（吳師）於是不等到天亮。」（如上圖示）

②乃中分亓（其）帀（師），牕（將）以御（禦）之。【六六】雩（越）
王句𢺵（踐）乃以亓（其）厶（私）卒（卒）卒₌（六千）敲（竊）涉

〔註1675〕子居：〈清華簡七《越公其事》第十、十一章解析〉，http://www.xianqin.tk/2017/
12/13/418，20171213。

原考釋：

竊涉，《國語‧吳語》作「潛涉」，韋昭注：「潛，默也。」〔註1676〕

子居認為《國語‧吳語》的「潛涉」尚同于《左傳》，而《越公其事》作「竊涉」，則已是改動後的結果，這也說明《國語‧吳語》的這部分內容要早於《越公其事》。另一個證據，《國語‧吳語》該部分內容自始至終只稱「越王」，《越公其事》則或稱「越王」或稱「越王勾踐」：

由《左傳‧哀公十七年》：「越子以三軍潛涉，當吳中軍而鼓之，吳師大亂，遂敗之。」可見，《國語‧吳語》的「潛涉」尚同于《左傳》，而《越公其事》作「竊涉」，則已是改動後的結果，這也說明《國語‧吳語》的這部分內容要早於《越公其事》。《國語‧吳語》對應部分內容要早於《越公其事》的另一個證據，為《國語‧吳語》該部分內容自始至終只稱「越王」，《越公其事》則或稱「越王」或稱「越王勾踐」，其情況與《國語‧吳語》前幾章類似，故可說明《國語‧吳語》末兩章成文時間早于《吳語》前幾章和《越公其事》的編撰成篇。〔註1677〕

郭洗凡認為整理者觀點可從。「潛」，涉水也，還有一種說法是隱藏的意思，與「竊」含義相近：

整理者觀點可從。「竊」，從穴從米，卨，月部，古文偰字，表聲符。

「潛」，涉水也，還有一種說法是隱藏的意思，與「竊」含義相近。

〔註1678〕

秋貞案：

「乃中分亓帀，㱿以御之」一句接續上一句「乃不須旦」，表示吳軍知道越軍違反承諾遷行夜襲之後，吳軍也立刻中分其師以迎戰。「乃中分亓帀，㱿以御之。雪王句戋乃以亓厶㚇卒=敵涉」，意即「就中分其師，將抵禦越軍。

〔註1676〕清華大學出土文獻與保護中心編、李學勤主編：《清華大學藏戰國竹簡（柒）》，上海，中西書局，2017年4月，頁147，注22。

〔註1677〕子居：〈清華簡七《越公其事》第十、十一章解析〉，http://www.xianqin.tk/2017/12/13/418，20171213。

〔註1678〕郭洗凡：《清華簡《越公其事》集釋》，安徽大學碩士學位論文，2018年3月，頁106。

越王句踐於是以他的六千精銳士卒偷偷渡江」。

③不鼓不喿（噪）以㴭（侵）攻之，大𨟻（亂）吳帀（師）

原考釋：

> 鼓噪，擂鼓吶喊。《墨子·備蛾傳》：「夜半，而城上四面鼓噪，敵人必或，破軍殺將。」侵攻，《國語·吳語》作「襲攻」。侵、襲義近。

〔註1679〕

難言認為「㴭攻」似當讀「潛攻」。〔註1680〕

陳偉武認為「㴭」亦用為「侵」，指悄然侵犯：

> 簡67「不鼓不喿（噪）以㴭攻之」，「㴭」亦用為「侵」，指悄然侵犯。

〔註1681〕

心包認為回應「難言」：《左傳·莊公二十九年》「凡師，有鐘鼓曰伐，無曰侵，輕曰襲」，似不必破。〔註1682〕

魏宜輝認為「㴭」字在這裡用「襲」顯然是準確的。戰國非秦系簡帛文獻中，一般都是用「𢦏」字來表示「侵伐」，所以我們懷疑簡文中的「㴭」字有可能就讀作「襲」：

> 簡63～67 講述了越人採取了兵分三路的進攻策略，渡江攻擊吳軍。越人左右兩軍半渡而鳴鼓，使吳人驚恐，分兵左右防禦越人。而越人則以句踐私卒（即中軍）出其不意發起進攻，使吳人的防禦出現混亂。越人左右兩軍協同進攻，吳人大敗。類似的記載也見於《國語·吳語》。與上引簡文對應的部分，《國語·吳語》作「越王乃令其中軍銜枚潛涉，不鼓不譟，以襲攻之，吳師大北。」其中的「㴭」字，竹簡整理者讀作「侵」。與之對應《國語·吳語》作「襲」，整理者認為侵、襲義近。簡文及《國語》的記載都表明

〔註1679〕清華大學出土文獻與保護中心編、李學勤主編：《清華大學藏戰國竹簡（柒）》，上海，中西書局，2017年4月，頁147，注23。

〔註1680〕簡帛論壇：「清華七《越公其事》初讀」，第121樓，20170501。

〔註1681〕陳偉武：《清華簡第七冊釋讀小記》，參加由澳門大學中國語言文學系、香港浸會大學饒宗頤國學院、清華大學出土文獻研究與保護中心合辦的「清華簡國際研討會」（中國·香港、中國·澳門），宣讀論文2017年8月26～28日。

〔註1682〕簡帛論壇：「清華七《越公其事》初讀」，第122樓，20170501。

越人的中軍是在靜默狀態下突然發起進攻的，在這裡用「襲」顯然是準確的。在戰國非秦系簡帛文獻中，一般都是用「戜」字來表示「侵伐」之{侵}，這種用字是比較固定的。所以我們懷疑簡文中的「浧」字有可能就讀作「襲」。竹簡文字中的「浧」其實就是「浸」字的異體。「浸」字古音為精母侵部字，「襲」為邪母緝部字，二字的聲、韻關係都非常近，從讀音關係上看是可以相通的。〔註1683〕

黔之菜認為「浧（浸）」字可讀為「潛」，簡文云「敗（竊）涉」、「浧（浸－潛）攻」，「敗（竊）」、「浧（浸－潛）」這兩個字，都有秘密、暗地裡的意思：

「浧（浸）」、「襲」二字分別屬於陽聲字-m韻尾和入聲字-p韻尾，二字古音的確非常相近，有可能是同源關係。但嚴格地從語音上講，陽聲字與入聲字畢竟還是判然有別的。我們認為，根據出土簡帛的用字習慣，《越公其事》的「浧（浸）」字可讀為「潛」。「浧（浸）攻」就是「潛攻」，即秘密地攻擊。我們檢索傳世文獻有下引文句：

1. 李延壽《北史》卷38《裴矩列傳》：矩又白狀，令反間射匱，潛攻處羅（《舊唐書》卷六十三、《隋書》卷六十七文句略同）。

2. 《全唐文》卷617段文昌《平淮西碑》：桓桓襄帥，奇謀成功。浮罌暗渡，束馬潛攻。

雖然檢索到的文獻都相對較晚，但我們不能說在先秦沒有「潛攻」這個詞。比如《越公其事》簡20「邊人為不道，或航（抗）御（禦）寡人之辭」，傳世文獻中，「抗禦」一語的始見書也是見於相對較晚的文獻，如果沒有清華簡《越公其事》，難道我們可以說在先秦就沒有「抗禦」這個詞嗎？綜上所述，簡文云「敗（竊）涉」、「浧（浸－潛）攻」，「敗（竊）」、「浧（浸－潛）」這兩個字，都有秘密、暗

〔註1683〕魏宜輝：〈讀《清華大學藏戰國竹簡（柒）》札記〉，香港浸會大學饒宗頤國學院，澳門大學中國語言文學系，清華大學出土文獻研究與保護中心：《〈清華簡〉國際會議論文集》，2017年10月26日～28日。

地裡的意思。因為偷偷地涉水、秘密地攻擊（即上引《平淮西碑》之暗渡、潛攻），所以越國部隊能出奇制勝，一舉大敗吳軍。〔註1684〕

shenhao19 認為未必「潛攻」是一個詞，如果將「侵」讀為「潛」其實可以斷為「不鼓不譟以潛，攻之大亂吳師。」文本中的潛、涉是有區別的：

> 未必「潛攻」是一個詞，因為前文已經講「乃命左軍、右軍涉江鳴鼓中水以須」應當與「不鼓不譟以侵攻之，大亂吳師。」對應，個人認為如果將侵讀為「潛」其實可以斷為「不鼓不譟以潛，攻之大亂吳師。」文本中的潛、涉是有區別的，國語稱「銜枚潛涉」可能是水深淺的問題。〔註1685〕

子居認為網友難言所說是，「滯攻」似當讀「潛攻」。《越公其事》則是措辭與《左傳》同而語序有異，《吳語》尚是以描述吳師為主，而《越公其事》將語序置換了後，「大亂吳師」則成為凸顯越師的描述：

> 網友難言指出所說是。後文《國語・吳語》作「吳師大北」，《越公其事》作「大亂吳師」，比較《左傳・哀公十七年》的「吳師大亂」，是《吳語》語序和《左傳》相同，但有「北」和「亂」的區別，《越公其事》則是措辭與《左傳》同而語序有異。雖然很相似，但《吳語》尚是以描述吳師為主，而《越公其事》將語序置換了後，「大亂吳師」則成為凸顯越師的描述。〔註1686〕

羅云君認為「不鼓不喿（譟）以滯（侵）攻之」是越國中軍在吳軍分兵以後，突然襲擊吳軍：

> 《左傳》莊公二十九年：「凡師，有鐘鼓曰伐，無曰侵，輕曰襲」。「不鼓不喿（譟）以滯（侵）攻之」是越國中軍在吳軍分兵以後，

〔註1684〕黔之菜：〈說《清華簡（柒）・越公其事》之「潛攻」〉，http://www.gwz.fudan.edu.cn/Web/Show/3178，20171129。蒙蕭旭先生告知，已早有人提出：簡67「不鼓不譟而滯攻之」，似當讀「潛攻」，見武漢大學簡帛網——簡帛論壇——簡帛研讀《清華七〈越公其事〉初讀》，第121樓，http://www.bsm.org.cn/bbs/read.php?tid=3456&page=13。非常感謝蕭先生提示，那末小文也可以補充網友難言先生的意見。

〔註1685〕shenhao19 在黔之菜：〈說《清華簡（柒）・越公其事》之「潛攻」〉一文之下的「學者評論」區發表，20171129。

〔註1686〕子居：〈清華簡七《越公其事》第十、十一章解析〉，http://www.xianqin.tk/2017/12/13/418，20171213。

突然襲擊吳軍。與簡【六四】至簡【六五】約定交戰日期后越國出其

不意的軍事部署一脈相承。〔註1687〕

秋貞案：

原考釋「鼓噪，擂鼓吶喊」，「淊攻」為「侵攻」，可從。「淊」字從「帚

（之九切）」聲，其上古音在章（莊）母幽部，「侵」在清紐侵部，上古正齒

音莊初牀疏古歸精清從心，故聲母章（莊）母和清母可通〔註1688〕，韻為旁對

轉。〔註1689〕「淊」、「侵」聲韻可通，「淊」直接釋為「侵」即可，不必曲折

釋「潛」、「襲」。「不鼓不噪」就可見「竊」的意圖。陳偉武認為「淊」亦用

為「侵」，指悄然侵犯，可從。原考釋說《國語・吳語》此處作「襲攻」。侵、

襲義近。心包提示《左傳・莊公二十九年》「凡師，有鐘鼓曰伐，無曰侵，輕

曰襲」，其「輕曰襲」和簡文「不鼓不噪」也很貼切。其斷句亦如原考釋斷句

即可，shenhao19斷句為非。「不鼓不噪以淊攻之」即「不鼓不噪以侵攻之」。

「不鼓不噪以淊攻之，大亂吳帀」，意指「不擂鼓吶喊，不發出聲音，以侵襲

吳國，大亂吳師」。

④左軍、右軍乃述（遂）涉，戎（攻）之。【六七】吳帀（師）乃大北，疋

（三）戰（戰）疋（三）北，乃至於吳

原考釋釋「疋」為「旋」：

疋，讀為「旋」，連詞。旋……旋，義為一邊……一邊。〔註1690〕

紫竹道人認為原考釋讀「疋」為「旋」，非是。「疋」當讀為「且」（二聲

之字相通之例甚夥，不必贅舉。最直接的例子是：《易・姤卦》「其行次且」

的「且」，上博簡《周易》作「疋」），吳師「且戰且北」。〔註1691〕

蕭旭認為「疋」，疑讀為「數」，「數戰數北」言吳師數戰皆敗北也：

既言吳師大北，則不是旋戰旋北，亦不是且戰且北。疋，疑讀為數，

二字生母雙聲，魚、侯旁轉疊韻。言吳師數戰皆敗北也。《國語・吳

〔註1687〕羅云君：《清華簡《越公其事》研究》，東北師範大學，2018年5月，頁117。
〔註1688〕陳新雄：《訓詁學》上冊，台灣學生書局，2012年9月出版，頁111。
〔註1689〕陳新雄：《古音學發微》，文史哲出版社，1983年二月三版，頁1085。
〔註1690〕清華大學出土文獻與保護中心編、李學勤主編：《清華大學藏戰國竹簡（柒）》，
　　　　　上海，中西書局，2017年4月，頁147，注24。
〔註1691〕簡帛論壇：「清華七《越公其事》初讀」，第15樓，20170424。

語》作「三戰三北」，韋昭注：「三戰，笠澤也，沒也，郊也。」《吳

語》所載三戰蓋大戰，小戰若干，故簡文曰「數戰數北」。〔註1692〕

　　子居認為紫竹道人提出「且戰且北」所說是。此「且戰且敗」據交戰過程推測，圍地當即在笠澤北岸，姑蔑約在圍地西十二公里處，吳郊則在姑蔑西十二公里：

> 先秦時「旋」字並無整理者所說的連詞用法，故「疋」當讀為「且」。此「且戰且敗」，據《國語·吳語》：「越之左軍右軍乃遂涉而從之，又大敗之於沒，又郊敗之，三戰三北，乃至於吳。」《國語·越語上》：「是故敗吳於圍，又敗之於沒，又郊敗之。」是即戰于圍、戰于沒、戰於郊，這裡的「沒」地，似即《國語·越語上》「句踐之地，南至於句無，北至於禦兒，東至於鄞，西至於姑蔑」的「姑蔑」。據交戰過程推測，圍地當即在笠澤北岸，姑蔑約在圍地西十二公里處，吳郊則在姑蔑西十二公里。〔註1693〕

　　郭洗凡認為整理者觀點可從。「疋」讀為「旋」，就是吳國軍隊一邊打仗一邊戰敗：

> 整理者觀點可從。根據前文：「吳帀（師）乃大北」以及後文「乃至於吳」指的是吳軍被擊敗，一直敗退到了吳國境內，因此「疋」讀為「旋」，就是吳國軍隊一邊打仗一邊戰敗。〔註1694〕

　　石小力認為簡文的「疋戰疋北」應該讀為《國語》之「三戰三北」：

> 《越公其事》：吳師乃大北，疋戰疋北，乃至於吳。（簡68）「疋戰疋北」，整理者注：「疋，讀為『旋』，連詞。旋……旋，義為一邊……一邊。」整理者讀「疋」為「旋」應是誤認為「旋」從「疋」得聲。疋，古音生母魚部，旋，邪母元部，古音差別較大，二字相通的可能性較小。「旋」字現在一般認為是個會意字，所從「疋」旁並非聲符，故「疋」讀為「旋」並不合適。

〔註1692〕蕭旭：〈清華簡（七）校補（二）〉，http://www.gwz.fudan.edu.cn/Web/Show/3061，20170605。

〔註1693〕子居：〈清華簡七《越公其事》第十、十一章解析〉，http://www.xianqin.tk/2017/12/13/418，20171213。

〔註1694〕郭洗凡：《清華簡《越公其事》集釋》，安徽大學碩士學位論文，2018年3月，頁106。

《國語·吳語》與簡文對應的語句作：「越之左軍、右軍乃遂涉而從之，又大敗之於沒，又郊敗之，三戰三北，乃至於吳。」（第 561頁）與「疋戰疋北」對應的是「三戰三北」。而蕭旭讀「疋」為「數」，「數戰數北」言吳師數戰皆敗北也，就是這個原因。「數」古音生母侯部，與疋聲紐相同，有通轉的可能。但二字在古書中未見通用的例子，故讀「數」未必正確。雖然簡本「疋戰疋北」前面的敘述較為簡略，未提到吳越之間具體的三個戰役，但簡本「疋戰疋北，乃至於吳」，與今本《國語》「三戰三北，乃至於吳」相比較，除了「疋」字外，其他六字完全相同，這很自然讓我們聯想到「疋」也應該對應今本的「三」字。但是從讀音上看，「三」字古音心母侵部，與「疋」字古音生母魚部，韻部較遠，二字通假的可能性較低。從字形上看，楚簡中的「疋」和「三」形體差別較大，存在訛混的可能性也不高。故整理者和後來的研究者皆未將簡本的「疋」和今本的「三」聯繫起來。不過，在清華簡《成人》篇中，「疋」字兩見，文例分別為「其一得……，其二得……，其疋得……，其四得……，其五得……」，「其一不得……，其二不得……，其疋不得……，其四不得……，其五不得……」（此篇將收入 2018 年中西書局即將出版的《清華大學藏戰國竹簡（捌）》。本人因工作關系得以先看到未公布的資料，具體字形與文例還請參看正式出版物），兩處都無疑是用為數詞「三」的。這兩則新材料有力地證明，在楚簡中「疋」字可以用為數詞「三」。故簡文的「疋戰疋北」應該讀為《國語》之「三戰三北」。戰國楚簡的用字現象十分複雜，有很多特別的用字習慣，學者對此曾有專門的研究（參陳斯鵬：《楚系簡帛中字形與音義關係研究》，中國社會科學出版社，2011 年；禤健聰：《戰國楚系簡帛用字習慣研究》，科學出版社，2017 年）。《越公其事》用「疋」字來表示數詞「三」雖然十分特別，但隨著新出土簡帛材料的不斷公佈，相信這種用字現象還會出現，從而更新我們對楚文字用字習慣的認識。〔註 1695〕

〔註 1695〕石小力：〈清華簡《越公其事》與《國語》合證〉，《文獻隻月刊》，2018 年 5 月第 3 期，頁 65。

吳德貞認為當從「紫竹道人」之說讀為「且」。〔註1696〕

秋貞案：

「述」原考釋釋「遂」，可從。原考釋：「疋，讀為『旋』，連詞。旋……旋，義為一邊……一邊」，原考釋沒有進一步說明。「疋」字上古音在是疑紐魚部，「旋」上古音在邪紐元部。齒牙音近，韻部旁對轉，聲韻上有通〔註1697〕，所以「疋」可以讀為「旋」。紫竹道人認為「疋」讀為「且」，提出音理上可通的證據。字義上「且」字就為連詞。連接兩個動詞，表示兩件事同時進行。《詩‧小雅‧車舝》：「雖無德與女，式歌且舞。」《史記‧李將軍列傳》：「陵軍五千人，兵矢既盡，士死者過半，而所殺傷匈奴亦萬餘人，<u>且引且戰</u>。」如果釋為「且」也可。蕭旭認為「疋」字讀為「數」，屢次。《孫子‧行軍》：「屢賞者窘也；數罰者困也。」《史記‧李斯列傳》：「見吏舍廁中鼠食不絜，近人犬，數驚恐之。」「疋」作「數」也可能。今本《國語‧吳語》在相應的段落是「三戰三北」，但很多學者們都沒確信，原因是「疋」和「三」上古聲韻並不相通，字形上也有距離。不過，石小力提出有力的證據：《清華簡（捌）‧成人》篇中，「疋」字兩見，文例分別為「其一得……，其二得……，其疋得……，其四得……，其五得……」，「其一不得……，其二不得……，其疋不得……，其四不得……，其五不得……」（2018年12月1日中西書局出版的《清華大學藏戰國竹簡（捌）》）以上兩處都無疑是用為數詞「三」的。《清華簡（捌）‧成人》篇這兩則新材料有力地證明，在楚簡中「疋」字可以用為數詞「三」的。只能說，這個材料對我們認識楚文字的世界有更新的發現。「左軍、右軍乃述涉，戉之。吳帀乃大北，疋戰疋北，乃至於吳」意指「（越國）左軍、右軍於是跟著渡江，攻打吳師。吳師於是大敗，三戰三敗，一直打到吳國境內」。

⑤雫（越）帀（師）乃因軍吳＝（吳，吳）人昆奴乃內（納）雫＝帀＝（越師，越師）乃述（遂）闔（襲）吳。乚【六八】

原考釋釋「昆奴」為吳人淪為昆奴者：

因，就。《國語‧鄭語》：「公曰：『謝西之九州，何如？』對曰：『其

〔註1696〕吳德貞：《清華簡《越公其事》集釋》，武漢大學碩士論文，2018年5月，頁98。
〔註1697〕陳新雄：《古音學發微》，文史哲出版社，1983年二月三版，頁1084。

民沓貪而忍，不可因也。』」韋昭注：「因，就也。」〔註1698〕

吳人昆奴，吳人淪為昆奴者。昆奴，未詳，疑是奴之一種。或以為
「昆奴」為人名。〔註1699〕

程浩認為「吳人昆奴」的「奴」字或可讀「孥」，就是吳人之兄弟妻子。是
說越國軍隊已經對吳國的兄弟妻子進行了掠奪：

> 「昆奴」作為奴之一種抑或人名，古書均未得見。我們猜測這裡的
> 「奴」字或可讀「孥」。包山文書簡 122、123 有兩個「奴」字，周
> 鳳五先生既將其讀為「孥」。（周鳳五：《〈余𦤶命案文書〉箋釋——
> 包山楚簡司法文書研究之一》，《台大文史哲學報》第 41 期，第 12
> 頁）《國語・鄭語》「寄孥與賄焉」，韋昭注云「孥，妻子也」。「昆」，
> 《玉篇》云「兄弟也」。簡文所謂「吳人昆奴」，就是吳人之兄弟妻
> 子。

> 兩國都將兄弟子女視作珍貴的資源。《越公其事》第十章講「吳人
> 昆孥乃入越師」，是說越國軍隊已經對吳國的兄弟妻子進行了掠
> 奪。〔註1700〕

暮四郎認為「昆」（文部見母）或當讀為「髡」（文部溪母）。「髡」在文獻
中常與奴的身份相聯繫：

> 「昆」（文部見母）或當讀為「髡」（文部溪母）。古「昆」聲、「君」
> 聲的字通用。《老子》「故混而為一」，混，馬王堆帛書乙本作「[糸
> ＋君]」。「髡」與「君」聲的字可通。左氏《春秋》文公元年「楚
> 世子商臣弒其君頵」，頵，《穀梁傳》、《公羊傳》所載之《春秋》
> 經文均作「髡」。「髡」在文獻中常與奴的身份相聯繫，如《周禮・
> 秋官》「墨者使守門，劓者使守關，宮者使守內，刖者使守囿，髡
> 者使守積」，《新書・階級》「是以係、縛、榜、笞、髡、刖、黥、

〔註1698〕清華大學出土文獻與保護中心編、李學勤主編：《清華大學藏戰國竹簡（柒）》，
上海，中西書局，2017 年 4 月，頁 148，注 25。

〔註1699〕清華大學出土文獻與保護中心編、李學勤主編：《清華大學藏戰國竹簡（柒）》，
上海，中西書局，2017 年 4 月，頁 148，注 26。

〔註1700〕程浩：〈清華簡第七輯整理報告拾遺〉，http://www.ctwx.tsinghua.edu.cn/publish/cetrp/
6842/2017/20170423070443275145903/20170423070443275145903_.html，20170423。

剸之罪，不及士大夫」。「吳人昆奴乃內（入）越師」似與武王伐
紂時「紂師皆倒兵以戰，以開武王」（《史記・周本紀》）之情節甚
為相似。〔註1701〕

　　Cbnd 認為「昆」之字可讀作「閽」。「閽奴」即守門的奴僕：

　　簡文中釋作「昆」之字可讀作「閽」。守門人可稱「閽人」，「閽奴」
　　即守門的奴僕。這句話是說閽奴打開城門，使越師進入吳都城裡。

　　〔註1702〕

　　汗天山認為 Cbnd 之說可信。簡文當讀為「吳人閽奴乃內（納）越師」，
「內」指閽奴打開城門接納、放進（內、入一字分化，入，指使之入，義同），
而非指閽奴（守城門者）進入越師：

　　——此說應該可信。可為此說補充一條佐證材料：《吳越春秋・夫差
　　內傳第五》二十三年十月，越王復伐吳。吳國困不戰，士卒分散，
　　城門不守，遂屠吳。——其中「城門不守」，大概即是指此事？——
　　如此，簡文當讀為「吳人閽奴乃內（納）越師」，「內」指閽奴打開
　　城門接納、放進（內、入一字分化，入，指使之入，義同），而非指
　　閽奴（守城門者）進入越師。——馬後砲：「昆奴」不可能是人名？
　　若吳越之爭有這麼一個關鍵人物，史籍當不會失載吧？〔註1703〕

　　侯乃峰認為「昆」讀作「閽」當可信，簡文當讀為「吳人閽奴乃入越師」，
「入越師」即是使越師入，意思是吳國的閽奴（守城門者）打開城門讓越國軍
隊進入吳國：

　　「昆」讀作「閽」當可信。《吳越春秋・夫差內傳第五》：「二十三年
　　十月，越王复伐吳。吳國困不戰，士卒分散，城門不守，遂屠吳。」
　　其中所謂「城門不守」，大概就是指此事。如此，簡文當讀為「吳人
　　閽奴乃入越師」，「入越師」即是使越師入，意思是吳國的閽奴（守
　　城門者）打開城門讓越國軍隊進入吳國，而非指閽奴（守城門者）
　　自己進入越師。〔註1704〕

〔註1701〕簡帛論壇：「清華七《越公其事》初讀」，第137樓，20170502。
〔註1702〕簡帛論壇：「清華七《越公其事》初讀」，第157樓，20170506。
〔註1703〕簡帛論壇：「清華七《越公其事》初讀」，第166樓，20170508。
〔註1704〕侯乃峰：〈讀清華簡（七）零札〉，中國文字學報2018年01期，頁90～97。

水之甘認為《左傳》吳人伐楚，獲俘焉，以為閽，使守舟，吳子餘祭觀舟，閽以刀弒之：

> 史籍失載是正常的《左傳》吳人伐楚，獲俘焉，以為閽，使守舟，
> 吳子餘祭觀舟，閽以刀弒之。事又見《春秋事語》，閽名字無載，不
> 過似乎這樣一來吳的閽人，社會地位很特別～～〔註1705〕

王寧認為「昆奴」讀「閽奴」當是，應該是指吳王宮的守門人：

> 簡68「吳人昆奴」的「昆奴」讀「閽奴」當是，但不是指守城門的
> 人，而應該是指吳王宮的守門人。古代守城門的是軍卒，即簡文中
> 的「吳人」，宮門的守門人才是閽，即簡文中的「閽奴」，《周禮‧閽
> 人》「王宮每門四人」者是。《墨子‧非攻中》：「越王句踐視吳上下
> 不相得，收其眾以復其讎，入北郭，徙大內，圍王宮而吳國以亡。」
> 《越絕書‧內傳陳成恒》：「越王迎之，戰於五湖。三戰不勝，城門
> 不守，遂圍王宮，殺夫差而僇其相。」「城門不守」是「吳人」入之，
> 王宮被攻破是閽奴入之。〔註1706〕

黃人二認為「昆奴」二字所指的應該是來自東非洲或南亞、東南亞的「昆侖奴」，經由海陸，來到中國。這種人擅長泅水，而戰國時期的吳國，以水戰著稱，他們為吳國所用，屬於外籍傭兵。他認為「崑崙（昆侖）」表示黑之義，非自唐「昆侖奴」才有，在《尚書‧禹貢》、《山海經‧大荒西經》已有記錄。〔註1707〕

石光澤懷疑「昆奴」本為越地之人，被吳人俘虜以為奴。《左傳‧襄公二十九年》早有記載。中國南方存在著「小黑人」的傳說，《淮南子‧修務訓》：「雖粉白黛，弗能為美者，嫫姆、仳倠也」葉舒憲先生認為「雖粉白黛」卻不能遮住其醜，可見仳倠的膚色顯然是深色的，與矮黑人的特徵相符（葉舒憲：《台灣矮黑人祭——探尋海島神話歷史的開端》，載《民族文學研究》2012

〔註1705〕簡帛論壇：「清華七《越公其事》初讀」，第167樓，20170509。

〔註1706〕簡帛論壇：「清華七《越公其事》初讀」，第168樓，20170509。

〔註1707〕黃人二：〈關於清華簡（七）疑難字詞的數則釋讀〉，台中‧靜宜大學2017年第二屆漢文化學術研討會「漢文化研究的新知與薪傳」會議論文抽印本。轉引自石光澤：《〈清華大學藏戰國竹簡（柒）‧越公其事〉「昆奴」補說》，華東師範大學歷史系：《第二屆出土文獻與先秦史研究工作坊論文集》，2017年11月18日，頁70。

年 1 期，第 61）。河南安陽小屯村殷墟殉葬坑中已有相當數量的矮黑人遺骨
（關於安陽殷墟頭骨的研究成果可參中國社會科學院歷史研究所、中國社會
科學院考古研究所編著：《安陽殷墟頭骨研究》（1984 年）一書。）這種矮黑
人在三國時代可能還存在於皖南一帶的山區中《南史・夷貊傳上》亦有類似
記載。黝、歙即今安徽黝縣、歙縣、休寧縣一帶，鄰近百越地區，隨著漢代
對吳越地區的開發（關於閩越族群在中國的消亡的研究可參：李輝：《分子人類
學所見歷史上閩越族群的消失》，載《廣西民族大學學報（哲學社會科學版）》
第 29 卷第 2 期，2007 年 3 月，第 42～47 頁），這種矮黑人遷徙進入皖南的
山區老林中，諸葛恪討丹楊，使得這最後一批中國土著矮黑人消失在人們的
視野中。石光澤懷疑「昆奴」非外來的僱傭兵，而是被吳人俘虜的越人。上
古時期百越地區民族複雜，而隨著人口遷移，中原文化的南下，這種矮黑人
逐漸消失在越地。〔註 1708〕

　　子居認為《國語》中無「㡀帀乃因軍吳＝人昆奴乃內㡀＝帀＝乃述闔吳」句，
此句很可能是《越公其事》的編撰者據其他材料而補入的內容，這也說明《越
公其事》當晚于《吳語》末兩章：

　　　　「越師乃因軍吳，吳人昆奴乃入越師，越師乃遂襲吳」句在《國語》
　　　　中沒有對應部分，考慮到《越公其事》各章末簡後往往有留白，則
　　　　此句很可能是《越公其事》的編撰者據其他材料而補入的內容，這
　　　　也說明《越公其事》當晚于《吳語》末兩章。〔註 1709〕

　　子居認為網友 cbnd 提出「昆」，閽奴，即守門的奴僕。網友汗天山補充此
說言，所說是，昆奴當讀為閽奴，入當讀為納：

　　　　網友 cbnd 提出：「簡文中釋作『昆』之字可讀作『閽』。守門人可稱
　　　　『閽人』，『閽奴』即守門的奴僕。這句話是說閽奴打開城門，使越
　　　　師進入吳都城裡。」網友汗天山補充此說言：「可為此說補充一條佐
　　　　證材料：《吳越春秋・夫差內傳第五》二十三年十月，越王複伐吳。

〔註 1708〕石光澤：《〈清華大學藏戰國竹簡（柒）・越公其事〉「昆奴」補說》，華東師範大
　　　　學歷史系：《第二屆出土文獻與先秦史研究工作坊論文集》，2017 年 11 月 18 日，
　　　　頁 71～72。

〔註 1709〕子居：〈清華簡七《越公其事》第十、十一章解析〉，http://www.xianqin.tk/2017/
　　　　12/13/418，20171213。

吳國困不戰，士卒分散，城門不守，遂屠吳。——其中『城門不守』，大概即是指此事？——如此，簡文當讀為『吳人闇奴乃內（納）越師』，『內』指闇奴打開城門接納、放進（內、入一字分化，入，指使之入，義同），而非指闇奴（守城門者）進入越師。」所說是，昆奴當讀為闇奴，入當讀為納。「吳人闇奴乃納越師」事，當是在越師圍吳的第三年，即《國語‧越語下》：「居軍三年，吳師自潰。吳王帥其賢良與其重祿以上姑蘇，使王孫雒行成於越。……范蠡不報于王，擊鼓興師以隨使者，至於姑蘇之宮，不傷越民，遂滅吳。」據《左傳》，越師圍吳實在西元前 475 年，與《越公其事》前文西元前 478 年的吳越笠澤之戰並非同時，越滅吳則在西元前 473 年，《越公其事》在這一點上當是因承襲《國語‧吳語》末兩章而導致出現同樣的時間訛錯。〔註1710〕

郭洗凡認為暮四郎的觀點可從。「髡」本義指的是古代一種剃去頭髮的刑罰，在文中指的是奴隸的等級：

暮四郎的觀點可從，「昆」是文部見母字，「髡」是文部溪母字，二者音可通，「髡」本義指的是古代一種剃去頭髮的刑罰，在文中指的是奴隸的等級。〔註1711〕

羅云君認為「吳人昆奴」吳國歷次對外作戰，如伐楚伐越滅徐等，獲勝后必然有以俘為「奴」的情況：

吳國有以戰俘為奴者，如《左傳》襄公二十九年載「吳人伐越，獲俘焉，以為閽，使守舟，吳子餘祭觀舟，閽以刀弒之」，可見吳國歷次對外作戰，如伐楚伐越滅徐等，獲勝后必然有以俘為「奴」的情況，各種「奴」充斥於吳國。長期受吳人控制的諸「奴」，繁衍生息，其後代仍舊為奴者不在少數，且日益被打上了吳人的印記，從構成上來看，來源多樣，不乏越人後裔在吳為奴者，越國兵臨城下時，在越國的勸誘下與越軍裡應外合也是有可能的，故言「吳人昆奴乃

〔註1710〕子居：〈清華簡七《越公其事》第十、十一章解析〉，http://www.xianqin.tk/2017/12/13/418，20171213。

〔註1711〕郭洗凡：《清華簡《越公其事》集釋》，安徽大學碩士學位論文，2018 年 3 月，頁107。

內越師」。在吳越兩軍對峙於吳國都城時，正因為「吳人昆奴」的響應之舉，其後才會有「越師乃遂襲吳」的情況發生。〔註1712〕

何家歡認為昆辨非吳人，故不足為據。閽人是非常重要的官職，何以為「奴」？故採程浩之說可從：

疑程浩之說是。整理者之說，皆不可考。「昆奴」連言不見於古書，而昆姓始出於戰國齊國，其名為昆辨（（南宋）鄭樵《通志》卷二六，商務印書館影印萬有文庫本，第 443 頁中欄）。昆辨非吳人，故不足為據。王寧之說殆誤。《周禮·閽人》：「閽人，掌守王宮之中門之禁。」（（清）阮元校刻《十三經注疏》，第 686 下欄）。閽人是非常重要的官職，何以為「奴」？且「閽人乃入越師」更不知所云。程浩之說則文順意通，可從。〔註1713〕

王青認為「昆」可訓為「後」，《爾雅·釋言》：「昆，後也。」《國語·晉語二》：「天降禍於晉國，讒言繁興，延及寡君之紹續昆。」（徐元誥：《國語集解》，北京：中華書局，2002 年，第 293 頁。）簡文「吳人昆（後）奴乃內（入）雩（越）師」，指吳人後來淪為奴者，不甘心為奴，因此投奔越師。〔註1713〕

秋貞案：

先看本句的斷句「雩帀乃因軍吳＝人昆奴乃內雩＝帀＝乃述閽吳」，筆者認為斷句應該為「雩帀乃因軍吳，吳人昆奴乃內雩帀，雩帀乃述閽吳」。

原考釋釋「因」為「就」，又舉例《國語·鄭語》：「公曰：『謝西之九州，何如？』對曰：『其民沓貪而忍，不可因也。』韋昭注：『因，就也。』」《漢語大辭典》釋「因」指的是「相就、趨赴」的意思。「軍」為動詞「駐紮」。「雩帀乃因軍吳」指的是「越師於是趨赴駐紮吳國」。「吳人昆奴乃內雩帀」的「內」，原考釋無說。筆認為「內」即「納」的古字，意為「接納、容納、使進入」。《禮記·檀弓下》：「季孫之母死，哀公弔焉；曾子與子貢弔焉，閽人為君在，弗內也。」意思是「季孫氏的母親去世，哀公前往弔唁；曾子和

〔註1712〕羅云君：《清華簡《越公其事》研究》，東北師範大學，2018 年 5 月，頁 119。

〔註1713〕何家歡：《清華簡（柒）《越公其事》集釋》，河北大學碩士論文，2018 年 6 月，頁 51。

〔註1713〕王青：〈清華簡《越公其事》補釋〉，「出土文獻與商周社會學術研討會」會議論文集，2019 年，頁 323～332。

子貢也來弔唁，守門的閽人因為哀公還在，就沒有讓他們進去。」筆者認為《禮記·檀弓下》這段話我們看到「閽人」是守門人的角色，還有要不要讓誰進入的權限，這和以下我要說的很相關。

「昆奴」，古籍未載，原考釋只說懷疑是奴之一種或也可能是人名。程浩認為「昆奴」為吳人之兄弟妻子已被掠奪。依「吳人昆奴乃內越師，越師遂襲吳」的語意來看，一定是越師襲吳後，才納吳人之兄弟妻子，不可能是吳人的兄弟妻子先接納越師，越師才襲吳，所以此說不可信。暮四郎釋「昆」為「髡」，「髡」是一種刑罰。他的意思是「髡奴」為受刑者之意，但是受刑者有沒有權限可以開門讓越師進入吳國呢？水之甘認為「昆奴」是吳人伐楚後的作為守船的俘虜，但是守船的俘虜有沒有權限可以讓越國的軍隊進入吳國嗎？故此兩說也不可信。至於黃人二認為「昆奴」為「昆侖奴」來自東非洲或南亞、東南亞的外籍傭兵，不可信。原因；一、據典籍上有「昆侖奴」的稱呼時代較晚。二、「昆侖奴」是打仗的傭兵，非守門人。石光澤說「昆奴」為百越地區之矮黑人，其說法和黃人二差不多，均不可信，因為《越公其事》的「昆奴」是吳國人不是越國人，所以既不是幫越國打仗的傭兵或是矮黑人等。

筆者認為 Cbnd 說的「昆」之字可讀作「閽」，「閽奴」即守門的奴僕，這個說法較為正確，也和《禮記·檀弓下》的「閽人」一詞的意思接近。之後汗天山又補充「《吳越春秋·夫差內傳第五》二十三年十月，越王復伐吳。吳國困不戰，士卒分散，城門不守，遂屠吳。——其中「城門不守——大概即是指此事？」這個看法提供了有「守城門者」的間接證據。之後侯乃峰從之，他說：簡文當讀為「吳人閽奴乃入越師」，「入越師」即是使越師入，意思是吳國的閽奴（守城門者）打開城門讓越國軍隊進入吳國，而非指閽奴（守城門者）自己進入越師。」他的意思是「昆奴」是吳國閽奴（守城門者）讓越師進入。至此，筆者認為學者們討論出一些眉目，結論是「昆奴」為「閽人」應該是確定的。但筆者認為王寧指「昆奴」為「不是指守城門的人，而應該是指吳王宮的守門人」更為直接正確。

「閽人」其職掌晨昏啟閉宮門的人。《周禮·天官·閽人》:「閽人，掌守王宮之中門之禁。」越國軍隊能攻入吳國，一定是吳國的守門者開城門接納越軍，在古代的典籍文獻會以不同的句子敍述越軍攻克吳國的情形，如《越

公其事》是以「吳人昆奴乃內越師」一句表示，而《吳越春秋‧夫差內傳第五》以「城門不守」一句來表示，其實意義都一樣。《越公其事》在這裡描述了越軍步步逼近吳國，從進入吳國邊境到攻打吳國領域到攻克吳國宮門的描寫：「三戰三敗，乃至於吳」是越師一次次打敗吳軍，直到逼至吳國邊境，「越師乃因軍吳」是越軍長驅直入吳駐紮在吳地，「吳人昆奴乃納越師」這一句就清楚表達吳國守宮門的「閽人」開城門接納越師，於是「越師乃遂襲吳」，結果就是越軍完全佔領了吳國了。

　　筆者認為「昆奴」即「閽奴」指的就是吳國城門的守門人，不是楚國的俘虜，也不是外籍傭兵或是矮黑人。閽，即「襲」，進入。《國語‧晉語二》：「大國道，小國襲焉曰服；小國傲，大國襲焉曰誅。」韋昭注：「襲，入也。」「越師乃遂襲吳」指的是越國的軍隊於是完全攻佔吳國。「雩（越）帀（師）乃因軍吳=（吳，吳）人昆奴乃內（納）雩=帀=（越師，越師）乃述（遂）閽（襲）吳」意指「越師於是進軍駐紮在吳國，吳國守城門者打開城門讓越師進入，越師於是就完全攻佔吳國了」

2. 整句釋義

　　吳師於是非常害怕，說：「越國人分左右二師，渡江要來夾攻我師。」（吳師）於是不等到天亮，就中分其師，將抵禦越軍。越王句踐於是以他的六千精銳士卒偷偷渡江，不擂鼓吶喊，不發出聲音以以出奇不意地侵襲吳國，大亂吳師。越國左軍、右軍於是跟著渡江，攻打吳師。吳師於是大敗，三戰三敗，一直打到吳國國境。越師更是趨赴攻打吳國，吳國守宮門人抵禦不住而讓越師進入，越師於是就完全攻佔吳國了。

二、《越公其事》第十一章「不許吳成」

【釋文】

　　雩（越）師遂入，既閽（襲）吳邦，回（圍）王宮。吳王乃悤（懼），行成，曰：「昔不穀（穀）先秉利於雩=（越，越）公告孤請成，男女【六九】備（服），孤無奈雩（越）邦之命何，畏天之不兼（祥），余不敢鎓（絕）祀，許雩（越）公成，以爭=（至于）今=（今。今）吳邦不天，旻（得）辠（罪）於雩=（越，越【七〇】公=以親辱於寡人之敝邑。孤請成，男女

備（服）。」句戋（踐）弗許，曰：「昔天以雩（越）邦賜吳=（吳，吳）弗受；今天以吳邦【七一】賜郦（越），句踐敢不聽天之命而聽君之命乎？句戋（踐）不許吳成。乃使（使）人告於吳王曰：「天以吳土賜雩（越），句【七二】戋（踐）不敢弗受。毆民生不奶（仍），王亓（其）母（毋）死。民生陞（地）上，寓也，亓（其）與幾可（何）？不穀（穀）亓（其）牲（將）王於甬句重（東），夫婦【七三】畜=（三百），唯王所安，以屈聿（盡）王年。」吳王乃詷（辭）曰：「天加禣（禍）于吳邦，不才（在）旹（前）逡（後），丁（當）役孤身。女（焉）迖（遂）遧（失）宗窗（廟）。【七四】凡吳土陞（地）民人，雩（越）公是聿（盡）既有之，孤余系（奚）面目以炅（視）于天下？」雩（越）公亓（其）事（使）。∟【七五】

【簡文考釋】

（一）雩（越）師遂入，既闢（襲）吳邦，回（圍）王宮①。吳王乃思（懼），行成，曰：「昔不穀（穀）先秉利於雩=（越，越）公告孤請成②，男女【六九】備（服），孤無奈雩（越）邦之命何，畏天之不兼（祥）③，余不敢䜌（絕）祀，許雩（越）公成，以聿=（至于）今=（今。今）吳邦不天，旻（得）皋（罪）於雩=（越，越【七〇】④公=以親辱於寡人之敝邑。孤請成，男女備（服）。」⑤句戋（踐）弗許，曰：「昔天以雩（越）邦賜吳=（吳，吳）弗受；今天以吳邦【七一】賜郦（越），句踐敢不聽天之命而聽君之命乎？」⑥。」

◎今本《國語‧吳語》相應的段落如下：

越師遂入吳國，圍王宮。吳王懼，使人行成，曰：「昔不穀先委制於越君，君告孤請成，男女服從。孤無奈越之先君何，畏天之不祥，不敢絕祀，許君成，以至於今。今孤不道，得罪於君王，君王以親辱於弊邑。孤敢請成，男女服為臣御。」越王曰：「昔天以越賜吳，而吳不受。今天以吳賜越，孤敢不聽天之命，而聽君之令乎？」

◎今本《國語‧越語上》相應的段落如下：

夫差行成，曰：「寡人之師徒，不足以辱君矣。請以金玉、子女賂君之辱。」句踐對曰：「昔天以越予吳，而吳不受命；今天以吳吳予越，越可以無聽天之命而聽君之令乎！」

1. 字詞考釋

①⟦雫（越）⟧師遂入，既⟦闋（襲）⟧吳邦，回（圍）王宮

　　原考釋擬補為「越王句踐遂」：

> 簡首缺五字，《國語・吳語》為「越師遂入」，擬補為「越王句踐遂」。
>
> 據《左傳》，越滅吳在魯哀公二十二年，公元前四七三年。〔註1714〕

　　子居認為此節的「王宮」，《國語・吳語》作「王台」即著名的姑蘇宮和姑蘇台。姑蘇台為姑蘇宮內臨水的高臺，在西元前 482 年勾踐伐吳入吳都時，曾一度被焚，此後夫差又重修此台。勾踐「襲吳邦」和「圍王宮」並非同時之時，錢穆先生《先秦諸子系年》的「越句踐元年考」中曾提到《吳越春秋》有「誤以魯哀年為句踐年」的情況，實際上《國語》及《越公其事》中很可能也有類似的紀年互誤情況。而在《國語・吳語》將倒數第二章與末章合併後，時間錯誤才會出現。《越公其事》在第十章末尾補入「越師乃因軍吳，吳人昆奴乃入越師，越師乃遂襲吳」句，更是會強化這種時間上的差誤，從而導致記載更為失實：

> 此節的「王宮」，《國語・吳語》作「王台」，當即著名的姑蘇宮和姑蘇台，據《墨子・非攻中》：「至夫差之身……遂築姑蘇之台，七年不成。及若此，則吳有離罷之心。越王句踐視吳上下不相得，收其眾以複其讎，入北郭，徙大內，圍王宮而吳國以亡。」《國語・吳語》：「申胥進諫曰：……今王既變鯀、禹之功，而高高下下，以罷民于姑蘇。」《國語・吳語》：「越王句踐乃率中軍泝江以襲吳，入其郛，焚其姑蘇，徙其大舟。」是姑蘇台為姑蘇宮內臨水的高臺，在西元前 482 年勾踐伐吳入吳都時，曾一度被焚，此後夫差又重修此台。

> 前文已言，勾踐「襲吳邦」和「圍王宮」並非同時之時，錢穆先生《先秦諸子系年》的「越句踐元年考」中曾提到《吳越春秋》有「誤以魯哀年為句踐年」的情況，實際上《國語》及《越公其

〔註1714〕清華大學出土文獻與保護中心編、李學勤主編：《清華大學藏戰國竹簡（柒）》，上海，中西書局，2017 年 4 月，頁 150，注 1。

事》中很可能也有類似的紀年互誤情況。已知魯哀公之元年即勾踐三年，越圍吳在魯哀公二十年，即勾踐二十二年；越滅吳在魯哀公二十二年，即勾踐二十四年。因此，若有某兩份原始材料，第一份按勾踐紀年記越圍吳事，第二份按魯哀公紀年記越滅吳事，則當某位編撰者將第一份材料的勾踐紀年理解為魯哀公紀年，並將二者合併為一份材料時，越圍吳與越滅吳就會變成同年之事，《國語》和《越公其事》圍吳、滅吳記錄的時間訛誤可能就是這樣產生的。

再回頭看「越師乃因軍吳，吳人昆奴乃入越師，越師乃遂襲吳」句，如果沒有這句話，那麼《越公其事》就和《國語·吳語》倒數第二章的結句相同，都止于「乃至於吳」，那麼單就吳越笠澤之戰而言，時間上不會有任何錯誤，也就是說笠澤之戰越師戰敗吳師到達吳都後，應該是在夫差求和後就撤軍了。而在《國語·吳語》將倒數第二章與末章合併後，時間錯誤才會出現。《越公其事》在第十章末尾補入「越師乃因軍吳，吳人昆奴乃入越師，越師乃遂襲吳」句，更是會強化這種時間上的差誤，從而導致記載更為失實。雖然主觀上講，《國語·吳語》末兩章的編者和《越公其事》的編撰者很可能都只是為了讓材料更完備。〔註1715〕

吳德貞認為應補「越王句踐既」五字，形成一種遞進關係，文義更為順暢，可參考簡26「吳人既襲越邦」一句：

應補「越王句踐既」五字。因為上一句話已經講到「遂襲吳」，這裡如果接著說「遂襲吳邦」，語義顯得重複，而說「既襲吳邦」，就形成一種遞進關係，文義更為順暢。簡26有「吳人既襲越邦」句，可作參考。〔註1716〕

〔註1715〕子居：〈清華簡七《越公其事》第十、十一章解析〉，http://www.xianqin.tk/2017/12/13/418，20171213。

〔註1716〕吳德貞：《清華簡《越公其事》集釋》，武漢大學碩士論文，2018年5月，頁101。

圖 016

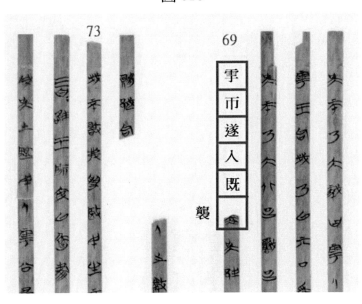

秋貞案：

「□□□□□闔吳邦」為「闔」（ 	）為「襲」字，和簡26 	、簡68 	
的「襲」字比對缺「門」。此字最早見於《上博三・恆先》「襲生襲」的「襲」
字和本簡此字形同，李學勤引甲骨文說此字為「襲」，那裡釋為「因襲」。本簡
的「襲」字應釋為「襲擊」。

「闔吳邦」之間應該還缺五字。原考釋擬補：「越王句踐遂」，可從。吳德
貞認參考第四章開頭簡26「吳人既襲越邦」而認為應補「越王句踐既」五字，
把「遂」改「既」其實更好，除了不和前一章的文句重複外，還有更遞進一步
的意思。就如第九章的末尾一句「數御莫徹，民乃整齊」，第十章的開頭為「王
監雩邦之既苟」的「既」字就更進一步有「全、皆」之意。筆者認為參考《國
語・吳語》的「越師遂入吳國，圍王宮」一句，擬補「雩師遂入既」五字，其
斷句為「雩師遂入，既襲吳邦，圍王宮」，如上圖示。「回王宮」的「回」原考
釋沒有解釋，們應該是參考《國語・吳語》「圍王宮」，故釋「圍」，可從。「雩
師遂入，既 闔吳邦，回王宮。」意即「越國軍隊於是進入吳國，完全襲佔吳國
之後，圍攻吳王的宮殿」。

②吳王乃愳（懼），行成，曰：「昔不穀（穀）先秉利於雩＝（越，越）公
　告孤請成

　原考釋：

秉利於越，即第二章「越邦之利」，擁有戰勝越國之利。秉利，《國
語·吳語》作「委制」。〔註1717〕

　　子居認為《國語·越語》「上天降禍於越，委制于吳」和《國語·吳語》
「昔不穀先委制於越君」情況相反，可見先秦文獻所記的夫差，在外交辭令
中往往有措辭比較謙卑的特徵。他認為《越公其事》第十一章中，與《國語·
吳語》的「委制」對應的是「秉利」，則很可能是因為編撰者意識到當初夫差
並未委制於越，所以才在編撰過程中按自己的理解更改了該詞的緣故。他認
為清華簡中，周、楚、赤狄、吳、越皆稱王，周室諸侯則皆稱公。此節夫差
稱勾踐為公，勾踐稱夫差為王，符合勾踐原本臣服於夫差的情況。關於稱謂
的另一個特殊之處，即《國語·吳語》末兩章中，夫差除了在第一句中稱「越
君」外，餘者皆稱「君」，這與對話式的外交辭令是相符合的。而《越公其事》
中，夫差一直稱勾踐為「越公」，是第三者視角的措辭。他認為《越公其事》
編撰者改寫了《國語·吳語》末兩章原始材料。〔註1718〕

　　郭洗凡認為「秉利」，執其利：

　　　「秉利」，執其利，《國語·吳語》：「敢使下臣盡辭，唯天王秉利度
　　　義焉。」指的是在利和義兩個方面多加權衡。〔註1719〕

　　石小力認為《國語·吳語》「委制」對照《越公其事》「昔不穀先秉利於
越」，則「委制」應是形近訛字。「委」字從女從禾，「秉」字從又持禾，兩
個字中皆有禾形，「女」與「又」形體相近，故二字容易發生訛混。「制」與
「利」形近易訛。《管子·五輔》「曰：辟田疇，利壇宅」，王念孫曰：「『利』
當為『制』，字之誤也。隸書『制』字或作『利』，形與『利』相似」。秉利，
即執其利，雙方當中處於有利的形勢：

　　　《國語·吳語》：吳王懼，使人行成。曰：「昔不穀先委制於越君，
　　　君告孤請成，男女服從。」（第561頁）《越公其事》：吳王乃懼，

〔註1717〕清華大學出土文獻與保護中心編、李學勤主編：《清華大學藏戰國竹簡（柒）》，
　　　　　上海，中西書局，2017年4月，頁150，注2。
〔註1718〕子居：〈清華簡七《越公其事》第十、十一章解析〉，http://www.xianqin.tk/2017/
　　　　　12/13/418，20171213。
〔註1719〕郭洗凡：《清華簡《越公其事》集釋》，安徽大學碩士學位論文，2018年3月，頁
　　　　　108。

行成。曰：「昔不穀先秉利於越，越公告孤請成，男女……」（簡69）今本吳王所言「昔不穀先委制於越君」，與越王勾踐此前委制于吳國的事實恰好相反，故韋昭注「不言越委制于吳，謙而反之」乃詭辯之說，並不可信。現由今本「委制」簡本作「秉利」可知，今本「委制」乃為簡本「秉利」之形近訛字，當據簡本校正。「委」與「秉」形近易訛，「委」字從女從禾，「秉」字從又持禾，兩個字中皆有禾形，「女」與「又」形體相近，故二字容易發生訛混。「制」與「利」形近易訛，例如《管子・五輔》「曰：辟田疇，利壇宅」，王念孫曰：「『利』當為『制』，字之誤也。隸書『制』字或作『剤』，形與『利』相似。」（王念孫撰，徐煒君等點校：《讀書雜誌》，上海古籍出版社，2014年，第1075～1076頁）《列子・說符》「勝者為制，是禽獸也」，王重民曰：「『制』字義不可通，蓋當作『利』，字之誤也。《御覽》四百二十一引作『勝者為利』，可證。」（轉引自楊伯峻：《列子集釋》，中華書局，1979年，第241頁）《尉繚子・兵令下》「利如幹將」，李解民曰：「『利』，原作『制』，據簡本、《北堂書鈔》卷一一三引改。」（李解民：《尉繚子譯注》，河北人民出版社，1994年，第149頁）《大戴禮記・本命》「凡此，以權利者也」，黃懷信曰：「（戴校本）又『權利』改『權制』，各家本同。」（黃懷信：《大戴禮記匯校集注》，三秦出版社，2005年，第1380頁）秉利，即執其利，雙方當中處於有利的形勢。《吳語》：「敢使下臣盡辭，唯天王秉利度義焉。」這與吳王夫差此前打敗越國的歷史史實相合。〔註1720〕

秋貞案：

《越公其事》「昔不穀先秉利於雪」，在《國語・吳語》對照來看其相應的文句為「昔不穀先委制于越君」，「秉利」、「委制」這兩個意思是完全相反的。筆者認為依文意來判斷，《越公其事》的「秉利」是合於情理的。簡文第十一章寫到越國打敗吳國後，吳王行成，向越王提到過去吳國打敗越國時，越王逃至會稽（即《越公其事》第一二章的情節），吳王才會說「昔不穀先秉

〔註1720〕石小力：〈清華簡《越公其事》與《國語》合證〉，《文獻雙月刊》，2018年5月第3期，頁61。

利於爭」這句話。如果這裡用「委制」一詞則語意不通。查「漢語大詞典」中「委制」有兩個意思。第一個是歸順並接受約束義，《國語·越語下》：「上天降禍於越，委制於吳。」韋昭注：「委，歸也」；第二個意思是委託別人治理義，《尸子》卷下：「張子之背腫，命跔治之。謂跔曰：『背非吾背也，任子制焉。』治之遂愈。跔誠善治疾也，張子委制焉。夫身與國亦猶此也，必有所委制然後治矣。」這兩個意思用在《國語·吳語》「昔不穀先委制于越君」一句，都讓人覺得扞格難懂，難怪韋昭會注「不言越委制于吳，謙而反之」之語，或許是因為材料有限〔註1721〕，韋昭只能做此說明了，有幸清華簡《越公其事》的出土正好給這個疑惑提供解答。

　　至於為何會出土材料《越公其事》是「秉利」，而《國語·吳語》是「委制」，兩者不同呢？原考釋並沒有進一步說明。石小力則認為「委制」和「秉利」兩字是因為字形相類而訛混了，但是否真是如此？筆者擬先蒐羅「委」及「秉」兩字字形演變，從甲骨到金文、戰國文字，最後漢隸，但是這兩字並不是都有各時期的字形，只能儘量蒐羅，企圖釐清兩字是否有字形上的相關。首先看「委」字：

（一）「委」字字形探討

　　筆者在季師旭昇《說文新證》「匧」、「委」視為同一字，說明如下：

> 甲骨文匧，從匚（乚）禾，會置禾於匚之意，禾亦聲，或作「匲」從嗇，置禾之意更明顯。中山王鼎作「匧」，易「乚」為「匚」，銘云「委任之邦」（以上甲金文考釋綜合多家，參黃錫全《汗簡注釋》頁264）。《上博二·容成氏》簡7「四向△禾」易「乚」旁為「阝」，取義當無不同。漢以後改從「女」，或與「匧」不同字，後世「匧」廢而「委」行。「委隨」義之「委」遂兼有「匧置」義歟？〔註1722〕

　　查《戰國古文字典》發現何琳儀把「匧」和「委」分列為兩個字條分別作說明。「匧」字條說明如下：

〔註1721〕「委制」一詞在先秦兩漢文獻中出現過四次：《國語吳語》「昔不穀先委制于越君」、《國語越語下》「上天降禍于越，委制于吳」、《國語越語下》「昔者上天降禍于越，委制于吳，而吳不受」、《國語越語下》「君王已委制于執事之人矣」

〔註1722〕季師旭昇：《說文新證》，藝文印書館，2014年9月2日出版，頁852。

匚，從「匸」（曲），委省聲，疑委之異文。《汗簡》中 1.37 魏作「」，疑亦從委省聲。，晉璽「陽～」，地名。中山王鼎「～賃」，讀「委任」。《史記.三王世家》「委任大臣」。〔註1723〕

何琳儀《戰國古文字典》「委」字條的說明如下：

> 委，甲骨文作，從女，從禾，會女子如禾委曲之意，禾亦聲。委，影紐；禾，匣紐。影、匣均屬喉音。委為禾之準聲首。《說文》「委，委隨也。從女。從禾。（於詭切）」，睡虎地簡「～輸」，轉運。《淮南子．氾論訓》「故地勢有無，得相委輸」注：「運所有，輸所無」。
>
> 〔註1724〕

何琳儀認為「『匚』，從『匸』（曲），委省聲，疑委之異文」又認為「委」，「甲骨文作，會女子如禾委曲之意，禾亦聲。委，影紐；禾，匣紐。影、匣均屬喉音。委為禾之準聲首」。筆者認為何琳儀這裡雖沒有直接說明「匚」和「委」的關係，但是可以看出它都讀為「委」聲。然後還懷疑「匚」是「委」之異文。

季師的看法是「委」字在甲骨文的時候，不從「女」從「禾」，而是出現過三形：「匦／匚／𡆣」。到金文、戰國文字時都還是維持「匦／匚」形，甚至楚文字還出現「陕」字形，他說：「漢以後改從『女』，或與『匚』不同字，後世『匚』廢而『委』行」到秦睡虎地簡中出現「委」字形，而「匦／匚」形的「委」字就不見了。所以筆者也懷疑，甲骨文的「匦／匚／𡆣」和「，從女從禾」兩字是否是同一字，抑或是兩個同音字？

筆者參考《甲骨文編》時發現有「匚」字條及「委」字條分列，又參考《新甲骨文編》時發現編者把「匚」、「委」同釋為一字，又再參考高明《古文字類編》時發現編者把「匚」和「委」也分列為兩字條。筆者將以上字書相關的甲骨文字形羅列如下表：

1. 甲骨文

〔註1723〕何琳儀：《戰國古文字典》，中華書局，2007 年 5 月出版，北京第 3 次印刷，頁 1170。

〔註1724〕何琳儀：《戰國古文字典》，中華書局，2007 年 5 月出版，北京第 3 次印刷，頁 1169。

《說文新證》「委」字條〔註1725〕	（商.拾12.9《甲》）、（商.續3.4《甲》）、（商.前8.6.1《甲》）
《甲骨文編》「匤」字條〔註1726〕	（續3.43.2）「匤獲羌」、（前6.66.4）、（乙55）人名丁丑人今日令匤、（後2.20.16）、（乙100）、（佚598）
《甲骨文編》「委」字條〔註1727〕	（乙4770）、（乙4869）、（京津2751）
《新甲骨文編》「（匤）委」字條〔註1728〕	（19754𠂤組）、（20190𠂤組）、（20201𠂤組）
《古文字類編》「匤」字條〔註1729〕	（合20191一期）、（合20192一期）、（合20772一期）
《古文字類編》「委」字條〔註1730〕	（乙4869一期）、（合7076一期）

　　再看金文部分，在季師《說文新證》中「委」字作「匤」形，在容庚編《金文編》中只有「匤」字條，沒有「委」字條，其實他們都分別列出中山王鼎的「匤」字，「匤」讀為「委」。在高明的《古文字類編》有「匤」字條：

2. 金　文

《說文新證》「委」字〔註1731〕	（戰.晉.中山王鼎《金》）
《金文編》「匤」字〔註1732〕	（中山王䯼鼎）「說文所無，是以寡人匤賃之邦」

〔註1725〕季師旭昇：《說文新證》，藝文印書館，2014年9月2日出版，頁852。
〔註1726〕中國社會科學院考古研究所編輯，《甲骨文編》，中華書局出版，2005年8月，北京第7版印刷，頁311。
〔註1727〕中國社會科學院考古研究所編輯，《甲骨文編》，中華書局出版，2005年8月，北京第7版印刷，頁476。
〔註1728〕劉釗、洪颺、張新俊編纂：《新甲骨文編》，福建人民出版社，2009年5月，頁667。
〔註1729〕高明、涂白奎編：《古文字類編》，上海古籍出版社，2008年8月第1次印刷，頁118。
〔註1730〕高明、涂白奎編：《古文字類編》，上海古籍出版社，2008年8月第1次印刷，頁178。
〔註1731〕季師旭昇：《說文新證》，藝文印書館，2014年9月2日出版，頁852。
〔註1732〕容庚編著，張振林、馬國權摹補：《金文編》，北京，中華書局，1985年7月，頁845。

《古文字類編》「匠」字〔註1733〕	（越王州勾劍）〔註1734〕、 中山王鼎

再看戰國文字，在季師《說文新證》「委」字作「匠／陕／委」形；在湯餘惠《戰國文字編》有「陕」字條，因為和上博二容成氏的字一樣從「阝」從「禾」，故筆者亦將其搜羅；《古文字類編》分作「匠」和「委」兩個字條：

3. 戰國文字

《說文新證》「委」字〔註1735〕	（戰.楚.上二容7）「四向～（陕）」、 （戰.晉.璽彙2315）、 （秦.睡.效49《張》）
《戰國文字編》「陕」字〔註1736〕	（中國璽印集粹）
《古文字類編》「匠」字〔註1737〕	（璽彙2315）、 汗簡「魏」字
《古文字類編》「委」字〔註1738〕	（陝西鳳翔.陶）、 （雲夢效律）

4. 在漢隸中的「委」字

《說文新證》「委」字〔註1739〕	（西漢.馬.周70《陳》）
《古文字類編》「委」字〔註1740〕	（說文古文）

綜合以上的資料，我們得到幾個結論：

〔註1733〕高明、涂白奎編：《古文字類編》，上海古籍出版社，2008年8月第1次印刷，頁118。

〔註1734〕查「殷周金文暨青銅器資料庫」器號11579春秋晚期「越王州勾劍（余王劍）：「余王利敓」。

〔註1735〕季師旭昇：《說文新證》，藝文印書館，2014年9月2日出版，頁852。

〔註1736〕湯餘惠主編：《戰國文字編》，福建人民出版社，2005年8月第二次印刷，頁951。

〔註1737〕高明、涂白奎編：《古文字類編》，上海古籍出版社，2008年8月第1次印刷，頁118。

〔註1738〕高明、涂白奎編：《古文字類編》，上海古籍出版社，2008年8月第1次印刷，頁178。

〔註1739〕季師旭昇：《說文新證》，藝文印書館，2014年9月2日出版，頁852。

〔註1740〕高明、涂白奎編：《古文字類編》，上海古籍出版社，2008年8月第1次印刷，頁178。

甲、《說文新證》和《新甲骨文編》都認為「委」的甲骨文是「医」，它們是同一字。但《甲骨文編》、《古文字類編》和《戰國文字編》都分別條列「医」和「委」兩字，沒有明確認為它們有關係。但何琳儀有提到「医」是「委省聲，疑委之異文。」〔註1741〕

乙、如果正如季師、劉釗及何琳儀的看法，「医」和「委」是同一字的話。那麼「委」字在秦文字做「从禾从女」形，而其他六國的「委」字都不做此形。其他六國的「委」字可能以甲骨文的「医／医／邼」繼續延續或演變，甚至到戰國文字又出現「陕」形的「委」字。「陕」字如 （戰.楚.上二容7）目前只出現在戰國時期的楚國文字。〔註1742〕是否代表楚國文字通行用「陕」字，這還要更多出土材料證實，但目前所見有「陕」字形是比較特殊的。

丙、如果「医」和「委」是不同形的話，那是否表示：「医」和「委」是有聲音關係的同音字。在甲骨金文即各自有不同的字形演變，目前出土材料都未見「委」字形的金文，「医」字有甲骨金文，甚至到戰國時期，六國有的繼承古字「医／医」（如楚國、魏），有的如楚國還出現特例「陕」字形，至於戰國時的秦國就只通行「委」字（睡虎地簡的例子）。直到秦國統一六國後，就更不見六國通行的「医／医／陕」字了。

那麼「秉」字形的演變，以下做字形探討後，再和「委」字做比較。

（二）「秉」字字形探討

季師旭昇《說文新證》「秉」字條說明如下：

> 从又把束禾，所以當名詞用則為禾束，當動詞用則為把。〔註1743〕

何琳儀《戰國古文字典》「秉」字條說明如下：

> 秉，甲骨文作 （後下10.14）。从又从禾，會手持禾束之意。金文作 （班簋）。戰國文字承襲金文，或在豎筆上加一短橫為飾。《說

〔註1741〕何琳儀：《戰國古文字典》，中華書局，2007年5月出版，北京第3次印刷，頁1170。

〔註1742〕字出現在《中國璽印集粹》湯餘惠並未對它歸類為哪一個文字。

〔註1743〕季師旭昇：《說文新證》，藝文印書館，2014年9月2日出版，頁205。

文》:「秉，禾束也，从又持禾。(兵求切)」〔註1744〕

季師和何琳儀對「秉」字的說明一樣。何琳儀又說戰國文字承襲金文，或在豎筆上加一橫，故「秉」字從甲骨至漢隸可以說變化不大，容易辨識。以下筆者參考《說文新證》、《甲骨文編》、《新甲骨文編》、《金文編》、《古文字類編》字書相關的字形，把「秉」字羅列如下表：

1. 甲骨金文字形：

《說文新證》「秉」字條〔註1745〕	(商.珠572《甲》)、 (周早.秉瓢《金》)、 (周晚.井人妾鐘《金》)、 (春.者汈鐘《金》)
《甲骨文編》「秉」字條〔註1746〕	(後2.10.14)、 (2.21.13)、 (珠.465)「地名。得四羌在秉」、 (存194)
《新甲骨文編》「秉」字條〔註1747〕	(合18142賓組)、 (合519賓組)、 (合18157賓組)
《金文編》「秉」字〔註1748〕	(班簋)、 (弔向簋)、 (秉中鼎)
《古文字類編》「秉」字條〔註1749〕	(後下10.4一期)、 (叔向父禹簋。周晚)、 (楚公豪戈。春秋)

〔註1744〕何琳儀:《戰國古文字典》，中華書局，2007年5月出版，北京第3次印刷，頁712。
〔註1745〕季師旭昇:《說文新證》，藝文印書館，2014年9月2日出版，頁205。
〔註1746〕中國社會科學院考古研究所編輯，《甲骨文編》，中華書局出版，2005年8月，北京第7版印刷，頁120。
〔註1747〕劉釗、洪颺、張新俊編纂:《新甲骨文編》，福建人民出版社，2009年5月，頁167。
〔註1748〕容庚編著，張振林、馬國權摹補:《金文編》，北京，中華書局，1985年7月，頁190。
〔註1749〕高明、涂白奎編:《古文字類編》，上海古籍出版社，2008年8月第1次印刷，頁76。

2. 戰國文字

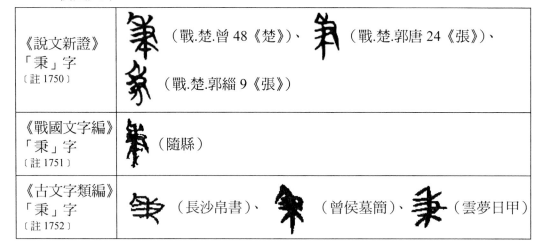

《說文新證》「秉」字〔註1750〕	（戰.楚.曾48《楚》）、　（戰.楚.郭唐24《張》）、（戰.楚.郭緇9《張》）
《戰國文字編》「秉」字〔註1751〕	（隨縣）
《古文字類編》「秉」字〔註1752〕	（長沙帛書）、　（曾侯墓簡）、（雲夢日甲）

3. 在漢隸中的「秉」字

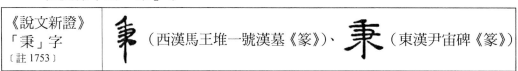

《說文新證》「秉」字〔註1753〕	（西漢馬王堆一號漢墓《篆》）、　（東漢尹宙碑《篆》）

　　以上綜合看來，「秉」字從甲骨金文到漢隸形體演變一貫，都是從又把束禾，沒有不同的。回頭探討石小力的說法：「『委』字從女從禾，『秉』字從又持禾，兩個字中皆有禾形，『女』與『又』形體相近，故二字容易發生訛混」，實不可信。「委」字甲骨若為從女從禾（），其字形和甲骨文的「秉」字（）相差很大。目前出土材料未見「從女從禾」形的「委」字金文，是否是這個環節和金文的「秉」字字相類，不可知，但是筆者認為這種可能性不大，因為到戰國時秦國的「委」字和漢隸的「委」字形非常接近，而且戰國文字的「秉」字（）和秦國的「委」字（），兩者字形也完全不像，所以石小力說「秉」和「委」形近相訛，是不可信的。

　　石小力說：「『制』與『利』形近易訛。」又舉文例：《管子・五輔》『曰：辟田疇，利壇宅』，王念孫曰：『利』當為『制』，字之誤也。隸書『制』字或作『利』，形與『利』相似。」為證。筆者一樣把「利」、「制」的字形做比較。

　　季師旭昇對「利」字形說明：

〔註1750〕季師旭昇：《說文新證》，藝文印書館，2014年9月2日出版，頁205。

〔註1751〕湯餘惠主編：《戰國文字編》，福建人民出版社，2005年8月第二次印刷，頁181。

〔註1752〕高明、涂白奎編：《古文字類編》，上海古籍出版社，2008年8月第1次印刷，頁76。

〔註1753〕季師旭昇：《說文新證》，藝文印書館，2014年9月2日出版，頁205。

甲骨文从刀（或从勿，勿以為刀割物之意，與从刀同意）割禾，引
申有銛利之意。其後或从刀，或从勿，或从刃（未必是刃字，可看
成刀字加點的繁化）、或从爪（未必是爪字，實亦勿字省體）。秦文
字以下都从刀。《說文》以為「从和省」，並沒有證據。《說文》古文
从勿，與古文字所見材料相同。〔註1754〕

季師旭昇對「制」字說明如下：

> 金文从刀斷木（劉釗《《金文編》附錄存疑字考釋》），與「折」字从
> 斤斷木，造字本義相近，音也非常近，二者可能是同源字。戰國以
> 後「木」形繁化為「未」形，秦文字為強調斷木之義，於是把「未」
> 字斷成兩截或三截，《老子甲後》一形又把切斷的「未」形的下部移
> 到整個字的正下方，於是看起來像是「巾」。這樣一來，和从衣折聲
> 的「裚」字就非常接近了。加上「折」、「制」同在祭部，聲近韻同，
> 所以《睡虎地秦墓楚簡。為吏之道》「吏有五失」中的第三失──「擅
> 裚割」，整理小組注云：「裚字實際上就是製字」。案：裚、制二字形
> 音義俱近，但從文字起源來看，二者仍是不同的字。西漢馬王堆《十
> 問》把「巾」旁改成「衣」旁，這就成了一個「制」、「裚」合璧的
> 字了，釋文作「製（制）」，也頗合理。（裘錫圭《說字小記・說制》）。

〔註1755〕

《說文新證》「利」、「制」字條附錄字形表〔註1756〕（甲骨文「制」字出自
《新甲骨文編》）〔註1757〕如下：

	利	制
甲骨文	（商.粹 1505《甲》）、（商.粹 673《甲》）	（合 21477𠂤組）、（合 7938 賓組）

〔註1754〕季師旭昇：《說文新證》，藝文印書館，2014 年 9 月 2 日出版，頁 352。
〔註1755〕季師旭昇：《說文新證》，藝文印書館，2014 年 9 月 2 日出版，頁 357。
〔註1756〕季師旭昇：《說文新證》，藝文印書館，2014 年 9 月 2 日出版，頁 352、357。
〔註1757〕劉釗、洪颺、張新俊編纂：《新甲骨文編》，福建人民出版社，2009 年 5 月，頁
167

金文	（周中師遽方彝《金》）、 （周中利鼎《金》）	（商.制鼎《金》）、 （商.制簋《金》）、 （春楚王子午鼎《金》）
戰國文字	（春戰晉侯馬 105：1）、 （戰燕郾王喜矛《集成》）、 （戰晉璽彙 2710）、 （戰楚包 135《楚》）、 （戰秦詛楚.巫咸）	（戰齊子禾子釜《集成》）、 （秦.泰山刻石）
秦漢隸	（秦青川木牘《秦》）、 （秦嶧山碑《篆》）	（西漢馬.老子乙前五下《篆》）

以上可以看出「利」木義从刀割禾，「制」字从刀斷木，因為「禾」、「木」甲骨金文形近，再加上都从刀，故它們在甲骨文、金文的字形很相似。「制」字到戰國時雖「木」形繁化為「未」但字形依然和「利」相近。「制」字到秦國時的變化比較大，「未」形的下部移到整個字的正下方，於是看起來像是「巾」，雖和「利」字較為區隔，但是「利」字因為木形下部也像「巾」如　（秦嶧山碑《篆》，故傳抄者若沒有細看，可能會有訛誤的情形。所以石小力說「制」、「利」形近訛誤，是很有可能的。

小結：經過以上對「秉利」、「委制」字形的演變探討，證明《越公其事》的「秉利」和《國語‧吳語》的「委制」會產生訛混的可能性不大，有可能是兩者出自不同的版本所致，但不能斷然認為是字形相近而訛混的結果。

「不穀」即「不善」。古代王侯自稱的謙詞。《老子》：「貴以賤為本，高以下為基，是以侯王自謂孤、寡、不穀。」此處的「不穀」指的是吳王自稱。

「吳王乃懼，行成，曰：『昔不穀先秉利於雩=公告孤請成』意即「吳王於是感到害怕恐懼，就向越國求和，說：「從前我戰勝越國而得利，越公向我求和」。

③男女【六九】 備（服），孤無奈雫邦之命何，畏天之 不羕（祥）

原考釋擬補為「服。孤無奈越之先君何，畏天之」：

> 所缺字數與《國語・吳語》相合，據補為「服。孤無奈越之先君何，畏天之」。〔註1758〕

子居認為「無奈越之先君何」句並非是韋昭注：「越先君與吳有好」因為據《史記・越王句踐世家》：「允常之時，與吳王闔廬戰而相怨伐」：

> 此「無奈越之先君何」句，《國語・吳語》韋昭注以為「言越先君與吳有好。」然勾踐之先即允常，據《史記・越王句踐世家》：「允常之時，與吳王闔廬戰而相怨伐。」《左傳・昭公三十二年》：「夏，吳伐越，始用師於越也。」《左傳・定公五年》：「越入吳，吳在楚也。」可見「無奈越之先君何」並非是因為「越先君與吳有好」。另外，《左傳》所說的「吳伐越，始用師於越」正在吳的滅徐之後、入郢之前，這也可以說明彼時的越國實在徐、楚之間。〔註1759〕

秋貞案：

筆者比對完簡73，認為簡70空缺的字應補12個字。原考釋擬補「服孤無奈越之先君何畏天之」，但是筆者覺得語意不通。這裡空缺的內容應是指《越公其事》前三章的事情，如果以原考釋所補缺內容，和越先君有關聯，但在《越公其事》的前篇章中均不見有提到任何先君之事蹟，若天外插來一筆顯得突兀扞隔。子居亦質疑韋昭注「言越先君與吳有好」的說法有誤。如果依《史記・越王句踐世家》的記載，越先君允常與吳王闔廬是互戰而相怨伐的，何來之有好？故筆者認為原考釋據《國語・吳語》的內容所補的內容有待商榷。筆者認為這裡空缺的內容應該是前三章和越王句踐向吳國請成的內容有關，故參考《越公其事》第一章「君如為惠，徼天地之福，毋絕雫越邦之命于天下，亦使句狻繼葊於越邦，孤其率越庶姓，齊糾同心，以臣事吳，男女備。」一段，筆者考量上下文意，擬補「備孤無奈越邦之命何畏天之」12字（如圖017）。理由是：當夫椒之役戰後，句踐逃至會稽派文種向吳請成，越

〔註1758〕清華大學出土文獻與保護中心編、李學勤主編：《清華大學藏戰國竹簡（柒）》，上海，中西書局，2017年4月，頁150，注3。

〔註1759〕子居：〈清華簡七《越公其事》第十、十一章解析〉，http://www.xianqin.tk/2017/12/13/418，20171213。

王句踐請求吳王不要滅絕了他的政權，讓他繼續主政。後來吳王許成，並沒有絕其祀。所以吳王這時向句踐提起此事，也懇求句踐能對他網開一面。「無奈」謂「無可奈何」。「無奈……何」古文常見，《戰國策‧秦策二》：「楚懼而不進，韓必孤，<u>無奈秦何矣</u>！」《說苑‧敬慎》：「以孟嘗芒卯之賢，率強韓魏以攻秦，猶<u>無奈寡人何也</u>？」「無奈……何」即「能拿……怎樣」的意思。「<u>孤無奈越邦之命何</u>」意即「我能對越邦之命怎樣呢」，這是一句激問法，指吳王因為怕上天對他不祥，所以沒有滅了越國，就以「我又能對越邦之命怎麼樣呢？」一句表示。筆者整理一下文句為「越公告孤請成，男女服，<u>孤無奈越邦之命何</u>，畏天之不祥，余不敢絕祀，許越公成」。

圖 017

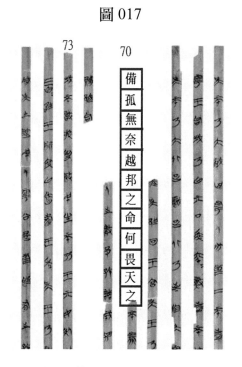

「不恙」的「恙」，如簡19「以交求上下吉恙」的「恙」作「吉祥」解。

〔註1760〕

「男女備，孤無奈越邦之命何，畏天之不恙」意指「（越國）男女上下都來服事，我能對越邦之命怎樣呢？我怕上天不賜予我吉祥」。

④余不敢鑾（絕）祀，許雩（越）公成，以爭₌（至于）今₌（今。今）吳邦不天，昱（得）辠（罪）於雩₌（越，越【七〇】

〔註1760〕清華大學出土文獻與保護中心編、李學勤主編：《清華大學藏戰國竹簡（柒）》，上海，中西書局，2017年4月，頁124，注15。

原考釋：

> 絕祀，絕斷祭祀，謂亡國。《左傳》襄公二十四：「若夫保姓受氏，
> 以守宗祊，世不絕祀，無國無之。祿之大者，不可謂不朽。」此處
> 指斷絕他國之祭祀，指滅國。絕祀，與第一章之「屬（繼）夏（纂）」
> 反義。〔註1761〕

子居認為清華簡《越公其事》、《管仲》和《子犯子餘》的編撰者有一種加
「余」字的特殊習慣：

> 「余不敢絕祀」句《國語・吳語》作「不敢絕祀」，對照末簡「孤
> 余奚面目以見於天下」句《國語》作「孤何以視於天下」，還有清
> 華簡《管仲》和《子犯子餘》的「不穀余」，清華簡《湯處於湯丘》
> 的「余孤」，似乎清華簡這幾篇的編撰者有一種加「余」字的特殊
> 習慣。〔註1762〕

王青認為「不天」，意即不得天助，不為天所護佑，天命是一切行動、因果
的終極解釋：

> 春秋戰國時期，天命是一切行動、因果的終極解釋。可以說是成也
> 天命，敗也天命。「不天」，意即不得天助，不為天所護佑。「不天」，
> 典籍習見。《左傳》宣公十二年：「鄭伯肉袒牽羊以逆，曰：『孤不天，
> 不能事君，使君懷怒，以及敝邑，孤之罪也。』」杜預注：「不天，
> 不為天所佑。」昭公十九年亦載子產語：「鄭國不天，寡君之二三臣
> 箚瘝天昏」，杜預注：「不獲天福。」（以上分別見於阮元校刻：《十
> 三經注疏・春秋左傳正義》卷二三，北京：中華書局，1980 年，第
> 1878、2087 頁）《越公其事》第十一章多次提到「天」，皆指天命。
> 第 1 章第 1 簡亦提到「不天」，是越王勾踐之語，而本簡「吳邦不天」
> 是夫差之語，二者如出一轍。此觀念綿延甚久，項羽曾經以天弗助
> 來解釋失敗原因，司馬遷說「身死東城，尚不覺寤而不自責，過矣。
> 乃引『天亡我，非用兵之罪也。』豈不謬哉！」（《史記・項羽本紀》，

〔註1761〕清華大學出土文獻與保護中心編、李學勤主編：《清華大學藏戰國竹簡（柒）》，
　　　　上海，中西書局，2017 年 4 月，頁 150，注 4。
〔註1762〕子居：〈清華簡七《越公其事》第十、十一章解析〉，http://www.xianqin.tk/2017/12/
　　　　13/418，20171213。

（漢）司馬遷：《史記》，北京：中華書局，1982 年第 2 版，第 339
頁。）外，《越公其事》第 2 章第 13 簡有「天命反側」之語，是周
代天不可信思想的遺存。〔註1763〕

秋貞案：

本章的「𢇍祀」的「𢇍（ ）」和《越公其事》第一章簡 5「母𢇍邦之命
于天下」的「𢇍（ ）」相同，意義亦同。「母𢇍邦之命于天下」從上下文來
看應釋為「絕」。《說文》謂「反𢇍為繼」，以𢇍為繼（小徐本「繼或體作𢇍」），
以𢇍為絕，以斷為斷，此為後世之區別分化。其後以「絕」代「𢇍」、以「繼」
代「𢇍」，「繼」、「絕」兩字遂徹底區分。〔註1764〕但此字「𢇍」從上下文來看應
釋為「絕」，和許慎《說文》的說法不同。「不天」一詞也出現過在第一章簡 2
「今寡人不天」，「不天」即不為天所佑，參見《清華大學藏戰國竹簡（柒）》，
頁 115，注 4。

「余不敢𢇍祀，許雯公成，以爭=今=吳邦不天，旻臯於雯=」意即「我不
敢斷絕越國的祭祀，許諾越公的請求，到今日吳國得不到上天的保佑，得罪於
越公。」

⑤ 公=以親辱於寡 人之敝邑。孤請成，男女備（服）。」

原考釋：

> 簡首缺六字。《國語‧吳語》作「今孤不道，得罪於君王，君王以親
> 辱於敝邑。」根據殘辭與文義，缺字擬補為「公公以親辱於寡」七
> 字，其中公字重文。簡文補足為「今吳邦不天，得罪於越公，越公
> 以親辱於寡人之敝邑。」〔註1765〕

子居認為第十一章的「不天」、「以親辱於寡人之敝邑」等文句又見於《越
公其事》第一章，可能是編撰者據構成第一章的原始材料而修改的：

> 此句的「不天」、「以親辱於寡人之敝邑」等又見於《越公其事》第
> 一章，故此句與《國語‧吳語》的差異或是編撰者據構成第一章的

〔註1763〕王青：〈清華簡《越公其事》補釋〉，「出土文獻與商周社會學術研討會」會議論
文集，2019 年，頁 323～332。

〔註1764〕季師旭昇：《說文新證》「繼」字條，藝文印書館，2014 年 9 月初版，頁 889。

〔註1765〕清華大學出土文獻與保護中心編、李學勤主編：《清華大學藏戰國竹簡（柒）》，
上海，中西書局，2017 年 4 月，頁 151，注 5。

原始材料而修改的。〔註 1766〕

郭洗凡認為整理者意見可從，傳世文獻裡已有詳細記載。〔註 1767〕

石小力認為透過簡本只作「男女服」，無「為臣御」三字，今本「男女服為臣御」六字當點斷為「男女服，為臣御」，「國中男女都去服事，作大王的僕御」之意。也有可能「為臣御」三字原是「服」字的注語，後來誤入正文。這種注文誤為正文的現象，在古籍傳承過程中亦不少見：

> 《國語‧吳語》：今孤不道，得罪于君王，君王以親辱於弊邑。孤敢請成，男女服為臣御。（第 561 頁）《越公其事》：今吳邦不天，得罪於越公，越〔公以親辱於寡〕人之敝邑。孤請成，男女服。（簡 70-71）今本「男女服為臣御」，簡本只作「男女服」，無「為臣御」三字。今本「男女服為臣御」六字，過去皆作一句讀，中間未點斷（如上海師範大學古籍整理組校點：《國語》，上海古籍出版社，1978 年，第 627 頁），黃永堂先生譯注的《國語全譯》翻譯為「國中的男女全都臣服，都是您的僕御」（黃永堂譯注：《國語全譯》，貴州人民出版社，1995 年，第 708 頁），尚學鋒、夏德靠二位先生譯注的《國語》翻譯為「國中男女全為大王的臣僕」（尚學鋒、夏德靠譯注：《國語》，中華書局，2007 年，第 362 頁），對本句的理解，都不甚準確。現在根據簡本提供的資訊可以知道，本句當點斷為「男女服，為臣御」。「男女服」是男女服事之意，「服」不能訓為臣服，而應訓為服事，「為臣御」即作僕御之意，合起來就是「國中男女都去服事，作大王的僕御」。也有可能「為臣御」三字原是「服」字的注語，後來誤入正文。這種注文誤為正文的現象，在古籍傳承過程中亦不少見（王念孫撰，徐煒君等校點：《讀書雜誌‧淮南內篇》弟廿二，第 2474～2475 頁）。〔註 1768〕

〔註 1766〕子居：〈清華簡七《越公其事》第十、十一章解析〉，http://www.xianqin.tk/2017/12/13/418，20171213。

〔註 1767〕郭洗凡：《清華簡《越公其事》集釋》，安徽大學碩士學位論文，2018 年 3 月，頁 109。

〔註 1768〕石小力：〈清華簡《越公其事》與《國語》合證〉，《文獻雙月刊》，2018 年 5 月第 3 期，頁 63。

秋貞案：

簡首缺六字，原考釋根據《國語·吳語》補「公=以親辱於寡」六字，可從。筆者將簡71的缺字比照完簡73相當的位置，擬補上「公=以親辱於寡」六字，「公」字下重文符號。下接原簡留的「⋯⋯人之敝邑」和《國語·吳語》的「君王以親辱於弊邑」一句的文意相同，亦通暢合理，故原考釋之說可從。參考圖018。

圖018

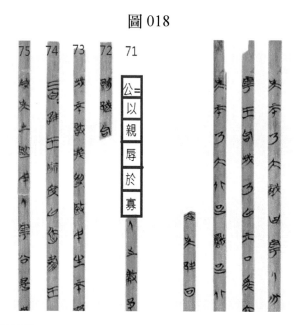

「公=以親辱於寡人之敝邑。孤請成，男女備。」意即「（越）公親自屈就到我的國家。我向您求和，國中的男女都服事您。」

⑥句戋（踐）弗許，曰：「昔天以雪（越）邦賜吳=（吳，吳）弗受；今天以吳邦【七一】賜郎（越），句踐敢不聽天之命而聽君之命乎？」

原考釋：

> 據《國語·吳語》，所缺十三字擬補為「踐敢不聽天之命而聽君之令乎」。〔註1769〕

子居認為《越公其事》將「越王」更為「句踐」，將「夫差」更為「吳王」。《吳語》尚是以描述吳師為主，而《越公其事》凸顯越師的描述。簡72首端的「越」字與簡56的「越」字書為「郎」，與《越公其事》其它部分稱越為

〔註1769〕清華大學出土文獻與保護中心編、李學勤主編：《清華大學藏戰國竹簡（柒）》，上海，中西書局，2017年4月，頁151，注5。

「雫」不同，可能是編撰者改而未盡的遺留，這應該也說明《越公其事》是由多份不同來源的原始材料整合而成的。原簡中「句踐不許吳成」的「吳」字是補寫的，或即編撰者所加，可見先秦文獻在傳抄過程中是如何被增益、改動的：

> 相對于《國語・吳語》，《越公其事》將「越王」更為「句踐」，將「夫差」更為「吳王」，這種情況類似于筆者在前文解析中所提到的「《國語・吳語》作『吳師大北』，《越公其事》作『大亂吳師』，比較《左傳・哀公十七年》的『吳師大亂』，是《吳語》語序和《左傳》相同，但有『北』和『亂』的區別，《越公其事》則是措辭與《左傳》同而語序有異。雖然很相似，但《吳語》尚是以描述吳師為主，而《越公其事》將語序置換了後，『大亂吳師』則成為凸顯越師的描述。」這種措辭替換達成了由《國語・吳語》以吳為中心到《越公其事》以越為中心的轉化。

> 簡72首端的「越」字與簡56的「越」字書為「邨」，與《越公其事》其它部分稱越為「雫」不同，其將「邑」書于左側是非周文化的特徵，此點在筆者《清華簡七〈越公其事〉第一章解析》中已提到。稱越為「邨」而非「雫」，則或編撰者改而未盡的遺留，因此上這應該也說明《越公其事》是由多份不同來源的原始材料整合而成的。

> 原簡中「句踐不許吳成」的「吳」字是補寫的，此句《國語・吳語》作「乃不許成」，可見《越公其事》此句的「吳」字或即編撰者所加，如果再轉抄一份的話，這種增補情況就難免被認為原文即如此，由此亦可見先秦文獻在傳抄過程中是如何被增益、改動的。〔註1770〕

郭洗凡認為整理者意見可從，傳世文獻裡已有詳細記載。〔註1771〕

秋貞案：

《國語・吳語》在此段的原文為：「越王曰：『昔天以越賜吳，而吳不受。

〔註1770〕子居：〈清華簡七《越公其事》第十、十一章解析〉，http://www.xianqin.tk/2017/12/13/418，20171213。

〔註1771〕郭洗凡：《清華簡《越公其事》集釋》，安徽大學碩士學位論文，2018年3月，頁109。

今天以吳賜越，<u>孤敢不聽天之命，而聽君之令乎</u>？」乃不許成。」《國語·越語上》在此段的原文為：「句踐對曰：「昔天以越予吳，而吳不受命；今天以吳吳予越，<u>越可以無聽天之命而聽君之令乎</u>！」兩者語句用字差不多，故原考釋據《國語·吳語》和《國語·越語上》補「踐敢不聽天之命而聽君之令乎」13 字，大體可從，但是「令」字應改為「命」，遍查《越公其事》全文沒有一個「令」字，只有「命」。「命」或當「命令」，或當「壽命」，因此這裡應該補為「踐敢不聽天之命而聽君之命乎」。

「句戈弗許，曰：『昔天以雪邦賜吳＝弗受；今天以吳邦賜邷，句 踐敢不聽天之命而聽君之命乎？』句戈不許吳成。」意即「句踐不同意，說：『從前上天把越國賜給吳國時，吳國不接受；如今上天把吳國賜給越國，句踐哪敢不聽上天的命令而聽從您的命令呢？』」

2. 整句釋義

越國軍隊於是進入吳國，完全襲佔吳國之後，圍攻吳王的宮殿。吳王於是感到害怕恐懼，就向越國求和，說：「從前我戰勝越國而得利，越公向我求和，說越國男女上下都為我服事，我能對越邦之命能怎樣呢，我怕上天賜不賜福給我，我不敢斷絕越國的祭祀命脈，許諾越公的請求，到今日吳國得不到上天的保佑，得罪於越公，越公讓您親自屈就到我的國家。我現在向您求和，吳國中的男女都願意服事您。」句踐不同意，說：「從前上天把越國賜給吳國時，吳國不接受；如今上天把吳國賜給越國，句踐哪敢不聽上天的命令而聽從您的命令呢？」。

（二）句戈（踐）不許吳成。乃使（使）人告於吳王曰：「天以吳土賜雪（越），句【七二】戈（踐）不敢弗受。殹民生不玕（仍），王亓（其）母（毋）死①。民生墜（地）上，寓也，亓（其）與幾可（何）？②不穀（穀）亓（其）牊（將）王於甬句重（東），夫婦【七三】言＝（三百），唯王所安，以屈聿（盡）王年。」③吳王乃誳（辭）曰：「天加禍（禍）于吳邦，不才（在）峕（前）遂（後），丁（當）役孤身④。女（焉）述（遂）遼（失）宗富（廟）【七四】⑤。凡吳土墜（地）民人，雪（越）公是聿（盡）既有之，孤余系（奚）面目以艮（視）于天下？」⑥雪（越）公亓（其）事（使）。凵【七五】⑦

◎今本《國語‧吳語》相應的段落如下：

乃不許成，因使人告於吳王曰：「天以吳賜越，孤不敢不受。以民生之不長，王其無死！民生於地上，寓也，其於幾何？寡人其達王予甬、句東，夫婦三百，唯王所安，以沒王年。」夫差辭曰：「天既降禍於吳國，不在前後，當孤之身，實失宗廟社稷。凡吳土地人民，越既有之矣，孤何以視於天下！」夫差將死，使人說於子胥曰：「使死者無知，則已矣，若其有知，吾何面目以見員也！」遂自殺。

◎今本《國語‧越語上》相應的段落如下：

吾請達王甬句東，吾與君為二君乎。」夫差對曰：「寡人禮先壹飯矣，君若不忘周室，而為弊邑宸宇，亦寡人之愿也。君若曰：『吾將殘汝社稷，滅汝宗廟。』寡人請死，余何面目以視于天下乎！」越君其次也，遂滅吳。

1. 字詞考釋

①句戈（踐）不許吳成。乃使（使）人告於吳王曰：「天以吳土賜雩（越），句【七二】戈（踐）不敢弗受。殹民生不𨚕（仍），王亓（其）母（毋）死

原考釋：

> 民生不仍，猶人生不再，意為人祇有一次生命。《國語‧吳語》作「民生不長」。〔註1772〕

王磊認為「殹」當讀為「繄」，義為「惟」：

> 「殹」字整理者無說。「殹」當讀為「繄」，義為「惟」。《漢書‧外戚傳》：「惟人生兮一世，忽一過兮若浮。」清華簡七《子犯子餘》：「信難成，殹或易成也。」其中「殹」亦讀為「繄」，訓「惟」。用例相同。〔註1773〕

子居認為先秦文獻未見如此用法的「不仍」，且「乃」並不能直接對應《國語‧吳語》的「長」這裡的「乃」很可能本是「長」字之殘，「長」字上半部磨

〔註1772〕清華大學出土文獻與保護中心編、李學勤主編：《清華大學藏戰國竹簡（柒）》，上海，中西書局，2017年4月，頁151，注7。

〔註1773〕王磊：〈清華七《越公其事》札記六則〉，http://www.bsm.org.cn/show_article.php?id=2806，20170517。

損後，下部即與「乃」字形似：

> 《小爾雅‧廣言》：「仍、再也。」是整理者所說有據，但另一方面，先秦文獻未見如此用法的「不仍」，且「乃」並不能直接對應《國語‧吳語》的「長」，故筆者認為，這裡的「乃」很可能本是「長」字之殘，「長」字上半部磨損後，下部即與「乃」字形似，故《越公其事》的「仍」或即是「長」訛為「乃」，後又重書為「𫝈」。〔註1774〕

秋貞案：

「殹（殹）」字原考釋沒有說明，《子犯子餘》簡 8「信難成，殹（殹）或易成也。」原考釋釋「殹，讀為『繄』，訓『惟』，參見裴學海：《古書虛字集解》（第二一八頁）」〔註1775〕。《左傳‧襄公十四年》：「不室之不壞，繄伯舅是賴。」正義云：「王室之不壞者，唯伯舅是賴也。」〔註1776〕。「繄」，義為「惟」，王磊之說可從。「民生不𫝈」的「民」也就是「人」，《周禮天官太宰》：「九曰藪，以富得民。」孫詒讓正義：「又澤虞職文民作人。」《逸周書‧諡法》：「民安好靜曰夷」，朱右曾集訓校釋：「民，亦作人。」〔註1777〕「民生，」原考釋為「人生」可從。「殹民生不𫝈」的「𫝈」原考釋釋為「仍」。《越公其事》第二章「天不𫝈（仍）賜吳於慇越邦之利」也把「𫝈」釋為「仍」有重覆、再之意。子居認為簡文「𫝈」對應《國語‧吳語》的「長」，而認為它是「長」的殘字，不可從。簡 10 的「𢏚」和簡 73 的「𢏚」都一樣，不見殘字的跡象。而且越公其事》簡 17 的「長」字作「𠂤」和「𢏚」字形差異太大，不可能是字殘而相類。「王其毋死」意思是「吳王你可以活命。（我不會殺你，但是會流放你）」

句戈不許吳成，乃使人告於吳王曰：「天以吳土賜孚，句戈不敢弗受。殹民生不𫝈，王亓母死」意即「句踐不同意吳王的求和，於是派人告訴吳王說：『上天把吳國賜給越國，句踐不敢不接受。啊，人生不會再重來，吳王你可

〔註1774〕子居：〈清華簡七《越公其事》第十、十一章解析〉，http://www.xianqin.tk/2017/12/13/418，20171213。

〔註1775〕清華大學出土文獻與保護中心編、李學勤主編：《清華大學藏戰國竹簡（柒）》，上海，中西書局，2017 年 4 月，頁 96，注 32。

〔註1776〕裴學海：《古書虛字集解》，上海書店，1933 年，頁 218。

〔註1777〕宗福邦、陳世鐃、蕭海波主編：《故訓匯纂》，商務印書館，2007 年 9 月，頁 1215。

以活命。」。

②民生坓（地）上，寓也，亓（其）與幾可（何）？

原考釋：

> 寓，寄宿。「民生地上，寓也」即後代「人生若寄」所自出。其與幾
> 何，語同《國語・吳語》，韋昭注：「言幾何時。」〔註1778〕

子居認為「其與幾何」在先秦傳世文獻中僅見于《左傳》和《國語》，故不難判斷，二者必然關係密切。《國語・吳語》的「民生不長」可與「其與幾何」對應，《國語・吳語》的「民生不長」當是原文：

> 「其與幾何」在先秦傳世文獻中僅見于《左傳》和《國語》，故不難
> 判斷，二者必然關係密切。《左傳・襄公二十九年》：「裨諶曰：是盟
> 也，其與幾何？」杜注：「言不能久也。」《左傳・昭西元年》：「主
> 民，玩歲而愒日，其與幾何？」杜注：「言不能久。」《左傳・昭西
> 元年》：「叔向問鄭故焉，且問子晳。對曰：其與幾何？」杜注：「言
> 將敗，不久。」《國語・周語上》：「若壅其口，其與能幾何？」韋昭
> 注：「與，辭也。能幾何，言不久也。」《國語・晉語一》：「雖謂之
> 挾，而狎以齒牙，口弗堪也，其與幾何？」韋昭注：「言不久害也。」
> 《國語・晉語五》：「矜其伐而恥國君，其與幾何？」韋昭注：「言將
> 不終命。」由以上諸例可見，《國語・吳語》的「民生不長」正可與
> 「其與幾何」對應，所以從「其與幾何」句也不難看出，《國語・吳
> 語》的「民生不長」當是原文。〔註1779〕

秋貞案：

原考釋釋「民生地上，寓也」即後代「人生若寄」，可從。「民生地上」的「民」和前一句「民生不刜」的「民」釋「人」。「人生在世都是過客」的意思。「亓與幾可」是一句激問法，表示能夠多又久，言不久矣。

③不穀（穀）亓（其）牂（將）王於甬句重（東），夫婦【七三】畐=（三百），

〔註1778〕清華大學出土文獻與保護中心編、李學勤主編：《清華大學藏戰國竹簡（柒）》，
上海，中西書局，2017年4月，頁151，注8。

〔註1779〕子居：〈清華簡七《越公其事》第十、十一章解析〉，http://www.xianqin.tk/2017/
12/13/418，20171213。

唯王所安，以屈聿（盡）王年。」

原考釋：

> 不穀其將王於甬句重，《國語・吳語》作「寡人其達王予甬句東」《國語・越語上》作「吾請達王甬句東」。將，送行。《詩・燕燕》「之子于歸，遠于將之」，鄭玄箋：「將亦送也。」甬句東，《史記・越王句踐世家》作「甬東」。〔註1780〕

Cbnd 認為「屈」訓作「盡」，竭盡、窮盡之義：

> 不穀其將王於甬句東，夫婦三百，唯王所安，以屈盡王年。

> 其中「屈」字整理者未作注釋。這裡的「屈」訓作「盡」，竭盡、窮盡之義。《孫子・作戰》：「攻城則力屈。」《漢書・食貨志上》：「生之有時，而用之亡度，則物力必屈。」顏師古曰：「屈，盡也。」
> 〔註1781〕

心包認為「盡」的寫法和《邦人不稱》簡 2「戰於津」中「津」的寫法 B 袪疑：

> 簡 74「盡」的寫法 A，似乎可以為《邦人不稱》簡 2「戰於津」中「津」的寫法 B 袪疑。（不知道別處是否有相似的字形可以比較）
> 〔註1782〕

A： 　　　B：

陳治軍翻譯「天以吳國的土地賜越，句踐不敢不了。人生不可以重來，吳王你不要死，民生地上，給他們以寄託，難道不可以么？我可以送吳王去甬、句東，並安排三百夫婦，以供安享餘生」：

> 「天以吳土賜雩（越），句【七二】戔（踐）不敢弗受。殹民生不阢（仍），

〔註1780〕清華大學出土文獻與保護中心編、李學勤主編：《清華大學藏戰國竹簡（柒）》，上海，中西書局，2017 年 4 月，頁 151，注 9。

〔註1781〕簡帛論壇：「清華七《越公其事》初讀」，第 156 樓，20170506。

〔註1782〕簡帛論壇：「清華七《越公其事》初讀」，第 180 樓，20170519。

王其母（毋）死。民生地上，寓也，其與幾可（何）？不穀（穀）其牆（將）王于甬句重（東），夫婦【七三】三百，唯王所安，以屈盡王年」是說天以吳國的土地賜越，句踐不敢不受了。人生不可以重來，吳王你不要死，民生地上，給他們以寄託，難道不可以么？我可以送吳王去甬、句東，并安排三百夫婦，以供安享餘生。〔註1783〕

魏宜輝認為《國語・吳語》作「寡人其達王於甬句東」韋昭注：「達，致也。」竹簡整理者可能受其影響將簡文「將王於甬句東」的「將」理解為送行。他認為訓作「致送」義的「達」是指送到，與「送行」義並不相近，故他傾向簡文中的「將」字理解為「供養、奉養」之義。而且他懷疑《國語・吳語》及《越語》中的「達」字是「迋」（楚文字「將」）的誤字：

> 與此類似的記載亦見於《國語》。與此簡文對應部分，《國語・吳語》作「寡人其達王於甬句東，夫婦三百，唯王所安，以沒王年。」《國語・越語》也有「吾請達王甬句東」之語。韋昭注：「達，致也。」按照韋昭的理解，「達王於甬句東」即「將吳王您送到甬句東」。可能是受到韋昭注的影響，竹簡整理者將簡文「將王於甬句東」的「將」理解為送行。《詩・邶風・燕燕》：「之子于歸，遠于將之。」鄭玄箋：「將亦送也。」但訓作「致送」義的「達」是指送到，與「送行」義並不相近。我們覺得對這一句的理解仍有進一步討論的餘地。
>
> 我們傾向簡文中的「將」字理解為「供養、奉養」之義。《詩・小雅・四牡》：「王事靡盬，不遑將父。」毛傳：「將，養也。」孔穎達疏：「我堅固王事，所以不暇在家以養父母。」「將王於甬句東」，意即「將吳王您供養在甬句東」。這與下文「夫婦三百，唯王所安，以屈盡王年」在文意聯繫上也更密切一些。
>
> 至於《國語・吳語》及《越語》中的「達」字，我們懷疑是一個誤

〔註1783〕陳治軍：《從清華簡〈越公其事〉所見「甬、句東」再論「楚滅越」的時代》，中國文字學會，貴州師範大學，貴陽孔學堂文化傳播中心：《中國文字學會第九屆學術年會論文集》，2017年8月18～22日，頁52～53。

字。傳世文獻中的「將」，在楚簡文字中往往用「牆」或「遷」字來表示，有時「遷」會省寫作「迖」（陳斯鵬《楚系簡帛字中形與音義關係研究》，中國社會科學出版社，2011 年，第 90 頁）。包山楚簡簡 228 有「大司馬昭滑（將）楚邦之師徒以救郙之歲」，同樣的內容亦見於簡 227，只是簡 227 中「遷」省寫作「迖」（湖北省荊沙鐵路考古隊《包山楚簡》，文物出版社，1991 年，第 35 頁）。清華簡《繫年》篇簡 81-82「伍雞（將）吳人以圍州來」（清華大學出土文獻與保護中心編、李學勤主編：《清華大學藏戰國竹簡（貳）》，第 170 頁），其中「將」亦用「迖」字來表示。我們懷疑在有的本子裡「將王於甬句東」中的「將」是用「迖」字來表示的，而後人或已不識此字，在傳抄過程中將其誤寫作形近的「達」。

與《國語‧吳語》「以沒王年」相對應，簡文作「以屈盡王年」。其中「屈」字竹簡整理者未作注釋。這裡的「屈」訓作「盡」，竭盡、窮盡之義。《孫子‧作戰》：「攻城則力屈。」《漢書‧食貨志上》：「生之有時，而用之亡度，則物力必屈。」顏師古曰：「屈，盡也。」這裡的「屈盡」與「沒」義相當。〔註1784〕

　　子居認為「甬東」當即「桐東」，指桐水之東，今江蘇邳州市一帶。《史記‧吳太伯世家》、《史記‧越王句踐世家》其言「百家」所據的材料，當是晚于《左傳》而早於《國語》，而《越公其事》言「夫婦三百」，則只會是承自《國語‧吳語》末兩章。他認為「屈盡王年」的「盡」字或是為編撰者所加：

> 《左傳‧哀公二十二年》：「冬十一月丁卯，越滅吳。請使吳王居甬東。」即《史記‧越王句踐世家》之所本，是此地本名「甬東」。整理者在《越公其事》第十章注〔九〕已提到「太甬，清華簡《良臣》作『大同』」，則甬東當即桐東，指桐水之東，今江蘇邳州市一帶。
>
> 《史記‧吳太伯世家》：「二十三年十一月丁卯，越敗吳。越王句踐欲遷吳王夫差於甬東，予百家居之。」《史記‧越王句踐世家》：「句

〔註1784〕魏宜輝：〈讀《清華大學藏戰國竹簡（柒）》札記〉，香港浸會大學饒宗頤國學院，澳門大學中國語言文學系，清華大學出土文獻研究與保護中心：《《清華簡》國際會議論文集》，2017 年 10 月 26 日～28 日。

踐憐之，乃使人謂吳王曰：吾置王甬東，君百家。」其言「百家」所據的材料，當是晚于《左傳》而早於《國語》，而《越公其事》言「夫婦三百」，則只會是承自《國語・吳語》末兩章。

「屈盡王年」的「屈」對應於《國語・吳語》的「沒」，是「盡」字或是為編撰者所加，此點可類比於下文「越公是盡既有之」在《國語・吳語》為「越既有之矣」，《越公其事》也多了「是盡」。〔註1785〕

郭洗凡認為網友「cbnd」的觀點可從。「盡」在《增訂殷墟書契考釋》中指出終盡之意：

網友「cbnd」的觀點可從，「盡」，羅振玉在《增訂殷墟書契考釋》中指出：「從皿，像滌器型。食盡，器斯滌矣。故有終盡之意在簡文中指的是窮盡一切的含義。」〔註1786〕

羅云君認為從《國語》之句讀，即「不穀其將王於甬、句重」：

「不穀其將王於甬句重」可從《國語》之句讀，即「不穀其將王於甬、句重」。〔註1787〕

吳德貞舉李學勤認為夕陽坡楚簡文獻中「越湧君」之「湧」即的越地甬：

夕陽坡楚簡有「越湧君」。李學勤先生認為「越湧君」之「湧」即文獻中的越地甬，簡文從「水」作「湧」概因甬地有甬江，甬與句章相連，或可能當時句章即屬於甬，因此《左傳》稱為「甬東」，《國語》稱「甬、句東」（參見李學勤：《越湧君將其眾以歸楚之歲考》，《古文字研究》（第25輯），中華書局2004年10月，第311～313頁）。〔註1788〕

石小力認為《國語・吳語》：「寡人其達王于甬勾東」和《越公其事》：「不穀其將王于甬勾東」，今本「達」和簡本「將」之間的關係頗難解索，疑今本「達」乃簡本「將」字之誤。「將」在楚文字中或寫作「迸」，「達」字從辵，

〔註1785〕子居：〈清華簡七《越公其事》第十、十一章解析〉，http://www.xianqin.tk/2017/12/13/418，20171213。

〔註1786〕郭洗凡：《清華簡《越公其事》集釋》，安徽大學碩士學位論文，2018年3月，頁111。

〔註1787〕羅云君：《清華簡《越公其事》研究》，東北師範大學，2018年5月，頁122。

〔註1788〕吳德貞：《清華簡《越公其事》集釋》，武漢大學碩士論文，2018年5月，頁102。

奎聲，二字形體較為接近：

> 《國語·吳語》：寡人其達王于甬勾東，夫婦三百，唯王所安，以沒
> 王年。（第 561 頁）《國語·越語上》：吾請達王甬勾東，吾與君為二
> 君乎。（第 572 頁）

> 《越公其事》：不穀其將王于甬勾東，夫婦三百，唯王所安，以屆盡
> 王年。（簡 73-74）今本「達」，韋昭注：「達，致也。」簡本作「將」，
> 今本「達」和簡本「將」之間的關係頗難解索，疑今本「達」乃簡
> 本「將」字之誤。「將」在楚文字中或寫作「迣」，如清華簡《繫年》
> 簡 81、包山簡 226、232、234、236 等處（沈建華、賈連翔：《清華
> 大學藏戰國竹簡（壹～三）文字編》，中西書局，2014 年，第 52 頁。
> 李守奎、賈連翔、馬楠：《包山楚簡文字全編》，上海古籍出版社，
> 2012 年，第 80～81 頁），從辵、羊聲。「達」字從辵，奎聲。二字
> 形體較為接近，故今本「達」字極有可能是在「將」作「迣」形的
> 基礎上訛變過來的。將，送行。《爾雅·釋言》「將，送也」，邢昺疏：
> 「皆謂送行也。」《詩·邶風·燕燕》「之子於歸，遠於將之」，鄭玄
> 箋：「將亦送也。」「將王于甬勾東」即送王至甬勾東，也即把吳王
> 安置于甬勾東之地。〔註1789〕

禤健聰認為今本《國語·吳語》中的「寡人其達王於甬句東」的「達」，
韋昭注：「達，致也。」歷來注家多將此「達」字解為「送往、送達」。楚簡
〈越公其事〉「不谷其將王于甬句東」與《國語·吳語》對應的是「牂（將）」
字，出土文獻中「將」字通常寫作「迣」或其省體「迣」。今本《國語·吳語》
的「達」，很可能是「迣」字傳寫訛誤。其原本應與《越公其事》一樣，記寫
的是將送之「將」這一音義。戰國秦漢之際，大部分的「迣／迣」應已為「將」
所替代。今本《國語·吳語》所據，或尚存古文遺迹作「迣」，當時人不識，
又因其與「達」形近，遂致誤認轉寫為「達」。〔註1790〕

〔註1789〕石小力：〈清華簡《越公其事》與《國語》合證〉，《文獻雙月刊》，2018 年 5 月第
　　　　　3 期，頁 63。

〔註1790〕禤健聰：〈據出土文獻辨讀傳抄訛字二例〉，《中國文字學報》（第九輯），商務印
　　　　　書館，2018 年 12 月，頁 124～127。

秋貞案：

《越公其事》「不穀其將王於甬句重」，《國語·吳語》作「寡人其達王予甬句東」，《國語·越語上》作「吾請達王甬句東」。這兩個最大不同之處在簡本作「將」和今本作「達」字。原考釋把簡本「將」作「送行」義。魏宜輝認為「送行」義的「將」和「致送」義的「達」不同，他又懷疑今本「達」字是楚文字「將（迸）」的誤字。石小力、禤健聰也同樣因為兩字形體較為接近而懷疑今本「達」乃簡本「將」字之誤。這兩字有沒有訛混的可能？

季師旭昇《說文新證》「達」字：

> 甲骨文从止，夆聲，夆字作「↑」形象石針，所以治病，故達有撻義。引申有行義。（參趙平安〈達字兩系說〉、〈達字針義的文字學解釋〉）。「↑」字繁形「夆」漸訛，則下似从「羊」。《說文》：「夆，小羊也。从羊，大聲。」即承此形。楚系「夆」形下部或簡化為二橫筆，再加口或加月為聲符。〔註1791〕

何琳儀《戰國文字典》「迸」字：

> 迸，从辵，羊聲。《玉篇》：「迸，進退貌。」迸，包山簡迸，讀將。《詩.陳風.東門之枌》「其葉牂牂。」《易林.革之大有》引牂作將。《禮記.內則》「炮取豚若將」注「將當為牂」《集韻》蓋或作鸞，是其佐證。《說文》「將，帥也。」引申為率領。《史記.秦始皇記》「將軍擊趙」正義「將猶領也」。〔註1792〕

「達」、「迸」字義不同，不可能因為字義訛混。字形上是否有訛混的可能？筆者參考季師《說文新證》〔註1793〕、容庚《金文編》〔註1793〕、滕壬生《楚系簡帛文字編》〔註1794〕、高明《古文字類編》〔註1795〕、《秦漢魏晉篆隸字形表》〔註1796〕把兩個字形演化加以比對如下：

〔註1791〕季師旭昇：《說文新證》，藝文印書館，2014年9月2日出版，頁127。

〔註1792〕何琳儀：《戰國古文字典》，中華書局，2007年5月出版，北京第3次印刷，頁673。

〔註1793〕季師旭昇：《說文新證》，藝文印書館，2014年9月2日出版，頁127。

〔註1793〕容庚編著，張振林、馬國權摹補：《金文編》，北京，中華書局，1985年7月，頁1143。

〔註1794〕滕壬生：《楚系簡帛文字編》，湖北教育出版社，20018年10月第一版，頁173。

〔註1795〕高明、涂白奎編：《古文字類編》，上海古籍出版社，2008年8月第1次印刷，頁1143。

〔註1796〕漢語大字典字形組編：《秦漢魏晉篆隸字形表》，四川辭書出版社，1985年8月，頁113。

字體	達	逴／遑
甲骨文	（商.合 32229）、（商.合 6040）	逴：（屯 725 四期）、（英 2411 四期） 遑：（合 40643 一期）、（英 721 一期）〔註 1797〕
金文	（周中.牆盤《金》）、（周晚.保子達簋《金》）〔註 1798〕	遑：（與 徣爵）、（史頌簋.周晚）「日遑天子 命」〔註 1799〕
戰國文字	（戰齊璽彙 1340.）〔註 1800〕、（春.鰲鎛）、（戰.楚.九店 56.30）、（戰.楚.郭老甲 8）、（戰.郭.性 54）、郭.窮二「童（動）非為～也」、	逴：（包二.226「～楚邦之師」）、（包二.234「～楚邦之師」）〔註 1801〕、（包 247）〔註 1802〕 遑：（包二.242「～楚邦之師」）、（包二.70「不～緐若以廷」）、（包二.55「不～大師價以廷」）、

〔註 1797〕高明、涂白奎編：《古文字類編》，上海古籍出版社，2008 年 8 月第 1 次印刷，頁 1144。

〔註 1798〕季師旭昇：《說文新證》，藝文印書館，2014 年 9 月 2 日出版，頁 127。

〔註 1799〕容庚編著，張振林、馬國權摹補：《金文編》，北京，中華書局，1985 年 7 月，頁 1143。

〔註 1800〕季師旭昇：《說文新證》，藝文印書館，2014 年 9 月 2 日出版，頁 127。在趙平安〈達字兩系說〉中列此字為戰國時代燕璽。

〔註 1801〕滕壬生：《楚系簡帛文字編》，湖北教育出版社，20018 年 10 月第一版，頁 173。

〔註 1802〕高明、涂白奎編：《古文字類編》，上海古籍出版社，2008 年 8 月第 1 次印刷，頁 1143。

（郭.五.四三「疋膚膚～者君子道」、 （郭.語一.六〇「正（政）不達，且生乎不～其然也。	（包山038）、 （包山228）〔註1803〕
秦漢隸　（秦.睡.日乙902）、 （秦.泰山刻石）、 （西漢.銀.孫臏48）、 （東漢.華山碑《篆》）、」 （老子甲後207）、 （老子乙前40上）、 （西陲簡48.18）、 （曹全碑陰）〔註1804〕	

　　以上「達」和「逆」兩字形的比較發現「達」字在金文時字形從「羊」，此時和「逆」形很相類。至於戰國文字（戰齊璽彙 1340）承襲金文，和「（包山簡）」都是從辵從羊，但是楚文字「達」字「羍」形下部或簡化為二橫筆，再加口或加月為聲符，如（九店簡）、（郭店簡），字形都已經看不出從「羊」，和楚系的「逆／遷」字不同，故魏宜輝和石小力認為因為楚文字的「達」和楚文字「逆」字形相類而產生訛混的看法不確。由戰齊璽彙1340的字來看，非楚系的「達」字或許承金文而來還可能和楚系的「逆／遷」字相類而混，但是不能說是楚文字的兩字相類而訛混。到

〔註1803〕高明、涂白奎編：《古文字類編》，上海古籍出版社，2008 年 8 月第 1 次印刷，頁1144。

〔註1804〕漢語大字典字形組編：《秦漢魏晉篆隸字形表》，四川辭書出版社，1985 年 8 月，頁 113。

秦漢隸的「達」和「迖」就非常相像，如秦泰山刻石 及曹全碑陰 ，兩字从辵父羊，就如一字，造成訛混是非常有可能的。假設今本的書手在抄寫時把作「將」的「迖」字寫作「達」，應該不是抄楚文字的版本。今天有幸見到楚簡材料的出土，可以讓我們更清楚原來的版本對內容有正確的認識。

甲骨、金文及戰國文字中的「迖」字，秦漢以後基本消失不用了。因此，秦漢書手誤「迖」字為「達」的可能性是有的。魏宜輝之說可信。

筆者為簡本《越公其事》「不穀其將王於甬句重」的「其」作副詞，用於謂語前，表示動作或情況將要發生，作「將要、就要」解，《尚書‧微子》：「今殷其淪喪」。《管子‧小匡》：「教訓不善，政事其不治」〔註1805〕「不穀其將王於甬句重」的「將」寫作「牆」不是「迖」。原考釋作「送行」可從。魏宜輝作「供養」，因為「供養」有「侍奉」義，這裡吳王是階下囚，故用「供養」則有待商榷。「唯王所安」即是「你就在那邊安享餘年吧」。簡文「夫婦三百，唯王所安，以屈盡王年」，春秋以前「滅人之國，不絕人之祀」的一點點殘餘罷了。

「屈聿」一詞，原考釋無說，cbnd 認為「屈」釋「盡」，「屈盡」為同義複詞。筆者認為「屈」字在此作「屈辱、委屈」義。《史記‧老子韓非列傳》：「徑省其辭，則不知而屈之。」司馬貞索隱：「謂人主意在文華，而說者但徑捷省略其辭，則以說者為無知見屈辱也。」這是勾踐虛偽的外交辭令，委屈吳王在甬東渡過餘年。「屈盡」即「委屈地過完」。「盡」字的本義是以「聿」形物擦拭器皿之義。「聿」是「盡」的分化字，戰國晉系文字多做「」，下從「皿」上從「聿」形。〔註1806〕心包認為「聿」字和《邦人不稱》簡2「戰於津」中「津」的寫法袪疑。《說文新證》「聿」字條提到「聿」、「聿」、「夷」、「盡」四字音近：

> 「聿」从「聿」从「彡」，表示書寫美好（何琳儀《戰國古文字典》）。
> 「聿」可能也有聲符的作用。「聿」上古音在喻紐物部合口三等，擬音為*riwət；「聿」上古音在精紐真部開口三等，擬音為*tsjien。侯馬盟書「聿」或作「夷」、「盡」，「夷」、「盡」上古音在紐真部開口三

〔註1805〕中國社會科學院語言研究所古代漢語研究室編：《古代漢語虛詞詞典》，北京商務印書館，1999 年出版，頁 407。

〔註1806〕季師旭昇：《說文新證》，藝文印書館，2014 年 9 月 2 日出版，頁 219。

等，擬音為*riien。「聿」、「𦘔」、「𨤲」、「盡」四字音近。〔註1807〕故「𦘔」和「聿」可通，無疑。

「不穀其將王於甬句重」的「甬句重」，原考釋舉《國語・吳語》、《國語・越語上》作「甬句東」，《史記・越王句踐世家》作「甬東」。「重（澄東）」和「東（端東）」上古音聲韻相通沒有問題。至於「甬句東」和「甬東」應該是一地之異稱。地方名會因為以漢語音譯而有所出入。子居認為「甬東」當即「桐東」，指桐水之東，今江蘇邳州市一帶。吳德貞舉李學勤認為夕陽坡楚簡文獻中「越湧君」之「湧」即的越地甬，這些訊提供給後人參考，筆者博論著重在文字句意的考釋，對此不再深入探討。「不穀亓牘王於甬句重，夫婦𦖞〓，唯王所安，以屈聿王年」意指「我將扶助吳王到甬東，送給您僕役三百人，讓您安居，委屈您渡過餘年。」

④吳王乃諞（辭）曰：「天加𥜀（禍）于吳邦，不才（在）𡘋（前）遂（後），丁（當）伇孤身

原考釋釋「伇」，供使：

> 丁伇孤身，《國語・吳語》作「當孤之身」。伇，供使。《左傳》襄公十一年「季氏使其乘之人，以其役邑人者無征」，孔穎達疏：「役謂供官力役，則今之丁也。」〔註1808〕

Zzusdy 認為「丁伇孤身」釋讀作「當【伇】（投）孤身」：

> 這個字右邊是「投」之所從，《祝辭》簡2「投以土」之「投」所從與之同，釋讀作「當【伇】（投）孤身」（以「殳」為聲，「殳」、「投」皆侯部，「殳」的寫法又可參《語從一》51、67等字所從），即《大誥》「投艱於朕身」之「投」。〔註1809〕

林少平認為伇，當讀如本字，義為「棄」，《揚子・方言》：「棄也。淮汝之閒謂之伇」：

> 《越公其事》「丁（當）伇（役）孤身，焉述（遂）A（失）宗廟」。

〔註1807〕季師旭昇：《說文新證》，藝文印書館，2014年9月2日出版，頁219。

〔註1808〕清華大學出土文獻與保護中心編、李學勤主編：《清華大學藏戰國竹簡（柒）》，上海，中西書局，2017年4月，頁151，注10。

〔註1809〕簡帛論壇：「清華七《越公其事》初讀」，第79樓，20170429。

《吳語》作「當孤之身，實失宗廟社稷」。役，當讀如本字，義為「棄」。
《揚子·方言》：「棄也。淮汝之閒謂之役。」「當役孤身」比「當
孤之身」語意更為明確可解。〔註1810〕

王寧認為《國語·吳語》作「當孤之身」、《吳越春秋·勾踐伐吳外傳》
作「正孤之身」，均無「役」字。甲骨文的「役」，象手持鉤兵砍擊人形，即
「殳」（「殊」之初文）之後起替代字，亦即誅殺之「誅」，卜辭中疑讀為病瘉
之「瘉」。他認為「投」、「殊」、「誅」、「瘉」都是音近的字，故「役」讀為「投」
訓「棄」可從：

> 此句《國語·吳語》作「當孤之身」，《吳越春秋·勾踐伐吳外傳》
> 作「正孤之身」，「丁」、「當」、「正」義均同，然皆無「役」字。「役」
> 字筆者曾認為是甲骨文北方風名的「役」，釋「斬」，後檢索發現，
> 甲骨文實有兩個類似的形體，一個是北方風名字從卩從殳，當釋
> 「斬」；一個是用為「疾～」的字形是從人從殳，即「役」字，二
> 者不混淆，不得釋為一字。zzusdy 先生在 81 樓和 99 樓主張釋
> 「投」，是有道理的。甲骨文的「役」，象手持鉤兵砍擊人形，即
> 「殳」（「殊」之初文）之後起替代字，亦即誅殺之「誅」，卜辭中
> 疑讀為病瘉之「瘉」，《合集》13658 貞問「疾役（瘉）不延」、「疾
> 役（瘉）其延」，即占卜疾病痊瘉不會要很長時間吧？疾病痊瘉會
> 要很長時間嗎？即其意。「投」、「殊」、「誅」、「瘉」都是音近的字，
> 故「役」讀為「投」訓「棄」可從。〔註1811〕

雲間猜「丁役孤身」的「役」字：

> 丁役孤身的役字能不能發個截圖看看。現在猜。北方風轉寫作役，
> 山海經是從炎。今天看文史第二十七輯，宋代簟州縣官升遷，保舉
> 之章稱剡章，又稱削章。收拾砍削。〔註1812〕

子居認為第十一章「加禍」、「不穀」的自稱體現第十一章非常接近《國語·
吳語》末章的原始材料上有所改寫，楚文化特徵更為顯著。本節的「加禍」當

〔註1810〕簡帛論壇：「清華七《越公其事》初讀」，第 80 樓，20170429。
〔註1811〕簡帛論壇：「清華七《越公其事》初讀」，第 116 樓，20170501。
〔註1812〕簡帛論壇：「清華七《越公其事》初讀」，第 124 樓，20170501。

也是改寫自《國語・吳語》末章的「降禍」：

> 筆者在《清華簡七〈越公其事〉第一章解析》中已提到：「『降禍』之說先秦文獻習見，『加禍』於先秦則之前僅見于上博簡《昭王與龔之脽》，本節的『降禍』于第十一章即作『加禍』；本節稱『孤』、『寡』，第十一章雖同有，但又兩見『不穀』的自稱。這應該都體現出本章的文字較第十一章原始，而第十一章則在非常接近《國語・吳語》末章的原始材料上有所改寫，楚文化特徵更為顯著。」是本節的「加禍」當也是改寫自《國語・吳語》末章的「降禍」。〔註1813〕

郭洗凡認為王寧的觀點可從。此可作「當孤之身」：

> 王寧的觀點可從，「丁」是上古耕部端聲字，「當」是陽部端聲字，二者古音可通，因此可作「當孤之身」。〔註1814〕

吳德貞認為「役」字楚簡多書作 形。則 非是「役」字。但若讀為「投」，文句存在語法障礙。待考：

> 「役」字楚簡多書作 （上博簡《容成氏》簡16），或省去「又」形作 （本篇簡28），趙平安先生認為楚簡中的 是由 和 兩部分構成， 應理解為从又持攴之形。 ，使役的意思非常明顯，疑是役的初文， 或彳是後來加上去的表意偏旁。（「ee」：《清華柒〈越公其事〉初讀》，林少平於2017年4月29日在80樓的發言。此觀點「zzusdy」認為不妥，《揚子・方言》之「役」任是「投」字。觀點參見「ee」：《清華柒〈越公其事〉初讀》，「zzusdy」於2017年4月29日在97樓的發言）則 非是「役」字。但若讀為「投」，文句存在語法障礙。待考。〔註1815〕

王凱博認為原考釋將「役」讀為「役」、訓供役，則扞格難通。他認為整理者將隸定字「役」與楷書從「殳」的「役」混淆一起，進而將「役」讀為「役」，殊誤：

〔註1813〕子居：〈清華簡七《越公其事》第十、十一章解析〉，http://www.xianqin.tk/2017/12/13/418，20171213。

〔註1814〕郭洗凡：《清華簡《越公其事》集釋》，安徽大學碩士學位論文，2018年3月，頁111。

〔註1815〕吳德貞：《清華簡《越公其事》集釋》，武漢大學碩士論文，2018年5月，頁103。

「役」字原簡字形作，左邊從人、右邊從殳，楚系文字「殳」形皆如此作，如《語叢一》簡 51 、簡 67 等，因此整理者據形將其隸定作「役」是很正確的。問題在於整理者又將隸定字「役」與楷書從「殳」的「役」混淆一起，進而將「役」讀為「役」，殊誤。

我們都知道「役／疫」之聲旁「殳」與音 shū 之「殳」其古文字形體來源不一，後乃類化合併。「役」所從的「殳」楚系文字中已不少見，其寫法如郭店簡《五行》簡 45 、上博簡《容成氏》簡 3 、清華簡《耆夜》簡 10 、《繫年》簡 101 、《厚父》簡 10 等，與「殳」古文字寫法迥異。可見與「役」所從「殳」來源不一，據楷化後字形將「役」讀為「役」（該書漢語拼音檢索表第 227 頁為「役」標注 yi，亦可證將其與「役」所從混淆為一），自不可信。

整理者將隸定成「役」是正確的，按字形分析的一般方法，「役」可分析為從「人」、「殳」聲。我們以為，「役」在簡文中當表示的是古漢語中「投」這個詞。清華簡《祝辭》簡 2「𡉈」作，辭例是「乃𡉈以土」，「𡉈」整理者讀為「投」（清華大學出土文獻研究與保護中心編，李學勤主編：《清華大學藏戰國竹簡（叁）》下冊，中西書局，2012 年 4 月，第 164 頁），可信。「𡉈」、「役」與「投」皆以「殳」為聲，是同聲符通假，自無疑問。

他主張應將「役」釋讀為「投」：

簡文「丁（當）役（投）孤身」，可與《書·大誥》「予造天役遺，大投艱于朕身」的說法比較。于省吾以為「役遺」是「彶遺」之訛（于省吾：《雙劍誃尚書新證雙劍誃詩經新證雙劍誃易經新證》，《于省吾著作集》，中華書局，2009 年 4 月，第 110～111 頁），或從之，「予造天役遺」其意即「我遭逢了上天所降下的譴責」（顧頡剛、劉起釪：《尚書校釋譯論》第三冊，中華書局，2005 年 4 月，第 1273 頁。《漢書·翟方進傳》所錄王莽仿《大誥》的作品《莽誥》代表漢人對《大誥》的理解，其中相關文句作「予遭天

役遺，大解難於予身」，顏師古注：「言天以漢家役事遺我，而令身解其難。」可知漢人對「投」的含義產生誤解）。此與簡文「天加褶（禍）于吳邦」言降禍亂者相似，「大投顜于朕身」與簡文「丁（當）役（投）孤身」亦可對比，「丁（當）役（投）孤身」言「（天）正好投置（禍）於我身」，〔註1816〕可見將「役」釋讀為「投」應無問題。〔註1817〕

　　王寧認為「𠈃」非「役」字，而是與甲骨文中兩個被釋為「役」的字有關。一個是甲骨文用為北方風名的字形。第二個被釋為「役」的甲骨文字形，它很可能確與「斬」的構形取意相同，讀音也相同或相近，它應是後來的「𢾭」或「𡐳」初文。其「役」的字形與甲骨文「疾漸」之「漸」形同，此亦當釋「漸」而讀為「斬」，誅殺義，吳王說的那番話意思是：天降禍給吳國，不分前後，當斬殺了我，而使吳國失去宗廟（即亡國）。最後吳王自殺而死，正應了「當斬孤身」之語。說明到了戰國時代，從卪的「斬」和從人的「漸」已經混用不別了：

> 回到清華簡《越公其事》的簡文中，其「役」的字形與甲骨文「疾漸」之「漸」形同，此亦當釋「漸」而讀為「斬」，誅殺義，吳王說的那番話意思是：天降禍給吳國，不分前後，當斬殺了我，而使吳國失去宗廟（即亡國）。最後吳王自殺而死，正應了「當斬孤身」之語。說明到了戰國時代，從卪的「斬」和從人的「漸」已經混用不別了。〔註1818〕

〔註1816〕其實，「丁（當）役（投）孤身」除理解為副詞「丁（當）」＋動詞「役（投）」＋賓語「孤身」外，也可理解為介賓結構的時間狀語，即「丁（當）」、「役（投）」近義連文，作介詞。按古漢語有「投暮」、「投曉」、「投老」等，「投」是介詞，意為「到⋯⋯時」（參何樂士等：《古代漢語虛詞通釋》，北京出版社，1985 年 5 月，第 563 頁），又有「投至」、「投到」等近義複合詞，表示「等到，到得，及至」之意（參朱居易：《元劇俗語方言例釋》，商務印書館，1956 年 9 月，第 129 頁；龍潛庵編著：《宋元語言詞典》，上海辭書出版社，1985 年 12 月，第 410、411 頁。此外，英藏敦煌文獻 S1477 所錄俳諧文《祭驢文》有「投至下得山來，直得魂飛膽喪」，「投至」亦近義連文），簡文「役（投）」意義相若，用法上或有介詞、動詞之別。

〔註1817〕王凱博：《出土文獻資料疑義探析》，吉林大學歷史學博士論文，2018 年 06 月，頁 18～21。

〔註1818〕王寧：〈由清華簡《越公其事》的「役」釋甲骨文的「斬」與「漸」〉，http://www.gwz.fudan.edu.cn/Web/Show/4269，20180629。

秋貞案：

簡本「丁役孤身」和簡1「當孤之世」、《國語‧吳語》的「當孤之身」、《吳越春秋‧勾踐伐吳外傳》的「正孤之身」三版本意義都一樣，指的是「在孤的這一世」，或「在孤的身上」。「丁役孤身」的「役」，原考釋釋「供使」，夫差的回答是拒絕了句踐不殺他的一點恩惠，（決定自殺），因此不可能同意供誰役使。Zzusdy（王凱博）認為簡文「役（）」所從和楚文字「役」所從的「殳」不同，故認為簡文「役」非「役」字，《祝辭》簡2「投以土」之「投」所從與之同，，所從偏旁為「」故應讀為「投」，表示「等到、及至」〔註1819〕。筆者認為王凱博因為字形的偏旁「殳」而釋為「投」，沒有說明為何「役」字從「人」要變為從「扌」部？所引的文例也不能證明「役」字就是「投」字，其說不能令人信服。林少平認為「役」，當讀如本字，義為「棄」，但同樣沒有字形的說明，為何這個字要讀為「役」？王寧認為「役」字是「殳」的後起替代字，亦即誅殺之「誅」或卜辭中之「瘉」。筆者認為王寧對「役」字的討論可以參考，只是王寧的推論只在義理上的演繹，而缺乏字形的演變的推論，較難以令人信服。〔註1820〕吳德貞認為「役」非「役」字，亦不能讀為「投」，但是沒有說明它可以讀為什麼。

「」字是不是「役」字呢？筆者先看看「役」字的字形演變再行探討。甲骨文的字形出自《說文新證》、《甲骨文編》、《新甲骨文編》、《古文字類編》；金文字形出自《殷周金文集成》；戰國文字出自《說文新證》、《上海博物館藏戰國楚竹書（一～五）文字編》、《楚系簡帛文字編》；秦漢隸文字出自《秦漢魏晉篆隸字形表》：

1. 甲骨文字形

《說文新證》「役」字條〔註1821〕	（商.前 6.12.4《甲》）

〔註1819〕Zzusdy（王凱博）在簡帛論壇：「清華七《越公其事》初讀」，第 79 樓，20170429 及《出土文獻資料疑義探析》，吉林大學歷史學博士論文，2018 年 06 月，頁 18 ～21. 探討「役」字。

〔註1820〕王寧在簡帛論壇：「清華七《越公其事》初讀」，第 116 樓，20170501 及〈由清華簡《越公其事》的「役」釋甲骨文的「斬」與「漸」〉，http://www.gwz.fudan.edu. cn/Web/Show/4269，20180629 均探討「役」字。

〔註1821〕季師旭昇：《說文新證》，藝文印書館，2014 年 9 月 2 日出版，頁 230。

《甲骨文編》「役」字條〔註1822〕	(前6.4.1)、 (誠.358背)、 (前7.6.1)、 (後2.26.18)
《新甲骨文編》「役／役」字條〔註1823〕	(合20283𠂤組)、 (合738正賓組)、 (合3909賓組)、 (合17940賓組)
《古文字類編》「役」字條〔註1824〕	(京都3030一期)、 (後下26.18一期)、 (前6.12.4)

2. 金文字形

《殷周金文集成》「役」字〔註1825〕	(戰.上官豆04688)〔註1826〕

3. 戰國文字

《說文新證》「役」字〔註1827〕	(戰.楚.曾48《楚》)
《上海博物館藏戰國楚竹書（一～五）文字編》「役／設／疫」字〔註1828〕	(二.容3.27)、 (二.容16.17)「讀為疫」

〔註1822〕中國社會科學院考古研究所編輯，《甲骨文編》，中華書局出版，2005年8月，北京第7版印刷，頁134。

〔註1823〕劉釗、洪颺、張新俊編纂：《新甲骨文編》，福建人民出版社，2009年5月，頁184。

〔註1824〕高明、涂白奎編：《古文字類編》，上海古籍出版社，2008年8月第1次印刷，頁264。

〔註1825〕殷周金文暨青銅器資料庫：http://bronze.asdc.sinica.edu.tw/rubbing.php?04688 器號04688「上官豆（富子登）」。

〔註1826〕劉釗：〈甲骨文中的「役」字〉舉例此字，並說：上官豆的「役」字是劉洪濤先生首先考釋出來的，他同時還對上引其他戰國文字中的「役」字形體有過分析。（劉洪濤：《釋上官登銘文的「役」字》，http://www.gwz.fudan.edu.cn/SrcShow.asp?Src_ID=1409；又見其《論掌握形體特點對古文字考釋的重要性》，北京大學博士學位論文（指導教師：李家浩教授），2012年，第224～229頁。陳劍先生跟我說，他在給學生講《古文字形體源流》課時亦曾提到該字應釋為「役」。

〔註1827〕季師旭昇：《說文新證》，藝文印書館，2014年9月2日出版，頁230。

〔註1828〕李守奎、曲冰、孫偉龍編著：《上海博物館藏戰國楚竹書（一～五）文字編》，北京作家出版社，2007年12月第一次印刷，頁165。

《楚系簡帛文字編》「役／疫」字〔註1829〕	（上（二）.容3）「思（使）～役百官而月青（請）之」、 （上（二）.容16）「瘟～（疫）不至」
劉釗〈甲骨文中的「役」字〉	（戰.上六.孔子見季桓子26）「仰天而嘆曰：～（譬），不奉　，不味西肉」。

4. 秦漢隸文字：

| 《秦漢魏晉篆隸字形表》「役」字〔註1830〕 | （老子甲後317）、　（老子乙前153）、
（孫子79）、　（老子甲後209）、
（老子甲後318）、　（縱橫家書128）、
（孫臏211）、　（熹.易.說卦）、
（曹全碑） |

季師旭昇《說文新證》「役」字條：

釋義：甲骨文用為「使役」，《廣雅》訓「役」為「使」。甲骨文又用為某種疾病名，可能是假借。《說文》釋為「戍邊」，應是「使役」義的引申。《毛詩·王風·君子于役》：「君子于役，不知其期，曷至哉？」

釋形：甲骨文从殳人，《甲骨文字詁林》按語云：「余永梁釋『役』是正確的，《廣雅·釋詁》有『役』字，从人，與《說文》『役』之古文同，訓為『使』，猶存其本形本義，蓋从殳从人會使役之意。」說當可從。楚文字「役」右上與「反」形接近。秦文字以下从「彳」，可能是秦漢字形中「彳」旁與「人」旁形近混用。〔註1831〕

徐在國《上博楚簡文字聲系（一～八）》「役」字：

役，楚簡作（郭店.五行45）、（清華一.郘夜）。　从又持攴

〔註1829〕滕壬生：《楚系簡帛文字編》，湖北教育出版社，20018年10月第一版，頁186。
〔註1830〕漢語大字典字形組編：《秦漢魏晉篆隸字形表》，四川辭書出版社，1985年8月，頁206。
〔註1831〕季師旭昇：《說文新證》，藝文印書館，2014年9月2日出版，頁230。

（㫃，旌旗，羅振玉以為象杠、首飾及遊形，是旂的本字。旌旗有指揮、使役的功能），使役的意思非常明顯，很可能是役的初文，辵或彳是後來加上去的表意偏旁。（趙平安）《說文·彳部》：「役，戍邊也。从殳从彳。𠈞，古文役，从人。」篆文𠈞所從的殳旁，應該是反訛變的結果。

上博二.容 3，使役。《書·大誥》：「予造天役遺，大投艱於朕身，越予沖人，不卬自恤。」孫星衍《尚書今古文注疏》：「役者，使也。」《周禮·春官·瞽矇》：「以役大師。」鄭玄注：「役，為之使。」《周禮·春官·典祀》：「征役于司隸而役之。」鄭玄注：「役之作使之。」《大戴禮記·曾子天圓》：「所以役於聖人也。」王聘珍《解詁》：「役，謂使役。」（趙平安）

上博二.容 16「戲～」讀為「癘疫」或「痫疫」，瘟疫。《左傳·昭公元年》：「山川之神，則水旱病疫之災，於是乎禜之。」孔穎達疏：「癘疫謂害氣流行，歲多疾病。」

上博六.孔子 26～可指僕役。《左傳·定公元年》：「季孫使役如闞公氏。」《左傳襄公十一年》：「季氏使其乘之人，以其役邑人者無征」孔穎達疏：「役謂供官力役，則今之丁也。」在簡文中似指儀式準備人員。（何有祖）或疑讀為「繄」，是句首語氣詞。《方言》卷十：「欸、繄，然也。南楚凡言然者曰欸，或曰繄。」又作「醫」。《列子·黃帝》：「仲尼曰：繄！吾與若玩其文也久矣」，殷敬順《釋文》：「繄，音衣，與譩同，歎聲也。」（劉洪濤）〔註1832〕

劉釗〈釋甲骨文中的「役」字〉一文的提到「役」字的演變。〔註1833〕從甲骨文卜辭中「降永」一詞的「永」字形：𣲟、𣲘、𣲞、𣲤、𣲧、𣲢、𣲦、𣲟、𣲥諸形。「降永」的詞義判斷「永」字應是指不好的事情。劉釗說卜辭中「降永」

〔註1832〕徐在國：《上博楚簡文字聲系（一～八）》，合肥，安徽大學出版社，2013 年 12月，頁 1684。

〔註1833〕劉釗：〈釋甲骨文中的「役」字〉，《出土文獻與古文字研究（第六輯）》，2015 年2 月出版，頁 33～67。

的「永」字應釋「役」字，讀為「疫」：

> 筆者者經過深入思考，通過字形比較和詞例推勘，最後認定這個字就是「役」字。在卜辭中應該釋為「役」，讀為「疫」。「𰀀」、「𰀀」、「𰀀」、「𰀀」、「𰀀」、「𰀀」、「𰀀」、「𰀀」、「𰀀」諸形皆從「彳」從「人」，「𰀀」、「𰀀」、「𰀀」、「𰀀」、「𰀀」、「𰀀」、「𰀀」、「𰀀」諸形又從「𠬞」或「又」，有的「又」形上還有拿某種物體，似將施加於人。很顯然，從「彳」或是表示一種比較虛的動態意象，或是從「彳」從「人」，會「人走在路上」，表示「行役」之義。此字最減省之形作「𰀀」、「𰀀」，「行役」之義仍然清楚，字形表義的功能可以自足。從「𠬞」或「又」施加於人，或是「又」形上拿有某種物體施加於人，應該表示的是「使役」之義，「行役」和「使役」兩個意思是相關聯的，「行役」是役使的目的。「𰀀」、「𰀀」、「𰀀」、「𰀀」、「𰀀」、「𰀀」、「𰀀」、「𰀀」諸形從「𠬞」或「又」表示「役使」之義，這一構形與甲骨文「為」字作「𰀀」（《合集》15186）「𰀀」（《合集》15180），從「又」表示用「手」役使「象」的立意如出一轍。

摯劉釗認為甲骨文的 𰀀（前 6.4.1）、𰀀（誠.358 背）、𰀀（前 7.6.1）、𰀀（後 2.26.18）這類字形不是「役」，並引李孝定說：「雖其文與許書役之古文作伇者相同，似仍不能釋為役字。蓋許書轉寫多譌，且其古文亦不盡可據也。仍以隸定作伇收為說文所無字為是。」（李孝定《甲骨文字集釋》，臺灣大研院歷史語言研究所，1965 年，第 1067 頁）。劉釗認為甲骨文字的從「人」旁到後來演變為從「彳」旁，這也是不可能的：「因為我們看古文字從『人』的字似乎沒有後來從『彳』的。從「彳」訛混為從「人」應該是秦漢之後的文字現象，尤其在漢代隸書中比較常見，如在漢代簡帛中從「彳」的「德」字、「復」字、「往」字可以寫作從「人」的」。舉例：

德 𰀀（馬王堆帛書《老子》甲本 148）　　𰀀（馬王堆帛書《老子》

甲本卷後古佚書 343）

復（銀雀山漢簡《孫子兵法》95）

役字既可作「彳」形（銀雀山漢簡《孫子兵法》98）又可作「人」

形（馬王堆帛書《老子》甲本卷後古佚書 269）

劉釗認為把漢代簡帛資料中的「役」字上推到甲骨文「伇」是不對的：

> 從漢代簡帛資料中役字既作「役」，又作「伇」，我們推測《說文》
> 從「人」作為所謂「役」字古文，其實就是源自漢代的寫法而被許
> 慎收入到《說文》中的。既然已知役字古文「伇」是漢代才出現並
> 流行的字形，因此據「伇」字字形上推甲骨文，認為甲骨文「𠬝」
> 字也是「役」字的說法，就顯然變得不可靠了。〔註 1834〕

圖 019

4688

上官豆

劉釗羅列戰國文字「役／疫」字形如下：

《殷周金文集成》4688「上官豆」：「富子之上官隻（獲）之畫　鈗鈝＋，

台（以）為大（役）之從鈝，莫其居」

（戰.楚.上二.容 3）「思（使）～（役）百官而月青（請）之」、

（戰.楚.上二.容 16）「癘～（疫）不治，妖祥不行」、

（戰.郭.五行 45）「耳目鼻口手足六者心之～（役）也」、

〔註 1834〕劉釗：〈釋甲骨文中的「役」字〉，《出土文獻與古文字研究（第六輯）》，2015 年
　　　　2 月出版，頁 49。

・665・

（戰.清華簡一‧耆夜 10）「蟋蟀在堂，～（役）車其行」

（戰.清華簡二‧繫年 101-102）「晉師大～（疫）且飢，食人」

以上除了「」外其他五例有典籍同文對照，所以釋「役」都沒有問題，故他認為這些戰國文字的「役」應該有更早的來源。所以他認為這些戰國文字「役／疫」字是下面加了「止」形繁化的「役」字。經過一番簡化還原：→（去辵形）→（去上下兩橫飾筆），「」是人形的訛變。依此類推字去掉辵即剩再去掉飾筆即是，也就是同「攵」形了。戰國文字中的「攵（攴）」和「殳」常互用的原理，而最後變成「殳」旁。劉釗推理甲骨文的「戰國的「役」（）字到戰國文字的「」字，其過程頗為曲折，有些牽強。他推理至此，也發現了一個問題，甲骨文「役」字到戰國文字的「役」字之間缺乏過渡的字形，他說：

> 甲骨文與戰國文字的役字相聯繫，雖然從構形演變的角度講可以成
> 立，不過形體上的過渡仍然存在著缺環。我們寄望於不久的將來能
> 在西周春秋文字中發現甲骨文與戰國文字之間過渡形態的「役」字，
> 到那時，「役」字的整體演變的細節才能最後確定。〔註1835〕

筆者認為劉釗的推論有值得參考的地方，但是還不能讓人完全信服。過去大部分學者認為甲骨文「」從人從殳，因為《說文》古文役，從人，所以我們自然把它當作「役」又和「役」聯繫起來。但是在楚簡文字中的「役」卻看不到上承甲骨文金文的影子，甚至金文的「役」的資料更是付之闕如。在秦漢文字中又可以看到「役／役」的字形，這不禁讓人懷疑，是不是戰國楚文字「」字形的來源並不是我們認為的「」形？所以劉釗的思考還是沒有解決「役」字來源的謎。如果「」不是「役／役」的來源，就只能回到原點，把「」當作「役」來看。但如果「」是「役／役」的來源，則甲骨文的「降」可能是「降疫」的意思，而清華簡七《越公其事》的「」字自然可以成為它過渡中間的環節，補足戰國文字也有「從人從殳」的一例。不過這

〔註1835〕劉釗：〈釋甲骨文中的「役」字〉，《出土文獻與古文字研究（第六輯）》，2015 年
2 月出版，頁 55。

仍是個未知數。

禤健聰〈試說甲骨金文的「役」字〉一文中提到 A1：（《甲骨文合集》6855 正、（《合集》26993），A2：（召圜器，《殷周金文集成》10360）、（麥盉，《集成》9451），以上字形從「𠂤」、「止」，已往被釋為「旋」（孫海波：《卜辭文字小記》），他認為這些字應該是「役」字的古寫，本義是使役、征伐與使役、驅馳義。他再舉 B 字形：（《殷墟花園莊東地甲骨》295.1）、（《花東》381.1）與「𠂤」、「止」的 A 組字是一字的異體，也應釋為「役」。他把以上幾種甲骨、金文的字形和戰國楚文字常見的「」對應起來，認為這些都是「役」字。筆者覺得禤健聰的說法值得參考。我們現在看到的如果禤健聰的看法是正確的，那麼我們在清華簡《越公其事》上看到的「」字是否直接傳承了這些甲骨金文的「役」的字形。〔註1836〕

筆者認為原考釋釋「役」字為「役」可能是臆測性質為多，而且自古而來又受限許慎《說文解字》的影響，故把「役」字釋為「役」，於是「使役」的意思就被綑綁住了。筆者從「役」字形來看，甲骨文的「」是會意字，手拿殳從人背後襲擊，故本義應該不是「使役」，後來有「使役」或劉釗認為的「疫」，都可能是假借來的。筆者認為《書·大誥》「予造天役，遺大投艱于朕身」這句話透露著某一訊息值得注意。王凱博看到這句話，把焦點集中在「投」字上，而認為「役」字可釋為「投」。他斷句為「予造天役遺，大投艱于朕身」，筆者認為應該是「予造天役，遺大投艱于朕身」中的「遺」為「給」之意，「我遭天的懲罰，給個大災難在我身上」。故「和簡文「予造天役」和「丁役孤身」有異曲同工之妙。「役」當作「降下災禍」、「遭天責譴」之意也很合適，所以筆者認為「丁役孤身」就是「剛好在我這身上遭上天降下責譴」的意思，或是「剛好在我身上遭逢災禍」的意思是可以說得通的，不必把「役」釋為「投」或是「使役」之意。

「吳王乃訽（辭）曰」的「訽」原考釋釋為「辭」，但無說。筆者認為依文

〔註1836〕禤健聰：〈試說甲骨金文的「役」字〉，「文字、文獻與文明：第七屆出土文獻青年學者論壇暨國際學術研討會」會議論文（廣州：中山大學古文字研究所，2018年8月18～19日），頁175～180。

後「孤余系（奚）面目以見（視）于天下」一句可知吳王夫差的赴死之意。「辭」應該為「推辭」。越王要將吳王送其至甬東的這個「禮遇」推辭掉。

「吳王乃詔曰：『天加禍于吳邦，不才旹遂，丁役孤身』」意指「吳王於是推辭說：『上天要降禍在吳國了，時間上不在前，也不在後，就剛好降災在我身上』」。

⑤女（焉）迷（遂）邊（失）宗宙（廟）【七四】

林少平認為「邊」當讀作「達」，「焉遂達宗廟」當為設問句，其大意是「如何遂達宗廟」：

> 《越公其事》「丁（當）役（役）孤身，焉迷（遂）A（失）宗廟」。A，當讀作「達」，「焉遂達宗廟」當為設問句，其大意是「如何遂達宗廟」。《詩經・商頌・長髮》：「苞有三蘗，莫遂莫達。」鄭《箋》：「無有能以德自遂達於天者，故天下歸向湯，九州齊一截然。」此二句比《吳語》「當孤之身，實失宗廟社稷」語意更能說明「夫差」亡國的心情。〔註1837〕

羅小虎認為「遂」，應該理解為「墜」，墜落，與「失」義同。「焉遂失宗廟」應理解為「焉墜失宗廟」：

> 整理報告無注。焉，於是。《國語・晉語二》：「盡逐羣公子，乃立奚齊。焉始為令，國無公族焉。」述、遂相通沒有問題。遂，應該理解為「墜」，墜落，與「失」義同。《周易・震》：「震遂泥。」陸德明《釋文》：「遂，荀本作隊。」《史記・扁鵲倉公列傳》：「是以陽脈下遂，陰脈上爭。」裴駰《集解》引徐廣曰：「一作隊。」「隊」即「墜」之本字。在出土文獻中，「遂」字的這種用法也出現過。上博簡九《靈王遂申》簡5：虛答曰：「王將遂邦而弗能止，而又欲得焉。」

〔註1838〕

郭洗凡認為羅小虎的觀點可從，「述」「墜」古音可通：

> 羅小虎的觀點可從，「述」是上古物部船聲，「墜」是上古物部定聲，

〔註1837〕簡帛論壇：「清華七《越公其事》初讀」，第80樓，20170429。
〔註1838〕簡帛論壇：「清華七《越公其事》初讀」，第207樓，20170823。

二者古音可通，意思可以互換。〔註 1839〕

秋貞案：

「ㄆ述遳宗窋」一句原考釋沒有再說明，但是釋文為「ㄆ（焉）述（遂）遳（失）宗窋（廟）」。《國語・吳語》裡相應的句子為「實失宗廟社稷」，《國語・越語上》「吾將殘汝社稷，滅汝宗廟」，所以這裡的涵義應是「滅其宗廟」無疑。林少平認為「遳」字讀為「達」，實不可從。筆者在前面「不穀亓牆王於甬句重」一句已探討過「達」字的問題。楚文字的「達」作（九店 56.30）、（郭老甲 8）、（郭.性 54）、（郭.窮 2）、（郭.5.43）、（郭.語一.60）和本簡的「遳（）」字形完全不同。而且《越公其事》第九章「王有遳（）命」、「少遳（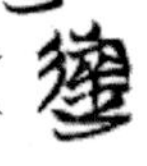）（失）酓（飲）飤」、「大遳（）（失）𧊒=（徽纆）」，三個「遳」字都釋為「失」是沒有問題的。包山簡也有很多「失」字：（包 2.80）「執勿～（失）」、（包 2.142）「～逰至州衞」。〔註 1840〕所以本簡「遳（）」應讀為「失」。

羅小虎認為「遂」應理解為「墜」，其實不必。在這裡「遂失」一詞連用，古代典籍有例：《墨子・法儀》：「暴王桀、紂、幽、厲兼惡天下之百姓，率以詬天侮鬼，其賊人多，故天禍之，使<u>遂失</u>其國家，身死為僇於天下。」《墨子・非命下》：「繁為無用，暴逆百姓，<u>遂失</u>其宗廟。」

「焉」在此的作用是用於複合句後分句之首，承接上文，表示上面說的情況下將會如何。可譯為「於是就」、「就」等。《墨子・兼愛上》：「聖人以治天下為事者也。必知亂之所自起，焉能治之；不知亂之所自起，則弗能治。」〔註 1841〕「ㄆ述遳宗窋」意指「就要滅失了宗廟」。

⑥凡吳土墬（地）民人，雩（越）公是𦘔（盡）既有之，孤余奚（奚）面目以旯（視）于天下？」

趙嘉仁認為「孤余奚面目以旯于天下」的「旯」應該讀為「示」乃「展示」之意：

〔註 1839〕郭洗凡：《清華簡《越公其事》集釋》，安徽大學碩士學位論文，2018 年 3 月，頁 111。

〔註 1840〕滕壬生：《楚系簡帛文字編》，湖北教育出版社，20018 年 10 月第一版，頁 1004。

〔註 1841〕中國社會科學院語言研究所古代漢語研究室編：《古代漢語虛詞詞典》，北京商務印書館，1999 年出版，頁 674。

其中「孤余系（奚）面目貝（視）於天下？」一句釋文將「貝」括注為「視」沒錯。但是這裡的「視」字其實是應該讀為「示」的。「孤余系（奚）面目貝（視）於天下？」的意思並不是「我何面目見於天下」，「視」用為「示」，乃「展示」之意。在早期典籍「示……天下」這樣的句式中，表示的是「把什麼拿出來、指出來讓天下看」的意思。「孤余系（奚）面目貝（視）於天下？」就是「我把什麼面目展示於天下？」的意思。典籍中「視」「示」通用多見，如《詩經‧小雅‧鹿鳴》：「視民不恌」，鄭箋：「視，古示字也。」這一用法在《漢書》中更多，如《漢書‧王莽列傳》：「莽欲以虛名說太后，白言『新承孝哀丁、傅奢侈之後，百姓未贍者多，太后宜且衣繒練，頗損膳，以視天下。』」顏師古注：「視，讀曰示。」同上：「京師門戶不容者，開高大之，以視百蠻。」顏師古注：「視，音曰示。」《漢書‧王吉列傳》「去角抵，減樂府，省尚方，明視天下以儉」。師古曰：「視，讀曰示。」《漢書‧李尋列傳》下至郎吏從官，行能亡以異，又不通一藝，及博士無文雅者，宜皆使就南畝，以視天下，師古曰：「視，讀曰示。」《漢書‧疏廣列傳》「且太子自有太傅少傅，官屬已備，今複使舜護太子家，視陋，非所以廣太子德于天下也。」師古曰：「視，讀曰示。」《漢書‧藝文志》順四時而行，是以非命；以孝視天下，是以上同：師古曰：「視，讀曰示。」《漢書‧張耳陳餘列傳》今始至陳而王之，視天下私。師古曰：「視，讀曰示。」《漢書‧袁盎晁錯列傳》親耕節用，視民不奢。師古曰：「視，讀曰示。」《漢書‧叔孫通列傳》通前曰：「諸生言皆非。夫天下為一家，毀郡縣城，鑠其兵，視天下弗複用。」師古曰：「鑠，銷也。視，讀曰示。」〔註1842〕

　暮四郎認為「凡吳土陞民人，雫是畀既有之」的「是」當讀為「寔」，通「實」，表肯定：

　簡 74-75：吳王乃辭曰：天加禍于吳邦，不在前後，丁（當）伇孤

〔註1842〕趙嘉仁：〈讀清華簡（七）散札（草稿）〉，http://www.gwz.fudan.edu.cn/forum/forum.php?mod=viewthread&tid=7968，20170424。

身，焉遂失宗廟。【74】凡吳土地民人，越公是盡既有之。孤余奚面目以視（示）于天下？越公其事。「是」當讀為「寔」，通「實」，表肯定。〔註1843〕

王青認為「越是盡既有之」的「是」讀若「斯」。「孤余系面目以見于天下」作「孤餘系面目以現天下」：

> 「是」當讀若「斯」，訓此。本章前文夫差自稱為「孤」，此處亦沿作「孤」字。「余」可讀為餘生之餘（餘）。「見」，原整理者讀作「視」。按，當釋為「見」，讀若「現」。〔註1844〕

秋貞案：

本簡「孤余系面目以見于天下」的「見」字形 ![字形] 《國語‧吳語》「凡吳土地人民，越既有之矣，孤何以<u>視</u>於天下！」《國語‧越語上》「余何面目以<u>視</u>于天下乎！」，原考釋釋「視」，可從。趙嘉仁認為「視」讀為「示」為「展示」意，亦可從。「孤余」是同義複詞指「我」的意思。在古文不見如此用法，可能是口語的關係。「系」在此用做虛詞，做「何也。」《說文通訓定聲》:「奚，與用何、烏、惡、安、焉皆用。」〔註1845〕「凡吳土埅民人，雪是聿既有之，孤余系面目以見于天下」意指「凡吳國土地及人民都是越國所有了，我還有什麼臉見天下人啊！」

⑦雪（越）公亓（其）事（使）。∟【七五】

原考釋認為「越公其事」是篇題：

> 越公其事，形式上與簡文沒有間隔，末端符號很像篇尾標志，但文義與上文不相連屬，當是概括簡文內容的篇題。〔註1846〕

魏棟認為「越公其事」的「其」相當於「之」：

> 「其」，助詞，相當於「之」，用於偏正短語之中。《尚書‧康誥》:「朕

〔註1843〕簡帛論壇:「清華七《越公其事》初讀」，第141樓，20170502。
〔註1844〕王青:〈清華簡《越公其事》補釋〉,「出土文獻與商周社會學術研討會」會議論文集，2019年，頁323～332。
〔註1845〕中國社會科學院語言研究所古代漢語研究室編:《古代漢語虛詞詞典》，北京商務印書館，1999年出版，頁630。
〔註1846〕清華大學出土文獻與保護中心編、李學勤主編:《清華大學藏戰國竹簡（柒）》，上海，中西書局，2017年4月，頁151，注11。

其弟，小子封。」《經傳釋詞》卷五：「其，猶之也。」《韓非子・說林下》：「舉踵馬其一人。」王先慎集解：「其，猶之也，古人其、之通用。」〔註1847〕

林少平認為魏棟之說為非，「其」當通作「記」、「紀」，故「其事」當讀作「記事」、「紀事」。「越公其事」當讀作「越公紀事」，是一種記錄「越公」事蹟的載體：

> （魏棟）此說非是。「其」當通作「記」、「紀」。《詩經・檜風・羔裘》：「彼其之子，邦之司直。」《禮記・表記》引作「彼記之子」，《左傳・襄公二十七年》、《新序・節士・石奢》、《韓詩外傳》卷二皆引作「彼己之子」。「己」，本古「紀」字。《釋名》：「己，紀也。」《詩經・小雅・節南山》：「式夷式已。」鄭《箋》：「為政當用平正之人，用能紀理其事也。」（範三畏先生在《「式夷式已」校理》一文中說，「式夷式已」之「已」當作「己」字，詳見《古漢語研究》1995年第1期（總第26期））又古文「紀」通「記」。《左傳・恒公二年》：「夫德，儉而有度，登降有數，文、物以紀之，聲、明以發之，以臨照百官。」故「其事」當讀作「記事」、「紀事」。

> 「記事」，又作「紀事」，是指記錄歷史發生的重大事件。《禮記・文王世子》：「是故聖人之記事也，慮之以大，愛之以敬。」《漢書・藝文志》：「左史記言，右史記事，事為《春秋》，言為《尚書》。」《論衡・正說》：「《洪範》五紀，歲月日星，紀事之文，非法象之言也。」又引申為一種常見的史書載體。《史記・本紀注》引《索隱》曰：「紀者，記也。本其事而記之。」明宋濂《文原》：「世之論文者有二，曰《載道》，曰《紀事》。《紀事》之文當本之司馬遷、班固。」

由此可知，「越公其事」當讀作「越公紀事」，是一種記錄「越公」事蹟的載體。略觀清華簡柒《越公其事》篇章，確如司馬遷、班

〔註1847〕石小力整理：〈清華七整理報告補正〉，http://www.tsinghua.edu.cn/publish/cetrp/6831/2017/20170423065227407873210/20170423065227407873210_.html，20170423。

固《紀事》之載體。故班馬所本之載體在戰國時期或已初步成型。

〔註1848〕

王輝認為「越公其事」四字與前文連讀，無間隔，應該屬於正文，而不是篇題。從內容上看，四字也應該屬於吳王夫差所說的話。石小力先生在一則未刊札記中指出，類似的內容見於《國語‧越語上》，並將「越公其事」與「越君其次也」對應起來，這是極具啟發性的意見。有些標點本《國語》認為「越君其次也」非吳王之語：

> 今按，「越公其事」亦為夫差所言。「越公」一詞在《越公》篇中共出現8次，列舉如下：（1）今越公其胡有帶甲八千以敦刃偕死。（伍子胥語，簡10-11）（2）君越公不命使人而大夫親辱。（吳王語，簡15下）（3）孤用願見越公。（吳王語，簡19）（4）孤敢不許諾，恣志於越公。（吳王語，簡24）（5）越公告孤請成。（吳王語，簡69）（6）余不敢絕祀。許越公成。（吳王語，簡70）（7）凡吳土地民人，越公是盡既有之。（吳王語，簡75）（8）凡吳土地民人，越公是盡既有之，孤余奚面目以視于天下？越公其事。（簡74-75）

> 前七次均在對話中。（1）系伍子胥與吳王對話，稱呼勾踐為「越公」，其餘是吳王與越國使者對話，稱呼勾踐為「越公」。而在非對話的敘述性語言中，越王勾踐則被記作「越王」（簡25等）、「越王勾踐」（簡26等）、「王」（簡26等）、「勾踐」（簡58等）四種名稱。這樣來看，該篇若真以「某某其事」為篇題，「某某」就不可能是「越公」，而可能是「越王」、「越王勾踐」或「勾踐」。較合理的解釋是，（8）和前七例一樣，都是出現在對話中，也即吳王夫差之語中，並非篇題。

> 石小力先生在一則未刊札記中指出，類似的內容見於《國語‧越語上》，夫差對曰：

>> 「寡人禮先壹飯矣，君若不忘周室，而為弊邑宸宇，亦寡人之願也。君若曰：『吾將殘汝社稷，滅汝宗廟。』寡人請死。余何

〔註1848〕林少平：〈試說「越公其事」〉，http://www.gwz.fudan.edu.cn/Web/Show/3012，20170427。

面目以視于天下乎？越君其次也。」遂滅吳。

並將「越公其事」與「越君其次也」對應起來，這是極具啟發性的意見。有些標點本《國語》認為「越君其次也」非吳王之語。

他又檢視《吳語》、《越語》中稱「越君」一詞共出現兩次，一在《吳語》「越君其次也」也應當是在對話中，為吳王夫差之語：

查檢《吳語》、《越語》，在非對話的敘述性語言中，越王勾踐被記作「越王勾踐」、「越王」、「勾踐」、「王」四種，吳王夫差被記作「吳王夫差」、「夫差」、「吳王」、「王」四種。而被稱作「君」者，包括君、寡君、君王、先君，則均是在對話中。「越君」一詞共出現兩次，一在《吳語》：

吳王懼，使人行成。曰：「昔不穀先委制於越君，君告孤請成，男女服從。孤無奈越之先君何，畏天之不祥，不敢絕祀，許君成，以至於今。今孤不道，得罪于君王，君王以親辱於弊邑。孤敢請成，男女服為臣禦。」

一在此處。如此看來，「越君其次也」也應當是在對話中，為吳王夫差之語，將其與簡文「越公其事」作對比分析是可行的。

王輝認為「越君其次也」當讀為「恣」，意即「越公你役使、驅使（我）吧，也就是任你處置的意思」，「越公其使」，與《越語上》「越君其次（恣）也」意思類似：

「越君其次也」之「次」，韋昭注「舍也」，即認為是駐扎之義。今按，韋說非是，「次」當讀為恣，「越君其恣也」意即越君你請隨意吧。這在意思上剛好能與簡文「越公其使」對應起來，都包涵任由越公你處置、發落之義。

綜上，《越公其事》篇尾最後四字「越公其事」並非篇題，而是正文內容，意思可與上文連屬，讀為「越公其使」，與《越語上》「越君其次（恣）也」意思類似。〔註1849〕

〔註1849〕王輝：〈說「越公其事」非篇題〉，http://www.gwz.fudan.edu.cn/Web/Show/3016，20170428。同文另發表：王輝：〈說「越公其事」非篇題及其釋讀〉，出土文獻第十一輯。20170521，頁239～241。

　　若蝶之慕懷疑整理者把「越公其事」作為篇名恐有誤。但他認為這裡也非夫差之言，當是後人不明其意所篡改，如是「夫差」之言則當說「君若其次也」：

> 我在撰寫《越公其事》時，也曾注意到《越語》的表述，也曾懷疑整理者把「越公其事」作為篇名恐有誤。《越語》所言「越君其次也」並非「夫差」之言，而是附在篇末之語，當是後人不明其意所篡改。文中「君若」（清華簡有「君如」）之「君」都是指代「勾踐」。如是「夫差」之言，則當說「君若其次也」。〔註1850〕

　　若蝶之慕認為《吳語》和《越公其事》在相似度很高的情況下，《吳語》沒有「越公其次」一句，可佐證此句並非「夫差」之言。《越公其事》「焉述（遂）A（失）宗廟」A為「達」。「當役孤身，焉遂達宗廟」比《吳語》「當孤之身，實失宗廟社稷」語意更清晰：

> 《越公其事》與《吳語》、《越語》參照對讀。《吳語》：「夫差辭曰：『天既降禍于吳國，不在前後，當孤之身，實失宗廟社稷。凡吳土地人民，越既有之矣，孤何以視於天下？』」近似度很高，也無「越公其次」一句，可佐證此句並非「夫差」之言。此外，需要注意的是，不可全然按《吳語》、《越語》釋讀。《越公其事》「丁（當）役（役）孤身，焉述（遂）A（失）宗廟」即與《吳語》「當孤之身，實失宗廟社稷」不同。役，當讀如本字，義為「棄」。《揚子·方言》：「棄也。淮汝之閒謂之役。」「當役孤身」比「當孤之身」語意更為明確可解。A，當讀作「達」，「焉遂達宗廟」當為設問句，其大意是「如何遂達宗廟」。《詩經·商頌·長髮》：「苞有三蘗，莫遂莫達。」鄭《箋》：「無有能以德自遂達於天者，故天下歸向湯，九州齊一截然。」此二句比《吳語》「當孤之身，實失宗廟社稷」語意更清晰。〔註1851〕

　　若蝶之慕認為《國語·越語上》「越王其次也」一句，從結構、語意上可以肯定它不是吳王夫差的談話內容。「越公其次」，實際上，是對整篇文章的總結。

〔註1850〕在王輝〈說「越公其事」非篇題〉發文後「學者評論區」發表，20170428 第1樓。
〔註1851〕在王輝〈說「越公其事」非篇題〉發文後「學者評論區」發表，20170428 第4樓。

整理者定「越公其事」為篇名是睿智之見：

> 王輝先生認為「越公其事」非篇名的說法，恐怕不可信。《國語・越
> 語上》「越王其次也」一句，無論是從結構上，還是從語意上講，基
> 本可以肯定它不是吳王夫差的談話內容。「越王其次也。遂滅吳。」
> 顯然是《國語》作者所表達的內容。如此，「越公其次」，實際上，
> 是對整篇文章的總結。從這一意義上而言，整理者定「越公其事」
> 為篇名，屬為睿智之見。〔註1852〕

孟蓬生認為「越公其事」即「越君其次」：

> 「越公其事」即「越君其次」。事，之部；次，脂部。楚簡之脂相通：
> 郭店楚簡「管寺吾」即「管夷吾」、上博簡「匪台所思」即「匪夷所
> 思」、清華簡「思」作「帀」（《詩・周頌・敬之》：「敬之敬之，天維
> 顯思。」清華簡《周公之琴舞》：「敬之敬之，天惟顯帀」），皆其證
> 也。《說文・肉部》：「𦙫（𦚎）食所遺也。從肉，仕聲。《易》曰：『噬
> 乾𦙫。』胏，揚雄說，𦙫從弟。」士聲事聲古音相通。《說文・士部》：
> 「士，事也。」《詩・鄭風・褰裳》：「子不我思，豈無他士。」毛傳：
> 「士，事也。」弟聲古音相通。《易・夬》：「其行次且。」《釋文》：
> 「次，本亦作趑。《說文》及鄭作趀。」《說文・走部》：「趀，蒼卒
> 也。從走，弟聲。讀若資。」《儀禮・既夕禮》：「設床第。」鄭注：
> 「古文第為茨。」然則事之於次，猶𦙫之於胏也。〔註1853〕

孟蓬生認為王輝說「越公其事」非篇題，而屬於夫差對話的內容，可信。「越
公其事」之「事」與傳世文獻中「越君其次」之「次」存在音轉關係，兩者所
記當為同一個詞，不容作兩歧解釋：

> 實際「越公其事」就是「越君其次」，不容作兩歧解釋。事，之部；
> 次，脂部。楚簡之脂相通：郭店楚簡《窮達以時》：「夬寺虘拘囚束
> 縛，釋桎梏而為諸侯相，遇齊桓也。」（荊門市博物館《郭店楚墓竹
> 簡》「釋文注釋」第145頁，文物出版社，1998年，「圖版」頁27）

〔註1852〕網友若蝶之慕復旦網論壇發表 http://www.gwz.fudan.edu.cn/forum/forum.php?mod
=viewthread&tid=7976，20170607。林少平發表在簡帛論壇：「清華七《越公其事》
初讀」，第191樓，20170607。

〔註1853〕在王輝〈說「越公其事」非篇題〉發文後「學者評論區」發表，20170429第5樓。

「夫寺虘」即「管夷吾」。上博簡《周易》：「匪台所思」即「匪夷所思」、清華簡「思」作「帀」（《詩・周頌・敬之》：「敬之敬之，天維顯思。」清華簡《周公之琴舞》：「敬之敬之，天惟顯帀」），皆其證也。《說文・肉部》：「舍（胾）食所遺也。从肉，仕聲。《易》曰：『噬乾。舍』肺，揚雄說，舍从弟。」士聲事聲古音相通。《說文・士部》：「士，事也。」《詩・鄭風・褰裳》：「子不我思，豈無他士。」毛傳：「士，事也。」聲次聲古音相通。《易・夬》：「其行次且。」《釋文》：「次，本亦作趀。《說文》及鄭作趀。」《說文・走部》：「趀，蒼卒也。从走，弟聲。讀若資。」《說文・走部》：「趲，躄也。从韭，次、弟皆聲。」《儀禮・既夕禮》：「設床第。」鄭注：「古文第為茨。」（此例為網友「瑲瑝」檢得。見王輝《說「越公其事」非篇題》文後跟帖，復旦大學出土文獻與古文字研究中心網 http://www.gwz.fudan.edu.cn/Web/Show/3016, 2017-04-28）上博簡《周易》簡7：「六四，師左宋（次），亡咎飢。」整理者云：「『宋』，讀為『次』，同屬脂部韵。《六十四卦經解》朱駿聲說：『一宿曰宿，再宿曰信，過信曰次。兵禮尚右，偏將軍居左，左次，常備師也。』《象》曰：『左次，无咎』，未失常也。本句馬王堆漢墓帛書《周易》作『六四：師左次，无咎』；今本《周易》同。」（馬承源主編《上海博物館藏戰國楚竹書（三）》，上海古籍出版社，2003年，頁146）《清華六・鄭文公問太伯》甲篇簡8：「桑。」乙篇簡7作「桑事」。然則事之於次，猶事之於、之於肺也。〔註1854〕

瑲瑝認為清華六《鄭文公問太伯》甲篇簡8「桑宋（次）」，乙篇簡7作「桑事」。〔註1855〕

黃杰贊同王輝「越公其事」是吳王對越公說的話，「事」理解為本字即可，意為管理、統治。「越公其事」就是「您就去統治吧」：

我們贊同王先生的看法。「越公其事」仍然是吳王對越公說的話，「事」理解為本字即可，意為管理、統治（土地民人等）。上下文

〔註1854〕孟蓬生：〈《清華柒。越公其事》字義拾瀋〉，《出土文獻綜合研究期刊》第八輯，西南大學出土文獻研究中心，成都巴蜀書社，2019年4月，頁196～200。

〔註1855〕在王輝〈說「越公其事」非篇題〉發文後「學者評論區」發表，20170430第6樓。

的意思是：「我還有什麼臉面在天下人面前丟人現眼呢？您就去統

治吧。」〔註1856〕

暮四郎認為「越公其事」如果該句若被作為夫差的話，與其上文有所出入，所以仍其舊貌便可：

> 《國語‧越語上》的「越君其次也」，過去也不被作為夫差的話。現在看來，該句本來也是夫差的話，只是在其上文中夫差對句踐的稱呼都是「君」，導致此處的「越君」不像是夫差在稱呼句踐，便被作為敘述性文字了。按照孟蓬生等先生的論述，「次」、「事」音近可通。不過該句若被作為夫差的話，與其上文有所出入，所以仍其舊貌便可。〔註1857〕

王寧認為根據傳世典籍記載和簡26說「吳人既襲越邦，越王句踐將恝復吳」的敘述看，該篇可能稱《越王復吳》比較合適：

> 王輝先生指出「越公其事」非本篇篇題（王輝：《說「越公其事」非篇題》，復旦網 2017/04/28.），諸家讚同。根據傳世典籍記載和簡26說「吳人既襲越邦，越王句踐將恝復吳」的敘述看，該篇可能稱《越王復吳》比較合適。〔註1858〕

子居認為《國語‧吳語》中並無類似「越公其事」一句，所以《越公其事》很可能是據與《國語‧越語上》末章此句類似的原始材料補入的。「越公其事」或當與「孤余奚面目以見於天下」連讀，即夫差自感無顏讓天下看到自己侍奉越王勾踐：

> 筆者認為，《國語‧吳語》中並無此句，因此《越公其事》很可能是據與《國語‧越語上》末章此句類似的原始材料補入的，這一點由《越公其事》的「孤余奚面目以見於天下」更近於《國語‧越語上》末章的「余何面目以視於天下乎」而和《國語‧吳語》末章的「孤何以視於天下」頗有區別類似。考慮到《左傳》中夫差的回答是「孤老矣，焉能事君」，則「越公其事」或當與「孤余奚面目以見於天下」

〔註1856〕在王輝〈說「越公其事」非篇題〉發文後「學者評論區」發表，20170502 第 7 樓。
〔註1857〕簡帛論壇：「清華七《越公其事》初讀」，第 141 樓，20170502。
〔註1858〕簡帛論壇：「清華七《越公其事》初讀」，第 186 樓，20170526。

連讀，即夫差自感無顏讓天下看到自己侍奉越王勾踐。〔註1859〕

郭洗凡認為從內容上看「越公其事」四字當讀作「越公紀事」，也應該屬於吳王夫差所說的話：

> 「越」一般在楚國文字中多寫作從「邑」「戉」聲。《越公其事》屬於語類文獻，裡面越王勾踐和吳王夫差他們所說的話都是標準的外交談判辭令。春秋時期國與國之間十分注重禮儀和外交辭令，語辭往往經過修飾雕琢，呈現典雅含蓄的風格「越公其事」當讀作「越公紀事」是用來記錄「越公」主要事蹟的。從內容上看，四字也應該屬於吳王夫差所說的話。〔註1860〕

石小力認為今本「越君其次也」應與簡本「越公其事」可以對應：

> 今本「越君其次也」究竟是不是夫差對越王所言之語，現在的標點本《國語》有不同意見，如上海師範大學古籍整理組校點的《國語》，尚學鋒、夏德靠二位先生譯注的《國語》就認為「越君其次也」非吳王之語（上海師範大學古籍整理組校點：《國語》，第639頁；尚學鋒、夏德靠譯注：《國語》，第373頁）。今本「次」，韋昭注：「舍也。」對於韋昭注的理解，即使各家認為是吳王所言，也有不同的解釋。如黃永堂先生譯注的《國語全譯》解釋為「居住」（黃永堂譯注：《國語全譯》，第715頁），鄔國義等先生的《國語譯注》翻譯為「您就帶領軍隊進佔吳國吧」（鄔國義、胡果文、李曉路撰：《國語譯注》，上海古籍出版社，1994年，第595頁）。簡本《越公其事》，正好可以解決這一問題。今本「越君其次也」應與簡本「越公其事」對應。

他認為今本「越君其次也」為吳王之語可以確定下來。關於本句的解釋，關鍵在「次」字。過去皆據韋昭注「舍也」訓釋，現在與簡本對照，可知韋注是錯誤的。古書還有「次」和「事（使）」間接相通的例子。「次」和「使」可以通假。今本「越君其次也」為夫差之語，「次」與簡本「事」對應，「次」、

〔註1859〕子居：〈清華簡七《越公其事》第一章解析〉，中國先秦史 http://www.xianqin.tk/2017/12/13/415，20171213。

〔註1860〕郭洗凡：《清華簡《越公其事》集釋》，安徽大學碩士學位論文，2018年3月，頁112。

「事」皆讀為「使」，意謂「越王你役使（我）吧」：

> 故今本「越君其次也」為吳王之語可以確定下來。關於本句的解釋，關鍵在「次」字。過去皆據韋昭注「舍也」訓釋，現在與簡本對照，可知韋注是錯誤的。王輝先生讀為「恣」，訓為隨意（王輝：《說「越公其事」非篇題》）。「次」字對應簡本「事」字，王先生沒有直接把「次」讀為「事」，而是另求它解，應是考慮到次、事二字古音不同部。次，古音清母脂部，事，崇母之部，聲紐皆為齒音，韻部雖然並非同部，但還是有相通的可能。王文之下，學者發表了一些評論，其中孟蓬生認為「次」（脂部）讀為「事」（之部），並舉了楚簡和古書中脂部和之部相通的例子（王輝：《說「越公其事」非篇題》文下評論第 5 樓，2017 年 4 月 29 日）。網友璊瑝則舉出清華六《鄭文公問太伯》甲篇簡 8「桑宩（次）」，乙篇簡 7 作「桑事」，證明宩（次）與事二字相通（（王輝：《說「越公其事」非篇題》文下評論第 6 樓，2017 年 4 月 29 日）。此外，古書還有「次」和「事（使）」間接相通的例子，如《呂氏春秋‧知分》「荊有次飛者」，《漢書‧宣帝紀》顏師古注載如淳注引「次飛」作「茲非」，《後漢書‧馬融傳》作「茲飛」，「次」與「茲」相通，而「茲」與「使」在楚簡和古書中多見相通（石小力：《上古漢語「茲」用為「使」說》，《語言科學》2017 年第 6 期，第 658～663 頁），故「次」和「使」可以通假。今本「越君其次也」為夫差之語，「次」與簡本「事」對應，「次」「事」皆讀為「使」，意謂越王你役使（我）吧。〔註1861〕

羅云君認為「越公其事」並非篇題，為行文方便，姑從整理報告稱之為《越公其事》：

> 「越公其事」並非篇題之說可從。故該篇簡文篇名待考，為行文方便，姑從整理報告稱之為《越公其事》，以便識讀和檢索。〔註1862〕

吳德貞認為王輝先生「『越公其事』為夫差所言」之說可從。〔註1863〕

〔註1861〕石小力：〈清華簡《越公其事》與《國語》合證〉，《文獻雙月刊》，2018 年 5 月第 3 期，頁 63～64。

〔註1862〕羅云君：《清華簡《越公其事》研究》，東北師範大學，2018 年 5 月，頁 124。

〔註1863〕吳德貞：《清華簡《越公其事》集釋》，武漢大學碩士論文，2018 年 5 月，頁 104。

何有祖認為「次」可理解為（吞并吳後之）君位。簡文「就次」指繼嗣君位。「越君其次」指越君你就位吧：

> 王輝先生、孟蓬生先生及網友「琱瑝」意見，把「越公其事」讀作「越君其次」，可從。次，可理解作朝堂之位。《鄭文公問太伯》簡2有「白（伯）父是（實）被複（覆），不𦳊（穀）以能與還（就）宋（次）」其中的「次」，整理者引申為朝堂之位，簡文「就次」指繼嗣君位。「越君其次」之「次」可理解為（吞并吳後之）君位。其，副詞，在這裏加強祈使語氣。《左傳》隱公三年「吾子其無廢先君之功！」「越君其次」之「次」，與「無廢先君之功」相當，也與《鄭文公問太伯》簡2「就次」相當，可知「次」在這裏用作動詞。「越君其次」指越君你就位吧。〔註1864〕

秋貞案：

這裡分兩個部分討論，一是「越公其事」是屬於正文，還是篇題？若是正文，則是否為吳王之語？二是「越公其事」的釋意為何？

原考釋認為「越公其事」四字是概括簡文內容的篇題。魏棟和林少平認為是篇題的角度思考。王輝從「越公」這個稱謂來看，他認為「越公其事」應屬正文，不是篇題，而且還是吳王所說的話。若蝶之慕認為「越公其事」不是篇題，也非吳王之語，而是對整篇文章的總結，贊同原考釋把它訂為篇名。孟蓬生從音理上證明「事」、「次」相通，「越公其事」的「事」和「次」兩者有音轉關係，「越公其事」和「越君其次」是同一詞。琱瑝則補充「桑宋（次）」等於「桑事」。黃杰「事」作本字解即可，是吳王之語。暮四郎認為依原考釋之判斷即可。王寧提出另一思考認為篇題如果是《越王復吳》更好。子居也認為「越公其事」非篇題，它和「孤余奚面目以見於天下」連讀。郭洗凡認為連讀，而且是吳王之言。石小力把這段話對照今本，也發現有不同的版本，他認為今本「越君其次也」為吳王之語。羅云君認為「越公其事」非篇題。吳德貞認為王輝之說可從。

筆者把各家觀點做一表列，以便釐清觀點：

〔註1864〕何有祖：〈《越公其事》補釋（五則）〉，「文字、文獻與文明：第七屆出土文獻青年學者論壇暨國際學術研討會」會議論文（廣州：中山大學古文字研究所，2018年8月18～19日），頁160～162。

學　者	正文	篇題	釋　讀	備　註
原考釋		★	越公其事	此句和前一句不屬
魏棟		★	越公之事	「其」相當於「之」
林少平		★	越公紀事	「其」通作「記」、「紀」
王輝	★		越公其使	吳王之語
若蝶之慕	★		越公其事	非吳王之語，而是對整篇文章的總結
孟蓬生	★		越君其次	吳王之語。事、次音理相通
瑝瑝				事、次相通
黃杰	★		越公其事	事作本字即可
暮四郎	★		越公其事	維持舊貌
王寧		★		以《越王復吳》為題更好
子居	★		越公其事	
郭洗凡	★		越公紀事	吳王之言
石小力	★		越公其事	吳王之言。事、次通使
羅云君	★		越公其事	篇名待考
吳德貞	★		越公其事	吳王之語
何有祖	★		越君其次	吳王之語

　　「越公其事」四字不是篇題，而是和前文連讀，由王輝從「越公」的稱謂開始聯想而得到的結論，後來有很多學者亦持此觀點。並且舉《國語·越語上》的「越君其次也」對照，更證明這不是篇題，故魏棟和林少平以篇題角度思考為非。楚簡的篇題還未見是寫在文末的，一般會寫在簡背，所以原考釋將「越公其事」當作篇題的理由，應該只是文意不能連屬。故筆者認為王輝之說可信。「越公其事」四字和前文連讀，應該是吳王說的話，只是「越公其事」的「事」不好解，王輝認為簡文「事」有作「使」解的例子，故可解為「越公其使」，即任由越公你處置、發落之義。「使」，「役使、使喚」。《論語·學而》：「節用以愛人，使民以時。」還可以作「驅使、支配」。《韓非子·揚權》：「使雞司夜，令狸執鼠，皆其用能。」「越公其事」作「越公其使」到此應該就很足夠了，孟蓬生舉「事」、「次」通「使」的音理可通，故「越公其事」如王輝做「越公其使」或孟蓬生做「越公其次（恣）」，也可以作為補充。至於何有祖基於《鄭文公問太伯》簡2有「白（伯）父是（實）被複（覆），不萯（穀）以能與邍（就）朿（次）」一句其中的「次」為「君位」而認為「越君其次」的「次」也做君位，

「越君其次」有變成就位之意。筆者認為本簡的「次」從上下文語境及文意的流暢性來看還是釋為「使」、「恣」較為恰當，雖然吳王兵敗任由越君處置，但吳王應該還帶些不甘心之意，能對越王說出「任由發落」已經很勉強了，不可能直接請他就位，故不宜釋為「就君位」。「越公其事（使）」意即「越公，就讓你處置發落吧！」

2. 整句釋義

　　句踐不同意吳王的求和，於是派人告訴吳王說：「上天把吳國賜給越國，句踐不敢不接受。啊！人生不會再重來，王哪有不死的一天呢！人生在世只是過客，能待多久呢？我將扶助吳王到甬東，送給您僕役三百人，讓您安居，委屈您渡過餘年。」吳王於是推辭說：「上天要降禍在吳國了，時間上不在前，也不在後，就剛好降災在我身上，就將要滅失宗廟了，凡吳國土地及人民都是越國所有了，我還有什麼臉見天下人啊！越公，就讓您處置發落吧！」

第三章 《越公其事》釋文與語譯

第一節 越敗復吳

一、《越公其事》第一章：越敗求成

【釋文】

吳王夫差起師伐雺=（越，越）王句踐起師逆之，雺（越）敗，赶陞（登）於會旨（稽）之山，乃史（使）夫=（大夫）住（種）行成於吳帀（師），曰：「募（寡）【一】君勾踐乏無所使=（使，使）其下臣種，不敢徹聲聞于天王，私于下執事曰：今寡人不天，上帝降【二】禍災於雺（越）邦，不才（在）拵（前）遂（後），丁（當）孤之殜（世）。虗（吾）君天王，以身被甲冑（胄），戡（敦）力鈙鎗，聿（挾）弳秉橐（枹），譽（振）鳴【三】鐘鼓，以親辱於募（寡）人之絁=（敝邑）。募（寡）人不忍君之武礪（勵）兵甲之鬼（威），科（播）弃宗畬（廟），赶才（在）會旨（稽），募（寡）人【四】又（有）繂（帶）甲夻（八千），又（有）昀（旬）之糧。君女（如）為惠，交（徼）天堕（地）之福，母（毋）豑（絕）雺（越）邦之命于天下，亦茲（使）句狻（踐）屬（繼）蒉【五】於雺（越）邦，孤亓（其）銜（率）雺（越）庶甡（姓），齊裻同心，

以臣事吳，男女備（服）。三（四）方者（諸）侯亓（其）或敢不賓於吳邦？君【六】女（如）曰：『余亓（其）必敓（滅）巤（絕）雿（越）邦之命于天下，勿茲（使）句戔屬（繼）蕶於雿（越）邦巳（矣）。』君乃陣（陣）吳甲，⬚備征鼓，建⬚【七】帬（施）舊（旌），王親鼓之，以觀句戔（踐）之以此牟（八千）人者死也。」凵【八】

【語譯】

　　吳王夫差興兵代越，越王句踐興兵迎戰，越國戰敗。後來越王奔竄逃亡到會稽山上，於是派遣大夫文種到吳軍陣營議和，說：「寡君句踐沒有什麼人可以派遣，派我下臣種，我不敢直接對您大王說，我私自同您手下的臣子說：『我們越國不為天所佑，上天降禍在越國，正值越王的身上，貴國天王身被甲胄，拿著莫邪干將，挾著強弓，拿著鼓槌敲打鐘鼓，親自攻打敝國。寡人不能承受吳君王的威武勇猛之勢，於是棄置宗廟逃亡到會稽。現在寡人帶著八千甲兵，及十日左右的糧食。吳君如果可以施加恩惠，請求天地賜福，不要斷絕越國的命祚，也讓句踐可以在越國繼續主政，那麼我將率領越國所有的百姓，齊心同力，臣事吳國，男子充任賤役，女子充任姬妾，屆時四方諸侯有誰敢不賓服於吳國的呢？吳君如果說：『我將滅絕越國之天命，不使句踐繼續在越國主政。』那麼吳君就陣列甲兵、準備鉦鼓和樹立旌旗吧！吳王親自擊鼓指揮進攻，看著句踐率領這八千士兵和你們決一死戰。」

二、《越公其事》第二章：君臣對話

【釋文】

　　吳王䎽（聞）雿（越）使（使）之柔以㔷(剛)也，思道途（路）之攸（攸）隌（險），乃㤅（懼），告繻（申）疋（胥）曰：「孤亓（其）許之成。」繻（申）疋（胥）曰：「王亓（其）勿許！【九】天不𠣟（仍）賜吳於雿（越）邦之利。虞（且）皮（彼）既大北於坪备（邊）以勦（潰），去亓（其）邦，君臣父子亓（其）未相旻（得）。凵今雿（越）【十】公亓（其）故（胡）又（有）繻（帶）甲牟（八千）以臺（敦）刃皆（偕）死？」吳王曰：「夫=（大夫）亓（其）良愳（圖）此！昔虡（吾）先王

盍膚（盧）所以克內（入）郢邦，【十一】唯皮（彼）緐（雞）父之遠瑹（荊），天賜中（忠）于吳，右我先王。瑹（荊）帀（師）走，虘（吾）先王遝（逐／邇）之走，遠夫甬（用）戔（殘），虘（吾）先【十二】王用克內（入）于郢。今我道迖（路）攸隓（險），天命反吳（側）。敳（其）甬（庸）可（何）智（知）自戛（得）？虘（吾）訋（始）後（踐）雫（越）堕（地）以圶＝（至于）今，凡吳之【十三】善士牊（將）中畔（半）死已（矣）。今皮（彼）新（新）去亓（其）邦而笝（篤），母（毋）乃豕戩（鬥），虘（吾）於膚（惡乎）取夲（八千）人以會皮（彼）死？」繡（申）疋（胥）乃【十四】思（懼），許諾。∟【十五上】

【語譯】

　　吳王聽到越使一番陳詞柔中帶剛，又想到一路征戰道途遙遠，於是害怕。吳王跟申胥說：「我將允許越國的求和。」申胥說：「王啊！千萬不要許成啊！上天不會再一次賜給我們戰勝越國的機會了。而且他們既然大敗於平原，國家潰亂，逃離開他們的城邦。越國的君臣父子未能聚合相得之時，怎麼可能會有帶甲兵八千人一起以兵刃攻擊，拼死一戰？」吳王說：「大夫你再好好的考慮考慮吧！從前我先王闔閭所以能戰勝楚國，就是那個雞父遠離荊楚，來到吳國幫我們打贏勝仗，上天賜福給吳國，保佑了我先王。荊楚的軍隊逃跑，我先王就緊追著趁勝攻擊，楚國遠征的士兵因此殘敗，我先王才能克勝荊師而入了郢都。今天我們征戰的路途又遠又危險，天命反覆無常，而哪裡可以知道一定得勝？我從開始踏進越地到現在，吳國的精兵將近死去大半了。今天他們剛失去國家，心中一定很怨恨，可能如窮途之野豬，負隅頑抗，我怎樣去找八千個不怕死的勇士來和他們一戰，陪他們送死？」申胥聽完也害怕了，說：「好」。

三、《越公其事》第三章：吳王許成

【釋文】

　　吳王乃出，新（親）見事（使）者曰：「君雫（越）公不命使（使）人而夫＝（大夫）親辱，孤敢兌（遂）辠（罪）於夫＝（大夫）。【一五下】孤所戛（得）辠（罪），亡（無）良鄎（邊）人冉（稱）癥（發）悥（怨）

啻（惡），交鬭（鬥）吳雪（越），茲（使）虔（吾）戎（二）邑之父兄子弟朝夕戔（粲）肰（然）為犿（豺）【一六】狼，食於山林蒥（草）芒（莽）。孤疾痌（痛）之，以民生之不長而自不夂（終）亓（其）命，用事（使）徒邊遬（趣）聖（聽）命於【一七】⬚⬚⬚⬚人還（還）雪（越）百里⬚⬚⬚⬚【一八】〔註1〕今厽（三）年亡（無）克又（有）奠（定），孤用悥（願）見雪（越）公，余弃啻（惡）周好，以交（徹）求卡卡（上下）吉羕（祥）。孤用銜（率）我壹（一）戎（二）子弟【一九】以逩（奔）告於鄝鄝（邊。邊）人為不道，或航（抗）御（禦）寡（寡）人之詞（辭），不茲（使）達，气（既），羅（麗）甲綏（纓）冒（冑），臺（敦）齊兵刃，以攷（捍）御（禦）【二〇】寡（寡）人。孤用医（委）命瞳（僮）脣（臣），閵（馳／觸）冒兵刃，达（匍）遳（匐）臺（就）君，余聖（聽）命於門。君不尚新（親）有（宥）寡（寡）人，卬（抑）犿（荒）弃孤，【二一】伓（背）虗（去）宗宙（廟），陟杮（棲）於會旨（稽）。孤或（又）恴（恐）亡（無）良僕馭（馭）獌（易）火於雪（越）邦，孤用內（入）守於宗宙（廟），以須【二二】使（使）人。今夫夫（大夫）嚴（儼）肰（然）監（銜）君主之音，賜孤以好曰：『余亓（其）與吳科（播）弃悥（怨）啻（惡）于潛（海）瀘（河）江沽（湖）。夫婦交【二三】綏（接），皆為同生，齊執同力，以御（禦）毄（仇）甈（讎）。』孤之悥（願）也。孤敢不許諾，恣志於雪（越）公！」使（使）者反（返）命【二四】雪（越）王，乃盟，男女備（服），帀（師）乃還。∟【二五】

【語譯】

　　吳王於是出來親自接見使者說：「你們越公不派一般的使者來，而由大夫您親自來行成，我豈敢把罪責加諸在大夫您身上。我覺得今日冒犯得罪的人是無良的守邊之人，他挑起怨惡，讓吳越兩邑交鬥，使我們兩地的父子兄弟朝夕像豺狼一樣在山林草莽之間互相傷害。我很痛心這種情形，想到人的生命不長，而且命運長短也不是自己可決定的，所以我派使者去越國聽命，至今三年，但

〔註1〕第18簡調整簡序，依陳劍：〈《越公其事》殘簡18的位置及相關的簡序調整問題之說〉一文調整至第34簡之上，其上再接第36簡上半部，此部分的考釋內容於第五章再討論。

是之前的情形仍未克定，我願親自面見越公，拋棄過去的怨惡，想要和好，以求上下吉祥。我率領一兩個親信子弟奔告於守邊之人，守邊之人不講道理，又違抗我求和的告詞，讓我的心意不能傳達給越王。之後，他們還穿上鎧甲戴上兜鍪，拿起兵刃來抗禦我。我把自己當作您的臣屬，可由您支配，冒著受兵刃的威脅，向越王伏地稱臣，聽命於越王之門前。越公卻不肯親近原諒寡人，還拋棄我，背去宗廟，登棲於會稽山。我又擔心不好的僕役來改變了宗廟祭祀的香火，於是我就入內看守越國宗廟，以等待你派人來。今天大夫您儼然帶著君王的訊息，給我求和的善意，說：『我將和吳國拋棄過去的怨惡到海河江湖中，百姓可以婚配，像一家人親兄弟一般，一起同心協力，來抵抗仇讎。』這也是我的願望啊！我怎敢不許成，以滿足越公的心意呢？」越國使者返國向越王復命，於是結盟，百姓都順服了，吳國軍隊於是退散離開。

四、《越公其事》第四章：越謀復吳

【釋文】

　　吳人既閼（襲）雩（越）邦，雩（越）王句戔（踐）牆（將）忎（基）遉（復）吳。既聿（建）宗富（廟），攸（修）奈（祟）臣，乃大鷹（薦）祉（攻），以忻（祈）民之窐（寧）。王乍（作）【二六】安邦，乃因司衺（襲）尚（常）。王乃不咎不惑（基），不戮不罰，蔑弃息（怨）皋（罪），不再（稱）民啻（惡）。縱（總）經遊民，不【二七】再（稱）貣（貪／貸），役（役）湖（泑）塗、洵（溝）隍（塘）之祉（功）。王跊（集）亡（無）好攸（修）于民厽（三）工之堵（圖／築），茲（使）民砭（暇）自相，蓐（農）工（功）旻（得）寺（時），邦乃砭（暇）【二八】安，民乃蕃孳（滋）。拿=（至于）厽（三）年，雩（越）王句戔（踐）女（焉）訇（始）复（作）絽（紀）五政之聿（律）。」【二九】

【語譯】

　　吳國破國入侵了越國後，越王句踐將要策謀復仇的計畫。他既建立宗廟，也修建祭拜鬼神的神位。大力薦祭宗廟，攻解於祟位，以祈求人民安寧。越王開始安定國家的措施，把過去好的舊規再沿襲下來。越王不咎責，不怨恨，不

誅殺，不處罰，拋棄過去的怨罪，不提人民的過錯。越王總管遊民的政策，不另外徵稅，使役遊民去服各種土木水利等工程的勞役。越王還集合沒有專長的遊民去修繕有關耗費民力的工程，這樣農民就可以有時間自理及農作，得以適時從事農耕，於是國家得到安定。國家得到安定之後，人民就能安心繁衍後代，使國家的人口增加。越王句踐讓人民休養生息持續三年的時間之後，準備開始實行「五政之律」。

第二節　五政之律

一、《越公其事》第五章：好農多食

【釋文】

王思邦遊民，厽（三）年，乃乍（作）五＝政＝（五政。五政）之初，王好蓐（農）工（功）。王親自齖（耕），又（有）厶（私）舊（疇）。王親涉洶（溝）淳淵（洫）塗，日睹（省）蓐（農）【三〇】事以勸怠（勉）蓐（農）夫。雩（越）庶民百眚（姓）乃再（稱）藹藌（悚）思（懼）曰：「王丌（其）又（有）縈（嬰）疾？」王龥（聞）之，乃以箮（熟）飤（食）盬（脂）醓（醢）【三一】胬（脯）肬（膴）多從。亓（其）見蓐（農）夫老弱堇（勤）歷（勞）者，王必龕（飲）飤（食）之。亓（其）見蓐（農）夫乿（指）頯（瘃）足見（蹇）。厃（顏）色訓（薰）必（黙）而牊（將）【三二】齖（耕）者，王亦龕（飲）飤（食）之。亓（其）見又（有）戝（列）、又（有）司及王右（左）右，先賠（誥）王訓，而牊（將）㔹（耕）者，王必與之呈（坐）飤（食）【三三】。凡王右（左）右大臣，乃莫不㔹（耕），人又（有）厶（私）舊（疇）。墾（舉）雩（越）庶民，乃夫婦皆狜（耕），夆＝（至于）鄺（邊）㥚（縣）尖＝（小大）遠伲（邇），亦夫【三五】〔註 2〕婦皆【三六上】 耕，□□□□□□□〔註3〕 吳 人徺（還）雩（越）百里【一八】，□（得）于雩（越）邦，陞（陵）陜（陸），陞（陵）稤（稼），水則為稻，

〔註 2〕第 35 簡依陳劍：〈《越公其事》殘簡 18 的位置及相關的簡序調整問題之說〉一文調
　　　整接到第 34 簡之後，其下再接第 36 簡上半部。
〔註 3〕筆者認為此處缺字約在 7～9 字。

‧690‧

乃亡（無）又（有）關（閒）卉（艸）。【三四】雪（越）邦乃大多飤（食）。
∟【三六下】〔註4〕

【語譯】

　　越王使役這些遊民三年的時間，於是開始實行五政。五政開始，越王好農功，親自耕作，有私人的田疇。越王親自到最偏遠難行的地區視察水利工程，日日省察農事來勸勉農夫勤勞耕作。因為越王辛勞省察農事，所以越國庶民百姓都開始擔心害怕地傳言：「越王將因過度辛苦勞累而致病了」。越王聽到這樣的消息，於是就多吃一些肉醬肉乾之類的食物（一方面讓百姓看了知道他可以隨時食用，以補充體力，不會為他再擔心；一方面看到勤奮的百姓也可以賜給他們食物）。越王看見勤於農作的老弱農夫會給他東西吃，以示嘉勉這些勤勞的農夫。越王看到農夫手瘃腳跛、臉色黧黑而且將要耕作的人，也會給他們東西吃。（越王）看到有列、有司及王的左右大臣，在耕作之前先詔誥越王的訓示命令，宣導幫助農民耕作的人，越王必定與他一同坐著吃飯（一種禮遇）。凡是在王身邊的大臣，沒有不耕作的，人人都有自己的私疇。舉全越國的百姓，乃至男女都耕作。至於在邊縣或城市，無論大小遠近，也是男女皆耕作。……吳國所歸還給越國的百里之地，在山陵則種植旱地植物，在有水的地方則種水稻，於是舉國土地沒有不能食用的閒草，越國因此而糧食大量增加。

二、《越公其事》第六章：好信修征

【釋文】

　　雪（越）邦備（服）蓐（農）多食，王乃好訐（信），乃攸（修）市政（征）。凡群厇（度）之不厇（度）∟，群采勿（物）之不繪（真）、諫（佯）繪（偷）諒（掠）人則剭（刑）也。【三七】凡誑豫而□（價）賈女（焉），則劫（詰）爥（誅）之。凡市賈爭訟，皈（反）訐（背）訢（欺）巳（詒），戠（察）之而諍（孚），則劫（詰）爥（誅）之。因亓

〔註4〕承上依據，第36簡上半部後應缺8個字，之後再接第18簡，之後再接第34簡，後面再接第36簡下半部。

（其）貨（過）以為【三八】之罰。凡鄰（邊）鄙（縣）之民及又（有）管（官）帀（師）之人或告于王廷，曰：「初日政（征）勿若某，今政（征）砫（重），弗果。」凡此勿（物）也，【三九】王必親見而聖（聽）之，戠（察）之而訐（信），元（其）才（在）邑司事及官帀（師）之人則發（廢）也。凡成（城）邑之司事及官帀（師）之【四〇】人，乃亡（無）敢增歷（斂）元（其）政（征）以為獻於王。凡又（有）訧（獄）訟爭＝（至于）王廷，曰：「昔日與㠯（已）言員（云），今不若元（其）言。」凡此聿（類）【四一】也，王必親聖（聽）之，旨（稽）之而訐（信），乃母（毋）又（有）貴踐，翻（刑）也。凡雩（越）庶民交諜（接）、言語、貨資、市賈乃亡（無）敢反不（背）訐（欺）巳（詒）。【四二】雩（越）則亡（無）訧（獄），王則閞＝（閒閒），隹（唯）訐（信）是遡（趣），嚞于㞢（左）右，毀（舉）雩（越）乃皆好訐（信）。凵【四三】

【語譯】

越國人人皆農耕，故糧食增多。越王於是愛好誠信，開始治理市場上的稅征。若有度量器不符合標準的情形，各種綵物有不實或詐欺、偷薄、掠奪他人利益的，就處以刵刑。凡是欺誑而從事買賣者，就問罪懲罰他。凡是市場的商人有爭執訴訟，違背事實及欺騙的情形，經過察證後屬實，則問罪懲罰他，並依據他的過失來處罰。凡是邊縣城市之民和有官職的人因為爭訟而上告於王庭，（縣民）說：「剛開始市征沒有像這樣的，今日加重稅征，根本達不到要求。」凡是這樣的事，王一定親自接見傾聽他的話，經過查證屬實，那個在縣為官的職員及官師就會被廢黜。於是所有在城邑為官的職員及官師們沒有敢隨意增加征稅來獻給越王的。凡有獄訟上告到王庭，（百姓）說：「過去跟我們說的是那樣，現在卻不像之前所說的那樣。」凡是有這類的事情，越王一定親自傾聽，查核所言屬實，就會不分貴踐，處以刵刑。因此所有百姓來往、說話、買賣、市場交易都不敢反背欺詒。越國因此沒有獄訟之事，越王卻仍然努力認真明察市政、分辨獄訟是非，並且疾言於左右之人（要他們也要努力好信），整個越國於是都好信了。

三、《越公其事》第七章：徵人多人

【釋文】

雫（越）邦備計（信），王乃好陞（登）人，王乃迎（趨）徲（使）人戠（察）睹（省）成（城）市鄔（邊）還（縣）尖=（小大）遠泥（邇）之匋（句）、苕（落），王則毖（比視），隹（唯）匋（句）、苕（落）是戠（察）睹（省），【四四】訡（問）之于兮（左）右。王既戠（察）智（知）之，乃命上會，王必親聖（聽）之。亓（其）匋（句）者，王見亓（其）執事人則訇（怡）忞（豫）憙（憙）也，不﹝區擾﹞【四五】芺=（懆懆）也，則必畬（飲）飤（食）賜夋（予）之。亓（其）苕（落）者，王見亓（其）執事人則顝（蹙）感不忞（豫），弗余（予）畬（飲）飤（食）。王既必（比／畢）聖（聽）之，乃品【四六】坕（野／與）會厽（三）品，交于王寶（府），厽（三）品秊（進）讆（酬）支（扑）雳（逐）。由臤（賢）由毀，又（有）夋（爨）戕（劇），又（有）賞罰，善人則由（迪），簪（憯）民則怀（附）。是以【四七】懃（勸）民，是以收敬（賓），是以匋（句）邑，王則隹（唯）匋（句）、苕（落）是徹（趣），矗于兮（左）右。鬘（舉）雫（越）邦乃皆好陞（登）人，方和于亓（其）陛（地）。東【四八】厾（夷）、西厾（夷）、古薎、句虞（吳）四方之民乃皆訷（聞）雫（越）陛（地）之多飤（食）、政（征）溥（薄）而好計（信），乃波（頗）迣（往）遻（歸）之，雫（越）陛（地）乃大多人。∟【四九】

【語譯】

越國皆誠信之後，越王就希望增加國家人口數。越王急著派人省察城市邊縣大小遠近人口的增減，於是考校視察了（使吏帶回來）人口增減的情況，並且問過身邊的大臣。越王既審察清楚後，就傳令有關單位上呈會計，越王一定親自前往審聽。那些人口增加的地方，越王見到該地的官員，就歡喜高興；（能增加人口）而不苛薄擾民、不過於憂愁的，越王就會給他飲食和賞賜；但對那些人口減少的，越王見到那裡的官員，就會皺眉蹙額，心情不樂，也不給他們飲食獎賞。越王全都聽完之後，於是評列等次，參與考評，列出三品。依人口增減的績效把執事分三等，交給王府辦理獎懲，這三等中，上等的進升獎酬，

下等的扑毆罷黜，好的爨賞，不好的劖罰。三品的「進酬扑逐」，是依據表現的良好或缺失，有飲食利傷，有獎賞處罰。外地來的好的人才得到任用；生活憂苦的窮人也都來依附。因此勸勉人民，因此收服前來歸附之人，因此聚集人口形成為城邑，越王唯有以形成聚落為心之所向，並且疾言於左右之人。越邦因此都愛好增加人口。越地大大地和諧，東夷、西夷、姑蔑、句吳等四周的邦國，都知道越國糧食充裕，賦稅輕而有信用，於是很多人民就前往歸附越邦，越地人口就大大地增多。

四、《越公其事》第八章：好兵多兵

【釋文】

雪（越）邦備陞（登）人，多人，王乃好兵。凡五兵之利，王日忈（研）之，居者（諸）左右；凡金革之攻，王日侖（論）眚（省）【五〇】亓（其）事，以䚔（問）五兵之利。王乃歸（遄）徟（使）人情（省）䚔（問）群大臣及鄹（邊）鄑（縣）成（城）市之多兵、亡（無）兵者，王則眓=（比視）。隹（唯）多【五一】兵、亡（無）兵者是譤（察），䚔（問）于左右。與（舉）雪（越）至=（至于）鄹（邊）還（縣）成（城）市乃皆好兵甲，雪（越）乃大多兵。∟【五二】

【語譯】

越邦皆盡完成增加人口的種種措施後，人口愈來愈多，越王於是開始喜好兵事。凡是五兵之利，越王每日鑽研它，把它安置在身邊；凡是金革等武器裝備，越王每日研究視察和其有關之事，以考察過問五兵之利。越王於是催促辦事員去審問各大臣子及邊縣城市有關兵器之多寡，越王會考校視察各邊縣城市多兵或無兵的情況，並且詢問身邊的大臣。後來全越國至於邊縣城市都好兵甲，越國兵器於是就大大地充足了。

五、《越公其事》第九章：刑令敕民

【釋文】

雪（越）邦多兵，王乃整（敕）民。攸（修）命（令）、審（審）刑

（刑）。乃出共（恭）戟（敬）王窲（孫）之耆（等／志），以受（授）夫＝（大夫）住（種），則賞敎（穀）之；乃出不共（恭）不戟（敬）【五三】王窲（孫）之耆（等／志），以受（授）軛（范）羅（蠡），則戮（戮）殺之。乃徹（趣）詢（徇）于王宮，亦徹（趣）取戮（戮）。王乃大詢（徇）命于邦，寺（時）詢（徇）寺（時）命，及羣【五四】數（領）御，及凡庶眚（姓）、凡民司事。桵（爵）立（位）之宋（次）尻（舍）、備（服）衯（飾）、羣勿（物）品采之侃（愆）于耆（故）棠（常），及風音誦詩訶（歌）誺（謠）【五五】之非邖（越）棠（常）聿（律），㠯（夷）訏（歙）䜌（蠻）吳（謳），乃徹（趣）取戮（戮）。王乃徹（趣）㠯＝（至于）沟（溝）塦（塘）之工（功），乃徹（趣）取戮（戮）于迻（後）至迻（後）成。王乃徹（趣）【五六】埶（設）戍于東㠯（夷）、西㠯（夷），乃徹（趣）取戮（戮）于迻（後）至不共（恭）。王又（有）違（失）命，可遑（復）弗遑（復），不茲（使）命賒（疑），王則自罰。少（小）違（失）【五七】酓（飲）飤（食），大違（失）蠶＝（徽纆），以礪（勵）萬民。雩（越）邦庶民則皆曑（震）僮（動），犷（荒）鬼（畏）句戈（踐），亡（無）敢不戟（敬），詢（徇）命若命，數（領）御莫【五八】徧（偏），民乃整（敕）齊。└【五九上】

【語譯】

越國大大增加兵器後，越王於是開始整治人民。他修審考核命令和刑罰。他對恭敬的王孫進行紀錄文書，把他們交給文種大夫，就賞賜他們俸祿。對不恭敬的王孫之類的進行紀錄文書，把他們交給范蠡，然後就殺掉他們。越王於是急著巡行宣令於王宮之中，也急著把不恭敬宣令者逮捕殺戮。越王擴大巡行宣令於整個邦國，時時在巡行宣令。越王擴大宣令遍及到身邊的侍從近臣，以及各個異姓諸大臣，以及各個管理人民事務的官吏。對於他們在爵位的住宅、服飾、及各種采章品制之物有所錯誤，和故舊不同；那些風音、誦詩、歌謠不合於越國常律的，或唱著蠻夷歌謠的人，都急著殺戮掉。越王又很快地要治理溝塘水利工事，急著對於那些工程延後完成的人處以殺戮懲處。越王於是很快地設置軍事兵力到越國邊界，並對於那些工作不能按時完成及態度不恭敬之人都殺戮。越王發布命令失誤的時候，即使可以收回命令

卻刻意不收回，不讓這個「失命」被人民懷疑。此時，越王自己處罰自己，犯的過失小，就減少飲食或停食；犯的過失大，就用繩子綑綁自己，將自己置於叢草荊棘中接受到最嚴厲的酷刑，越王以此來砥礪警惕所有百姓。越國百姓都因此震驚了，對勾踐非常敬畏，沒有人敢對越王不敬。上面領導者一邊巡行，一邊宣令示眾，下面的百姓則順從命令踐行。領導統御者沒有敢偏袒或是有不公正的情形，人民也就會被治理得整整齊齊的。

第三節　越勝吳亡

一、《越公其事》第十章：試民襲吳

【釋文】

　　王監雪（越）邦之既苟（敬），亡（無）敢徧（偏）命，王乃犾（試）民。乃斂（竊）焚舟室，鼓命邦人【五十九下】救火。墨（舉）邦走火，進者莫退，王思（懼），鼓而退之，死者畐＝（三百）人。王大憙（喜），乇（焉）旬（始）豳（絕）吳之行李（李），母（毋）或（有）徍（往）【六十】垩（來），以交之此（訾），乃誝（屬）邦政於夫＝（大夫）住（種），乃命軋（范）羅（蠡）、太甬大鬲（歷）雪（越）民，必（比）卒（卒）加（勒）兵，乃由王卒（卒）君子卒（六千）。王【六一】卒（卒）既備，舟鼜（乘）既成，吳帀（師）未辺（起），雪（越）王句戋（踐）乃命鄦（邊）人莪（取）悬（怨），弁（變）豩（亂）厶（私）成，舀（挑）起悬（怨）晉（惡），鄦（邊）人乃【六二】相戉（攻）也，吳帀（師）乃辺（起）。吳王起帀（師），軍於江北︺。雪（越）王起帀（師），軍於江南。雪（越）王乃中分亓（其）帀（師）以為右（左）【六三】軍、右軍，以亓（其）厶（私）卒（卒）君子卒＝（六千）以為中軍。若（諾）明日牆（將）舟戥（戰）於江。及昏，乃命右（左）軍監（衛）棿（枚）鮇（溯）江五【六四】里以須，亦命右軍監（衛）棿（枚）渝江五里以須，麥（夜）中，乃命右（左）軍、右軍涉江，鳴鼓，中水以墨。【六五】吳帀（師）乃大烕（駭），曰：「雪（越）人分為二帀（師），涉江，牆（將）以夾⬚（攻）我師。」乃不⬚（墨）旦，乃中分亓（其）帀（師），牆（將）

以御（禦）之。【六六】雩（越）王句戏（踐）乃以亓（其）厶（私）卆（卒）
卆＝（六千）歔（竊）涉。不鼓不桌（噪）以溍（侵）攻之，大蠇（亂）
吳帀（師）。左軍、右軍乃述（遂）涉，戉（攻）之。【六七】吳帀（師）
乃大北，疋（三）戰（戰）疋（三）北，乃至於吳。雩（越）帀（師）
乃因軍吳＝（吳，吳）人昆奴乃內（納）雩＝帀＝（越師，越師）乃述（遂）
闇（襲）吳。凵【六八】

【語譯】

越王查察全國都已恭敬遵從，對王命不敢有所偏頗。越王開始試探考驗人
民（是否真的唯王命是從），於是私自偷偷放火燒船屋，擊鼓命令國人救火。全
國都奔走救火，只有前進沒有後退，越王感到驚懼，擊鼓命令救火者退去，死
者有三百人。越王感到大大心喜，於是開始斷絕吳國的使者。不和吳國有往來，
用以招致吳國的指責怨恨，於是把國內政治交給大夫種處理，命令范蠡、太甬
閱視人民，考校士卒，操練士兵，選拔出國家的精銳士卒六千人。越國國家精
銳部隊整兵完備，水陸戰具也齊備，吳國的軍隊卻沒有動作。越王句踐就命令
邊境人民主動挑釁招惹怨恨，私自變亂民間的交易或約定。越國挑起怨惡後，
讓國境周邊的人民互相攻擊，吳國軍隊就起兵了。吳王發動軍隊，屯師於江北。
越國發動軍隊，屯師於江南。越王於是把軍隊中分為左、右兩軍，再把國家精
銳士卒六千人安置在中軍。越國承諾到天亮時將船戰於江。但是到了黃昏，就
命令左軍銜枚溯江五里待命，也命令右軍銜枚順流而下五里待命。入夜後，就
命令左軍右軍渡江，擊鼓，至水中央待命。吳師於是非常害怕，說：「越國人分
左右二師，渡江要來夾攻我師。」吳師於是不等到天亮，就中分其師，將抵禦
越軍。越王句踐於是以他的六千精銳士卒偷偷渡江，不擂鼓吶喊，不發出聲音
以出奇不意地侵襲吳國，大亂吳師。越國左軍、右軍於是跟著渡江，攻打吳師。
吳師於是大敗，三戰三敗，一直打到吳國國境，越師更是趨赴攻打吳國，吳國
守宮門人抵禦不住而讓越師進入，越師於是就完全攻佔吳國了。

二、《越公其事》第十一章：不許吳成

【釋文】

雩（越）師遂入，既闇（襲）吳邦，回（圍）王宮。吳王乃思（懼），

行成，曰：「昔不穀（穀）先秉利於雩=（越，越）公告孤請成，男女【六九】 備（服），孤無奈雩（越）邦之命何，畏天之 不羕（祥），余不敢㡀（絕）祀，許雩（越）公成，以爭=（至于）今=（今。今）吳邦不天，昜（得）辜（罪）於雩=（越，越【七〇】 公=以親辱於寡 人之敝邑。孤請成，男女備（服）。」句戔（踐）弗許，曰：「昔天以雩（越）邦賜吳=（吳，吳）弗受；今天以吳邦【七一】賜郕（越），句 踐敢不聽天之命而聽君之命乎？ 句戔（踐）不許吳成。乃使（使）人告於吳王曰：「天以吳土賜雩（越），句【七二】 戔（踐）不敢弗受。殹民生不㣽（仍），王亓（其）母（毋）死。民生堕（地）上，寓也，亓（其）與幾可（何）？不穀（穀）亓（其）牆（將）王於甬句重（東），夫婦【七三】昌=（三百），唯王所安，以屈羣（盡）王年。」吳王乃詞（辭）曰：「天加禍（禍）于吳邦，不才（在）㡀（前）迻（後），丁（當）役孤身。乞（焉）述（遂）遾（失）宗宙（廟）。【七四】凡吳土堕（地）民人，雩（越）公是羣（盡）既有之，孤余系（奚）面目以臭（視）于天下？」雩（越）公亓（其）事（使）。∟【七五】

【語譯】

越國軍隊於是進入吳國，完全襲佔吳國之後，圍攻吳王的宮殿。吳王於是感到害怕恐懼，就向越國求和，說：「從前我戰勝越國而得利，越公向我求和，說越國男女上下都為我服事，我能對越邦之命能怎樣呢，我怕上天賜不賜福給我，我不敢斷絕越國的祭祀命脈，答應了越公的請求。到今日，吳國得不到上天的保佑，得罪於越公。越公讓您親自屈就到我的國家裡來。我現在向您求和，吳國中的男女都願意服事您。」句踐不同意，說：「從前上天把越國賜給吳國時，吳國不接受；如今上天把吳國賜給越國，句踐哪敢不聽上天的命令而聽從您的命令呢？」句踐不同意吳王的求和，於是派人告訴吳王說：「上天把吳國賜給越國，句踐不敢不接受。啊！人生不會再重來，王哪有不死的一天呢！人生在世只是過客，能待多久呢？我將扶助吳王到甬東，送給您僕役三百人，讓您安居，委屈您渡過餘年了。」吳王於是推辭說：「上天要降禍在吳國了，時間上不在前，也不在後，就剛好降災在我身上，就將要滅失宗廟了，凡吳國土地及人民都是越國所有了，我還有什麼臉見天下人啊！越公，就讓您處置發落吧！」

參考文獻

一、傳統文獻

1. （周）左丘明撰，（晉）杜預注，（唐）孔穎達正義：《春秋左傳正義》，北京大學出版社，1999 年 12 月第一次印刷。

2. （漢）孔安國傳，（唐）孔穎達疏：《尚書注疏》，臺北藝文印書館，1997 年 8 月出版。

3. （漢）許慎撰，（宋）徐鉉校定：《說文解字》，北京中華書局，2007 年 4 月出版重印。

4. （漢）許慎撰，（清）段玉裁注：《說文解字注》，黎明文化事業，1991 年 8 月增訂八版。

5. （漢）趙曄《吳越春秋》，劉曉東等點校：《二十五別史》，濟南齊魯書社，2000 年 5 月出版。

6. （漢）鄭玄注，（唐）賈公彥疏：《周禮注疏》，臺北藝文印書館，1997 年 8 月出版。

7. （漢）鄭玄箋，（唐）孔穎達疏：《毛詩注疏》，臺北藝文印書館，1997 年 8 月出版。

8. （東漢）鄭玄注，（唐）孔穎達疏：《禮記注疏》，臺北藝文印書館，1997 年 8 月出版。

9. （東漢）鄭玄注，（唐）賈公彥疏：《周禮注疏》，臺北藝文印書館，1997 年 8 月出版。

10. （東漢）袁康：《越絕書》卷八，《四部叢刊》，影江安傅氏雙鑑樓藏明雙柏堂本，參考李步嘉《越絕書校釋》，武漢大學出版社，1992 年。

11. （東漢）趙曄著、張覺譯注：《吳越春秋》，古籍出版社，2002 年 12 月初版二刷。

12. （三國·吳），韋昭注，上海師範學院古籍整理組校點：《國語》，上海古籍出版社，1978 年。

13. （南朝宋）范曄《後漢書》，中華書局，1965 年出版。

14. （梁）蕭統編、（唐）李善注：《文選》，臺北華正書局，2000 年 10 月出版。

15. （梁）顧野王：《大廣益會玉篇》，北京中華書局，2008 年 8 月出版第 3 次印刷。

16. （梁）顧野王《大廣益會玉篇》，北京中華書局，2008 年 8 月出版第三次印刷。

17. （梁）顧野王《大廣益會玉篇》，北京中華書局，2008 年 8 月出版第三次印刷。

18. （宋）陳彭年等編：《宋本廣韻·永祿本韻鏡》，江蘇教育出版社，2005 年 12 月第一次印刷。

19. （宋）徐鉉：《說文解字》，北京中華書局，2007 年 4 月第 26 次印刷。

20. （宋）徐鍇：《說文繫傳》，文海出版社，1968 年 6 月再版。

21. （清）王先慎撰，鍾哲點校：《韓非子集解》，北京中華書局，2003 年 4 月出版第 2 次印刷。

22. （清）王先謙撰，沈嘯寰、王星賢點校：《荀子集解》，北京中華書局，1998 年 9 月出版第一次印刷。

23. （清）王念孫：《廣雅疏證》，北京中華書局，2008 年 7 月。

24. （清）王念孫：《廣雅疏證》，臺灣中華書局，1966 年 3 月出版一版。

25. （清）阮元：重刊宋本十三經注疏附校勘記：《周易》注疏附校勘記，新文豐出版社，2001 年。

26. （清）阮元校勘《十三經注疏·詩經》，新文豐出版公司。

27. （清）阮元校勘《十三經注疏·禮記》，新文豐出版公司。

28. （清）紀昀總纂，（漢）王逸撰：《楚辭章句》，欽定四庫全書，https://www.chineseclassic.com/content/1221。

29. （清）孫星衍撰，陳抗、盛冬鈴點校：《尚書今古文注疏》，北京中華書局，1986 年 12 月出版。

30. （清）孫詒讓撰，孫啟治點校：《墨子閒詁》，北京中華書局，2001 年 4 月出版。

31. （清）徐灝撰：《段注箋》，北京大學圖書館，中國哲學電子計劃，https://ctext.org/library.pl?if=gb&res=1539。

32. （清）焦循撰，沈文倬點校：《孟子正義》，北京中華書局，1987 年 10 月出版。

33. （清）朱駿聲：《說文通訓定聲》，北京中華書局影印，198 年 6 月出版。

34. 《十三經注疏》，《毛詩正義》，北京大學出版社，1999 年 12 月第一次印刷。

35. 《十三經注疏》，《春秋左傳正義》，北京大學出版社，1999 年 12 月第一次印刷。

36. 《十三經注疏》，《爾雅注疏》，臺北藝文印書館，1997 年 8 月出版。

37. 《十三經注疏》，《儀禮注疏》，臺北藝文印書館，1997 年 8 月出版。

38. 《十三經注疏》，《詩經》阮元用文選樓藏本校勘，新文豐出版公司，1976 年出版。

39. 《重修宋本廣韻》，廣文書局，1961 年 10 月二版。

40. 徐元誥撰，王樹民、沈長雲點校：《國語集解》，北京中華書局，2002 年。

41. 何琳儀：《戰國古文字典》，北京中華書局，2007 年 5 月出版第 3 次印刷。

42. 吳毓江：《墨子校注》，北京中華書局，1993 年 10 月出版。

二、近人論著專書（依筆畫順序排列）

1. 于孟晨、劉磊編著：《中國古代兵器圖鑑》，西安出版社，2017 年 4 月第一次印刷。

2. 于省吾：《甲骨文字詁林》，北京中華書局，1996 年 5 月出版。

3. 中國社會科學院考古研究所編輯：《甲骨文編》，北京中華書局，2005 年 8 月出版第 7 版印刷。

4. 中國社會科學院語言研究所古代漢語研究室編：《古代漢語虛詞詞典》，北京商務印書館，1999 年出版。

5. 方寶璋、方寶川：《中華文化通志·閩台文化志》，中華文化通志編委會編，1998 年 11 月出版。

6. 王力主編：《王力古漢語字典》，北京中華書局，2006 年 6 月第 6 次印刷。

7. 四部叢刊續編經部：《龍龕手鑑》，臺灣商務印書館，1981 年 2 月初版。

8. 白于藍：《戰國秦漢簡帛古書通假字彙纂》，福建人民出版社，2012 年出版。

9. 朱居易：《元劇俗語方言例釋》，商務印書館，1956 年 9 月出版。

10. 何寧撰：《淮南子集解》，北京中華書局，1998 年 10 月第一次印刷。

11. 李守奎、曲冰、孫偉龍編著：《上海博物館藏戰國楚竹書（一～五）文字編》，作家出版社，2007 年 12 月第一次印刷。

12. 李守奎、賈連翔、馬楠：《包山楚墓文字全編》，上海古籍出版社，2012 年出版。

13. 李守奎：《楚文字編》，東華師範大學出版社，2003 年 12 月出版第一版。

14. 李學勤主編：《清清華大學藏戰國竹簡（貳）》，上海中西書局，2011 年 12 月出版。

15. 周何：《春秋吉禮考辨》，臺北嘉新水泥公司文化基金會研究論文第一〇一種，1970 年 10 月出版。

16. 周法高：《中國古代語法》，中央研究院歷史語言研究所出版，1994 年 4 月影印二版。

17. 孟文鏞：《越國史稿》，北京中國社會科學出版社，2010 年出版。

18. 季師旭昇：《清華大學藏戰國竹簡（壹）讀本》，臺北藝文印書館，2013 年 11 月出版。

19. 季師旭昇：《詩經吉禮研究》，臺灣師大國文研究所碩士論文，1983 年 6 月。

20. 季師旭昇：《說文新證》，福建人民出版社，2010 年 11 月第一次印刷。

21. 季師旭昇：《說文新證》，臺北藝文印書館，2014 年 9 月 2 日出版。

22. 季師旭昇主編、陳美蘭、蘇建洲、陳嘉凌合撰：《上海博物館藏戰國楚竹書（二）讀本》，萬卷樓圖書股份有限公司，2003 年 7 月初版。

23. 季師旭昇主編、陳霖慶、鄭玉姍、鄒濬智合撰：《〈上海博物館藏戰國楚竹書（一）〉讀本》，萬卷樓圖書股份有限公司，2007 年 10 月出版。

24. 宗福邦、陳世鐃、蕭海波主編：《故訓匯纂》，商務印書館，2007 年 9 月。

25. 林清源：《兩周青銅句兵銘文彙考（上）》，花木蘭出版社，2012 年 3 月出版。

26. 段玉裁：《說文解字注》，北京中華書局，2013 年 7 月第一版。

27. 段玉裁：《說文解字注》，黎明文化事業股份有限公司，1991 年 8 月，增訂八版。

28. 容庚編著，張振林、馬國權摹補：《金文編》，北京中華書局，1985 年 7 月出版。

29. 徐在國：《上博楚簡文字聲系（一～八）》，合肥，安徽大學出版社，2013 年 12 月出版。

30. 徐朝華：《爾雅今注》，天津南開大學出版社，1987 年 7 月出版。

31. 馬承源主編：《商周青銅器銘文選》，文物出版社，1990 年 4 月第 1 版。

32. 馬承源著：《中國青銅器研究》，上海古籍出版社，2002 年 12 月。

33. 馬瑞辰：《毛詩傳箋通釋》，北京中華書局，1989 年 3 月。

34. 高明、涂白奎編：《古文字類編》，上海古籍出版社，2008 年 8 月第 1 次印刷。

35. 張玉金著：《出土先秦文獻虛詞發展研究》，暨南大學出版社，2016 年出版。

36. 張光裕主編：《包山楚簡文字編》，臺北藝文印書館，1992 年 11 月出版。

37. 張守中：《包山楚簡文字編》，文物出版社，1996 年 8 月第一版。

38. 張守中：《睡虎地秦簡文字編》，文物出版社，1994 年 2 月第一次印刷。

39. 張守中主編：《郭店楚簡文字編》，文物出版社，2000 年 5 月出版。

40. 張儒、劉毓慶：《漢字通用聲素研究》，山西古籍出版社，2002 年 4 月出版。

41. 曹錦炎：《吳越歷史與考古論叢》，文物出版社，2007 年 11 月出版。

42. 梁啟超：《中國歷史上民族之研究》，《梁任公近著》，上海書店 1994 年影印版。

43. 梅文：《古代兵器》，水星文化事業出版社，2013 年 2 月 1 版。

44. 清華大學出土文獻研究與保護中心編，李學勤主編：《清華大學藏戰國竹簡（叁）》，上海中西書局 2012 年出版。

45. 清華大學出土文獻研究與保護中心編，李學勤主編：《清華大學藏戰國竹簡（貳）》，上海中西書局，2011 年出版。

46. 清華大學出土文獻研究與保護中心編、李學勤主編：《清華大學藏戰國竹簡（柒）》，上海中西書局，2017 年 4 月出版。

47. 郭沫若：《兩周金文辭大系考釋》，1936 年由日本文求堂書店出版。

48. 郭錫良：《漢字古音手冊》，北京大學出版社，1985 年出版。

49. 陳偉編著：《楚地出土戰國簡冊[十四種]》，經濟科學出版社，2009 年 9 月。

50. 陳新雄：《古音研究》，五南圖書出版有限公司，2000 年 11 月初版二刷。

51. 陳新雄：《古音學發微》，文史哲出版社，1972 年 1 月出版。

52. 陳新雄：《古音學發微》，文史哲出版社，1983 年 2 月三版。

53. 陳新雄：《訓詁學》上冊，台灣學生書局，2012 年 9 月出版。

54. 陳劍：《甲骨金文考釋論集》，線裝書局，2007 年 4 月第 1 次印刷。

55. 曾運乾：《音韻學講義》，北京中華書局，1996 年。

56. 曾憲通、陳偉武主編，裴大泉編纂：《出土戰國文字字詞集釋》，北京中華書局，2019 年 3 月。

57. 湖北省文物考古研究所、北京大學中文系編：《九店楚簡》，中華書局，2000 年出版。

58. 湖南省博物館、湖南省文物考古研究所編著：《長沙馬王堆二、三號漢墓（第一卷田野考古發掘報告）》，文物出版社，2004 年出版。

59. 湯餘惠主編：《戰國文字編》，福建人民出版社，2001 年第 1 版。

60. 湯餘惠主編：《戰國文字編》，福建人民出版社，2005 年 8 月第 2 次印刷。

61. 賀強：《馬王堆漢墓遣冊整理研究》，西南大學，2006 年 4 月出版。

62. 黃懷信、張懋鎔：《逸周書彙校集釋》，上海古籍出版社，1995 年 12 月。

63. 楊伯峻：《春秋左傳注》（修訂本），北京中華書局，2009 年出版。

64. 楊伯峻：《春秋左傳注》（修訂本），北京中華書局，2009 年出版。

65. 楊伯峻編著：《春秋左傳注（修訂本）》，北京中華書局，1981 年 3 月出版。

66. 楊樹達：《姑鵬句鑺再跋》（《積微居金文說》，上海古籍出版社 2007 年 10 月版。

67. 董珊：《吳越題銘研究》，科學出版社，2014 年 1 月出版。

68. 董楚平：《吳越文化志》，上海人民出版社，1998 年出版。

69. 董楚平：《吳越徐舒金文集釋》，浙江古籍出版社，1992 年出版。

70. 漢語大字典字形組編：《秦漢魏晉篆隸字形表》，四川辭書出版社，1985 年 8 月出版。

71. 漢語大詞典編輯處：《漢語大詞典》，上海辭書出版社，2011 年出版。

72. 裴學海：《古書虛字集解》，上海書店，1933 年出版。

73. 裴學海：《古書虛字集釋》，上海書店，2013 年 11 月出版。

74. 劉釗、洪颺、張新俊編纂：《新甲骨文編》，福建人民出版社，2009 年 5 月。

75. 劉釗：《出土簡帛文字叢考》，台灣古籍出版有限公司，2004 年 3 月初版一刷。

76. 滕壬生：《楚系簡帛文字編（增訂本)》，武漢湖北教育出版社，2008 年 10 月。

77. 蔣廷瑜：《古代銅鼓通論》，紫禁城出版社，1999 年 12 月出版。

78. 蔣豐維：《中國兵器事典》，積木文化，2007 年 7 月 15 日出版。

79. 黎翔鳳撰、梁運華整理：《管子校注》，北京中華書局出版，2004 年 6 月第一次印刷。

80. 蕭楓編著：《論雅俗共賞——朱自清作品精選》，崧博出版事業有限公司，2017 年 8 月出版。

81. 龍潛庵編著：《宋元語言詞典》，上海辭書出版社，1985 年 12 月出版。

82. 韓愈著·馬其昶校注：《韓昌黎文集校注》，上海古籍出版社，1986 年 12 月出版。

83. 瀧川龜太郎著：《史記會注考證》，鳴宇出版社，1979 年 10 月出版。

三、單篇論文（依筆畫順序排列）

1. 大西克也：〈《清華柒·越公其事》「坳塗溝塘」考〉，國立成功大學《第 30 屆中國文字學學術研討會》會議論文，2019 年 5 月 24～25 日。

2. 子居：〈清華簡七《越公其事》第一章解析〉，中國先秦史 http://www.xianqin.tk/2017/12/13/415，20171213。

3. 子居：〈清華簡七《越公其事》第七、第八章解析〉，中國先秦史 http://www.xianqin.tk/2018/08/04/663/，20180804。

4. 子居：〈清華簡七《越公其事》第九章解析〉，中國先秦史 http://www.xianqin.tk/2018/09/02/667，20180902。

5. 子居：〈清華簡七《越公其事》第二章解析〉，中國先秦史 http://www.xianqin.tk/2018/03/09/423，20180309。

6. 子居：〈清華簡七《越公其事》第十、十一章解析〉，中國先秦史 http://www.xianqin.tk/2017/12/13/418，20171213。

7. 子居：〈清華簡七《越公其事》第三章解析〉，中國先秦史 http://www.xianqin.tk/2018/04/17/426，20180417。

8. 子居：〈清華簡七《越公其事》第五章解析〉，中國先秦史 http://www.xianqin.tk/2018/06/05/579，20180605。

9. 子居：〈清華簡七《越公其事》第六章解析〉，中國先秦史 http://www.xianqin.tk/2018/07/06/657，20180706。

10. 子居：〈清華簡七《越公其事》第四章解析〉，中國先秦史 http://www.xianqin.tk/2018/05/14/440，20180514。

11. 孔仲溫：《郭店楚簡〈緇衣〉字詞補釋》，《古文字研究》第 22 輯，中華書局 2000 年出版。

12. 王志平：〈「飛廉」的音讀及其他〉，清華簡《繫年》與古史新探學術研討會暨「清華簡《繫年》與古史新探研究叢書」發佈會，清華大學出土文獻研究與保護中心主辦，2015 年 10 月 30 日～31 日。

13. 王青：〈從《越公其事》「男女備」的釋讀說到古文字通假的一問題〉，「商周國家與社會國際學術研討會」會議論文，北京師範大學歷史學院，2019 年 10 月 12～13 日。

14. 王青：〈清華簡《越公其事》補釋〉，「出土文獻與商周社會學術研討會」會議論文集，2019 年。

15. 王挺斌：〈利用古文字資料探求兩個古詞的本字〉，「首屆漢語字詞關係學術研討會」會議論文，浙江大學漢語史研究中心，2019 年 10 月 26～27 日。

16. 王挺斌：《再論清華簡〈良臣〉篇的「大同」》，「第五屆出土文獻研究與比較文字學全國博士生學術論壇」，西南大學，2015 年 10 月。

17. 王進鋒：《周代的縣與越縣——由清華簡〈越公其事〉中的相關內容引發的討論》，香港浸會大學饒宗頤國學院，澳門大學中國語言文學系，清華大學出土文獻研究與保護中心：《〈清華簡〉國際會議論文集》，2017 年 10 月 26～28 日。

18. 王瑜楨：《《清華大學藏戰國竹簡（叁）〈芮良夫毖〉釋讀》，《出土文獻》第六輯，上海中西書局，2015 年。

19. 王寧：〈由清華簡《越公其事》的「役」釋甲骨文的「斬」與「漸」〉，http://www.gwz.fudan.edu.cn/Web/Show/4269，20180629。

20. 王寧：〈清華簡七《越公其事》讀札一則〉，http://www.bsm.org.cn/show_article.php?id=2809，20170520。

21. 王寧：〈說清華簡七《越公其事》的「墨」、「叀」合文〉，http://blog.sina.com.cn/s/blog_57c4f8f10102xdzz.html，20170515。

22. 王磊：〈清華七《越公其事》札記六則〉，http://www.bsm.org.cn/show_article.php?id=2806，20170517。

23. 王磊：〈清華七《越公其事·第一章》札記一則〉，http://www.bsm.org.cn/show_article.php?id=2804，20170514。

24. 王輝：〈一粟居讀簡記（十）〉，「紀念清華簡入藏暨清華大學出土文獻研究與保護中心成立十周年國際學術研討會」會議論文（北京：清華大學出土文獻研究與保護中心，2018 年 11 月 17～18 日）。

25. 王輝：〈說「越公其事」非篇題〉，http://www.gwz.fudan.edu.cn/Web/Show/3016，20170428。

26. 王輝：〈說「越公其事」非篇題及其釋讀〉，《出土文獻》第十一輯，2017 年。

27. 王學泰：〈游民、游民文化與游民文學（上）〉，《文史知識》，1996 年 11 期。

28. 王學泰：〈歷史上的游民治理〉，《小康》，2006 年 9 期。

29. 王蘊智：《「絲」、「茲」、「茲」、「茲」、「幺」、「玄」同源證說》，首屆古文字與出土文獻語言研究國際學術研討會論文，2016 年 12 月 16～19 日。

30. 田艷妮：〈「游民」一詞之考證〉，《文學教育（上）》，2008 年 3 月。

31. 白于藍：《郭店楚簡拾遺》，《華南師範大學學報》，2000 年第 3 期。

32. 石小力：〈清華七整理報告補正〉，http://www.tsinghua.edu.cn/publish/cetrp/6831/2017/20170423065227407873210/20170423065227407873210_.html，20170423。

33. 石小力：〈清華簡《越公其事》與《國語》合證〉，《文獻雙月刊》，2018 年 5 月第 3 期。

34. 石小力：〈清華簡第七冊字詞釋讀札〉，《出土文獻》第十一輯，2019 年 4 月。

35. 石小力：〈據清華簡（柒）補證舊說四則〉，http://www.ctwx.tsinghua.edu.cn/publish/cetrp/6842/2017/20170423064545430510109/20170423064545430510109_.html，20170423。

36. 石小力：〈清華簡〈越公其事〉與〈國語〉合證〉，香港浸會大學饒宗頤國學院，澳門大學中國語言文學系，清華大學出土文獻研究與保護中心：《〈清華簡〉國際會議論文集》，2017 年 10 月 26～28 日。

37. 石光澤：《〈清華大學藏戰國竹簡（柒）·越公其事〉「昆奴」補說》，華東師範大學歷史系，《第二屆出土文獻與先秦史研究工作坊論文集》，2017 年 11 月 18 日。

38. 伊強：〈馬王堆三號漢墓遣策補考〉，中國石油大學東華文學院，2016 年 2 月。

39. 伊強：《談《長沙馬王堆二、三號漢墓》遣策釋文和注釋中存在的問題》，北京大學碩士研究生學位論文，2005 年 5 月。

40. 何有祖：〈《越公其事》補釋（五則）〉，「文字、文獻與文明：第七屆出土文獻青年學者論壇暨國際學術研討會」會議論文，廣州中山大學古文字研究所，2018 年 8 月 18～19 日）。

41. 何家興：〈《越公其事》「徧」字補說〉，http://www.ctwx.tsinghua.edu.cn/publish/cetrp/6842/2017/20170507235618333625818/20170507235618333625818_.html，20170507。

42. 巫雪如：〈楚國簡帛中的「囟／思」、「使」問題新探〉，臺大文史哲學報第七十五期，2011 年 11 月。

43. 李守奎：《《國語》故訓與古文字考釋〉，《第 28 屆中國文字學國際學術研討會論文集》，臺北國立臺灣大學中國文學系、中國文字學會，2017 年 5 月 12～13）

44. 李守奎：〈清華簡中的伍之雞與歷史上的雞父之戰〉，中國高校社會科學，2017 年 2 月。

45. 李家浩：(《關於姑馮句鑃的作者是誰的問題》,《傳統中國研究集刊》第七輯,2010年 3 月。

46. 李家浩：〈信陽楚簡「樂人之器」研究〉,《簡帛研究》第三輯,1998 年 12 月。

47. 李家浩：〈談包山楚簡「歸鄧人之金」一案及其相關問題〉,《出土文獻與古文字研究（第一輯）》,復旦大學出版社,2006 年。

48. 李家浩：《戰國𨽵布考》,《古文字研究》第三輯,中華書局,1980 年出版。

49. 沈培：《試說清華簡〈芮良夫毖〉跟「繩準」有關的一段話》,清華大學出土文獻研究與保護中心等編,《出土文獻與中國古代文明——李學勤先生八十薄誕紀念論文集》,上海中西書局,2016 年。

50. 周忠兵：《遹簋銘文中的「爵」字補釋》,中國文字學會第七屆學術年會論文,吉林大學古籍研究所主辦,2013 年 9 月 21～22 日；後刊載《吉林大學古籍研究所建所三十周年紀念論文集》,上海古籍出版社,2014 年 11 月。

51. 孟蓬生：〈《清華柒。越公其事》字義拾瀋〉,《出土文獻綜合研究期刊》第八輯,西南大學出土文獻研究中心,成都巴蜀書社,2019 年 4 月。

52. 季旭昇師：〈近年學界新釋古文字的整理（一）:㽞,中國文字學會「第二十九屆中國文字學國際學術研討會」論文,中國文字學會「第二十九屆中國文字學國際學術研討會」,中央大學中文系,2018 年 5 月。

53. 季師旭昇：〈《上博五·鮑叔牙與隰朋之諫》「乃命有司著作浮」解——兼談先秦吏治的上計〉,【簡帛·經典·古史】國際論壇,香港浸會大學,2011 年 11 月 29日～12 月 3 日。

54. 季師旭昇：〈《清華柒·越公其事》第四章「不稱貸」、「無好」句考釋〉,「上古音與古文字研究的整合」國際研討會,澳門大學中國語言文學系、香港浸會大學饒宗頤國學院聯合主辦,2017 年 7 月 15～17 日。

55. 季師旭昇：〈由上博詩論「小宛」談楚簡中幾個特殊的從月的字〉,中國文字學會第十三屆全國學術研討會發表論,花連師院,2002 年 5 月 24～25 日；又《漢學研究》第 20 卷第 2 期,2002 年 12 月。

56. 季師旭昇：〈從《清華貳·繫年》談金文的「蔑廉」〉,清華簡《繫年》與古史新探學術研討會暨「清華簡《繫年》與古史新探研究叢書」發佈會,清華大學出土文獻研究與保護中心主辦,2015 年 10 月 30 日～31 日。

57. 季師旭昇：〈說廉〉,第 27 屆中國文字學會,台中教育大學主辦,2016 年 5 月 13～14 日。

58. 季師旭昇：《清華柒「流 XX」、「領御」試讀》,復旦大學出土文獻與古文字研究中心：《「出土文獻與傳世典籍的詮釋」國際學術研討會論文集》,2017 年 10 月14～15 日。

59. 季寥：〈清華簡《越公其事》「蔡」字臆解〉,http://www.bsm.org.cn/show_article.php?id=2781,20170424。

60. 林少平：〈清華簡柒《越公其事》「大歷越民」試解〉,http://www.gwz.fudan.edu.cn/Web/Show/3111,20170925。

61. 林少平：〈試說「越公其事」〉,http://www.gwz.fudan.edu.cn/Web/Show/3012,20170427。

62. 林惠祥：《南洋馬來族語華南古民族的關係》，《廈門大學學報》，1988 年第一期。

63. 林澐：〈越王者旨於賜考〉，《考古》1963 年第 8 期。

64. 金卓：〈清華簡《越公其事》文獻形成初探〉，http://www.bsm.org.cn/show_article.php?id=3340，20190319。

65. 侯乃峰：〈讀清華簡（七）零札〉，《中國文字學報》2018 年 1 期。

66. 侯瑞華：〈《清華七・越公其事》「歴」字補釋〉，http://www.gwz.fudan.edu.cn/Web/Show/3079，20170725。

67. 胡敕瑞：〈《清華大學藏戰國竹簡（柒）・越公其事》札記三則〉，http://www.ctwx.tsinghua.edu.cn/publish/cetrp/6842/2017/20170429211651149325737/20170429211651149325737_.html，20170429。

68. 胡敕瑞：〈「太甬」、「大同」究竟是誰？〉，http://www.gwz.fudan.edu.cn/Web/Show/3009#_edn10，20170426。

69. 范常喜：《清華簡〈越公其事〉與〈國語〉外交辭令對讀札記一則》，《中國史研究》，2018 年第 1 期。

70. 韋慶穩：《試論百越民族的語言》，《百越民族史論集》，中國社會科學出版社，1982 年。

71. 孫合肥：〈清華七《越公其事》札記一則〉，http://www.bsm.org.cn/show_article.php?id=2786，20170425。

72. 孫合肥：〈清華七《越公其事》札記二則〉，http://www.bsm.org.cn/show_article.php?id=2787，20170425。

73. 翁倩：〈清華簡《越公其事》篇研讀札記〉，四川職業技術學院學報，2018 年 6 月。

74. 翁倩：〈釋清華簡《越公其事》的「遊民」〉，http://www.gwz.fudan.edu.cn/Web/Show/4284，20180806。

75. 袁金平、孫莉莉：〈清華簡《越公其事》合文「更墨」新釋〉，在 2017 年 10 月 25～29 日召開的《清華簡》國際會議（由香港浸會大學饒宗頤國學院、澳門大學中國語言文學系、清華大學出土文獻研究與保護中心主辦）上宣讀。文章後來刊於《出土文獻》第十三輯，2018 年 10 月，中西書局出版。

76. 袁金平：〈「海淮江胡」臆解〉，安徽大學出版，徐在國主編《戰國文字研究》第一輯，2019 年 9 月。

77. 馬楠：《〈芮良夫毖〉與文獻相類文句分析及補釋》，《深圳大學學報（人文社會科學版）》，2013 年第 1 期。

78. 高佑仁：〈《越公其事》首章補釋〉，第三十屆中國文字學國際學術研討會論文集，台南國立成功大學、中國文字學會，2019 年 5 月。

79. 張富海：〈讀清華簡《越公其事》札記一則〉，「紀念清華簡入藏暨清華大學出土文獻研究與保護中心成立十周年國際學術研討會」會議論文（北京：清華大學出土文獻研究與保護中心，2018 年 11 月 17～18 日）。

80. 張新俊：〈清華簡《越公其事》釋詞〉，「第十一屆『黃河學』高層論壇暨『古文字與出土文獻語言研究』國際學術研討會」會議論文（開封：河南大學黃河文明與可持續發展研究中心，2019 年 6 月 22～23 日）。

81. 曹錦炎、岳曉峰：〈說《越公其事》的「舊」〉，《簡帛》第十六輯，2018 年 1 期。

82. 許文獻：〈清華七《越公其事》簡 21「象（从門）」字補說〉，http://www.bsm.org.cn/show_article.php?id=2820，20170606。

83. 郭永秉：〈談談戰國楚地簡冊文字與秦文字值得注意的相合相應現象〉，戰國文字研究的回顧與展望國際學術研討會，復旦大學出土文獻與古文字研究中心，2015 年 12 月 12～13 日。

84. 陳治軍：《從清華簡〈越公其事〉所見「甬、句東」再論「楚滅越」的時代》，中國文字學會，貴州師範大學，貴陽孔學堂文化傳播中心：《中國文字學會第九屆學術年會論文集》，2017 年 8 月 18～22 日。

85. 陳英傑：〈古文字字編、字典、引得中史、事、使、吏等字目設置評議〉，《簡帛》第八輯，2012 年 12 月 31 日。

86. 陳振裕《越王勾踐青銅劍發現記》，光明日報 2016 年 4 月 7 日，第 16 版。原文網址：https://kknews.cc/culture/vk6prvy.html。

87. 陳偉：〈清華簡《邦家處位》零釋〉，武漢大學簡帛研究中心，《中國文字》2019 年第 1 期。

88. 陳偉：〈清華簡七《越公其事》校釋〉，「出土文獻與傳世典籍的詮釋國際學術研討會」會議論文集，復旦大學出土文獻與古文字研究中心，2017 年 10 月 14～15 日。

89. 陳偉：《《清華大學藏戰國竹簡·良臣》初讀——在《清華大學藏戰國竹簡（三）》成果發布會上的講話》，武漢大學簡帛網，2013 年 1 月 4 日。

90. 陳偉武：《清華簡第七冊釋讀小記》，參加由澳門大學中國語言文學系、香港浸會大學饒宗頤國學院、清華大學出土文獻研究與保護中心合辦的「清華簡國際研討會」（中國·香港、中國·澳門），宣讀論文 2017 年 8 月 26～28 日。

91. 陳斯鵬：〈論周原甲骨文和楚系簡帛中的「囟」與「思」——兼論卜辭命辭的性質〉《第四屆國際中國古文字學研討會論文集》，香港香港中文大學中國語言及文學系，2003 年 10 月。

92. 陳劍：〈《越公其事》殘簡 18 的位置及相關的簡序調整問題〉，http://www.gwz.fudan.edu.cn/Web/Show/3044，20170514。

93. 陳劍：〈據郭店簡釋讀西周金文一例〉，氏著《甲骨金文考釋論集》，北京，綫裝書局，2007 年 4 月。

94. 陳劍：〈簡談對金文「蔑懋」問題的一些新認識〉，http://www.gwz.fudan.edu.cn/Web/Show/3039，20170505。

95. 陳劍：《上博（三）·〈仲弓〉賸義》，《簡帛》第 3 輯，上海古籍出版社，2008 年。

96. 陳劍：《甲骨金文舊釋「𩇕」之字及相關諸字新釋》，《出土文獻與古文字研究》第二輯，2008 年。

97. 陳劍：《釋「疌」及相關諸字》，《出土文獻與古文字研究》第五輯，上海古籍出版社，2013 年 9 月。

98. 陳曉聰：〈《越公其事》「瘼」字試解〉，《勵耘語言學刊》，2019 年 6 月。

99. 勞曉森：〈清華簡《越公其事》殘字補釋一則〉，http://www.gwz.fudan.edu.cn/Web/Show/3019，20170501。

100. 單育辰：〈由清華四《別卦》談上博四《柬大王泊旱》的「麗」字〉，《古文字研究》第三十一輯，北京中華書局，2016 年 10 月。

101. 單育辰：《《清華大學藏戰國竹簡（柒）》釋文訂補》，香港浸會大學饒宗頤國學院，澳門大學中國語言文學系，清華大學出土文獻研究與保護中心：《《清華簡》國際會議論文集》，2017 年 10 月 26～28 日。

102. 程浩：〈清華簡第七輯整理報告拾遺〉，http://www.ctwx.tsinghua.edu.cn/publish/cetrp/6842/2017/20170423070443275145903/20170423070443275145903_.html，20170423。

103. 程浩：《清華簡第七輯整理報告拾遺》，李學勤：《出土文獻》第十輯，上海中西書局，2017 年。

104. 程燕：〈清華七箚記三則〉，http://www.bsm.org.cn/show_article.php?id=2788，20170426。

105. 馮勝君：〈試說清華七《越公其事》篇中的「繼孽」〉，http://www.gwz.fudan.edu.cn/Web/Show/3020，20170502。

106. 黃人二：〈關於清華簡（七）疑難字詞的數則釋讀〉，台中・靜宜大學 2017 年第二屆漢文化學術研討會「漢文化研究的新知與薪傳」會議論文抽印本。轉引自石光澤：《《清華大學藏戰國竹簡（柒）・越公其事〉「昆奴」補說》，華東師範大學歷史系：《第二屆出土文獻與先秦史研究工作坊論文集》，2017 年 11 月 18 日。

107. 黃傑：《《清華簡〈芮良夫毖〉補釋》，楊振紅、鄔文玲主編：《簡帛研究 2015（秋冬卷）》第，廣西師範大學出版社，2015 年出版。

108. 黃愛梅：〈清華簡《越公其事》箚記三則〉，「第一屆文史青年論壇」會議論文，上海華東師範大學中文系，2018 年 10 月 21 日）。

109. 董珊：〈楚簡恆先初探〉，「簡帛研究網站」，2000512。

110. 董楚平：〈關於《吳越文化新探》的通信〉，《國際百越文化研究》，浙江社會科學院，1994 年 1 月。

111. 董翹傑：〈釋「廷」：從字形和文意探討「廷」字的源流演變〉，「出土文獻與經學、古史國際學術研討會暨研究生論壇」會議論文，上海華東師範大學中文系，2018 年 11 月 3～4 日，上冊。

112. 裘錫圭：〈中國古典學重建中應該注意的問題〉，《裘錫圭學術文集・簡牘帛書卷》，復旦大學出版社，2012 年。

113. 裘錫圭：〈甲骨文字考釋（續）・釋弘強〉，原載《古文字研究》第十二輯，1985 年；北京中華書局《古文字論集》、《裘錫圭自選集》、《裘錫圭學術論文集 1・甲骨文卷》。

114. 裘錫圭：〈殷墟甲骨文彗字補說〉，《華學》第 2 期，1996 年。

115. 裘錫圭：〈鏗與桱桯〉，《裘錫圭學術文集》第六卷，復旦大學出版社，2012 年。

116. 裘錫圭：〈關於商代的宗族組織與貴族和平民兩個階級的初步研究〉，《裘錫圭學術文集 5 古代歷史思想民俗卷》，上海復旦大學出版社，2012 年 6 月。原刊《文史》17 輯，1982 年；又收入氏著《古代文史研究新探》，南京江蘇古籍出版社，1992 年 6 月出版。

117. 趙日和：《閩語辨踪》，《福建文博》，1984 年第 2 集。

118. 趙平安：〈清華簡第七輯字詞補釋（五則）〉，《出土文獻》第十輯，2017 年 4 月出版。

119. 趙平安：〈試說「遹」的一種異體及其來源〉，安徽大學學報，2017 年 05 期。

120. 趙平安：〈戰國文字中的「宛」及其相關問題研究（附補記）〉，「簡帛網」，http://www.bsm.org.cn/show_article.php?id=322，20060410。

121. 趙平安〈戰國文字中的「宛」及其相關問題研究——以與縣有關的資料為中心〉，「第四屆國際中國古文字學研討會論文集——新世紀的古文字學與經典詮釋」，香港中文大學中國語言及文學系，2003 年 10 月。

122. 趙平安《續釋甲骨文中的「乇」、「舌」、「𥙿」——兼釋舌（昏）的結構、流變以及其他古文字資料中從舌諸字》，《華學》第四輯，紫禁城出版社，2000 年 8 月出版；後收入趙平安《新出與古文字古文獻研究》，商務印書館，2009 年 12 月。

123. 趙晶：〈清華簡柒《越公其事》閱讀札記二則〉，「第一屆出土文獻與中國古代文明青年學者研討會」會議論文，北京：清華大學出土文獻研究與保護中心，2018 年 6 月 25～26 日）。

124. 趙嘉仁：〈讀清華簡（七）散札（草稿）〉，http://www.gwz.fudan.edu.cn/forum/forum.php?mod=viewthread&tid=7968，20170424。

125. 劉云、袁瑩：《清華簡文字考釋二則》，「中國文字學會第九屆學術年會」論文，貴陽 2017 年 8 月。

126. 劉成群：〈清華簡《越公其事》與句踐時代的經濟制度變革〉，「紀念徐中舒先生誕辰 120 周年國際學術研討會」會議論文（成都：四川大學歷史文化學院，2018 年 10 月 20～21 日）。

127. 劉信芳：〈清華簡柒《越公其事》第四章釋讀〉，「中國文字學會第十屆學術年會」會議論文（鄭州：鄭州大學，2019 年 10 月 12～13 日），上冊。

128. 劉洪濤：《釋上官登銘文的「役」字》，http://www.gwz.fudan.edu.cn/SrcShow.asp?Src_ID=1409；又見其《論掌握形體特點對古文字考釋的重要性》，北京大學博士學位論文（指導教師：李家浩教授），2012 年。

129. 劉剛：〈試說《清華柒‧越公其事》中的「歷」字〉，http://www.gwz.fudan.edu.cn/Web/Show/3011，20170426。

130. 劉家忠：〈試論古籍中「行人」一詞的同稱異指現象〉，濰坊學院學報，2005 年 9 月。

131. 劉釗：〈「集」字的形音義〉，《中國語文》2018 年第 1 期。

132. 劉釗：〈釋甲骨文中的「役」字〉，《出土文獻與古文字研究（第六輯）》，2015 年 2 月出版。

133. 劉樂賢：《釋〈赤鵠之集湯之屋〉的「垼」字》，清華大學出土文獻研究與保護中心網站，20130105。

134. 廣瀨薰雄：《釋清華大學藏楚簡（叁）《良臣》的「大同」——兼論姑馮句鑃所見的「昏同」》，復旦大學出土文獻與古文字研究中心網站，2013 年 4 月 24 日；《古文字研究》第 30 輯，中華書局，2014 年 9 月。

135. 蔡一峰：〈清華簡《越公其事》「繼燎」、「易火」解〉，http://www.bsm.org.cn/show_article.php?id=2794，20170501。

136. 鄭旭英：〈《左傳》中「使者」類詞辨析〉，《中文自學指導》，1998 年 2 期。

137. 鄭張尚芳：《越人歌的解讀》，《語言研究論叢》七，語文出版社，1997 年出版。

138. 黎國韜：〈偄子考〉，《藝術探索》，2010 年出版。

139. 禤健聰：〈試說甲骨金文的「役」字〉，「文字、文獻與文明：第七屆出土文獻青年學者論壇暨國際學術研討會」會議論文，廣州中山大學古文字研究所，2018 年 8 月 18～19 日）。

140. 蕭旭：〈清華簡（七）校補（二）〉，復旦大學出土文獻與古文字研究中心，http://www.gwz.fudan.edu.cn/Web/Show/3061，20170605。

141. 蕭旭：《〈淮南子〉古楚語舉證》，《淮南子校補》附錄二，花木蘭文化出版社，2014 年出版。

142. 駱珍伊：〈《清華柒·越公其事》補釋〉，第 29 屆中國文字學國際學術研討會，桃園國立中央大學中國文學系，2018 年 5 月 18～19 日。

143. 黔之菜：〈清華簡柒《越公其事》篇之「闚冒」試解〉，http://www.bsm.org.cn/show_article.php?id=2802，20170510。

144. 黔之菜：〈說《清華簡（柒）·越公其事》之「潛攻」〉，http://www.gwz.fudan.edu.cn/Web/Show/3178，20171129。

145. 魏宜輝：〈讀《清華大學藏戰國竹簡（柒）》札記〉，《古典文獻研究》第二十輯下卷，鳳凰出版社，2017 年 12 月第 1 版。又中國文字學會，貴州師範大學，貴陽孔學堂文化傳播中心：《中國文字學會第九屆學術年會論文集》，2017 年 8 月 18～22 日。

146. 魏宜輝〈清華簡《繫年》篇研讀四題〉，《出土文獻語言研究》第 2 輯，廣州暨南大學出版社，2015 年 3 月。

147. 魏棟：〈清華簡《越公其事》「夷訏蠻吳」及相關問題試析〉，http://www.gwz.fudan.edu.cn/Web/Show/3007，20170424。

148. 魏棟：〈清華簡《越公其事》「夷訏蠻吳」及相關問題試析〉，http://www.gwz.fudan.edu.cn/Web/Show/3007，20170423。

149. 魏棟：〈清華簡《越公其事》合文「八千」芻議〉，《殷都學刊》2017 年 03 期。同篇論文也刊在牛鵬濤、蘇輝編《中國古代文明研究論集》，科學出版社，2018 年 3 月出版。

150. 魏棟：〈讀清華簡《越公其事》札記（一）〉，http://www.ctwx.tsinghua.edu.cn/publish/cetrp/6842/2017/20170425125138875303171/20170425125138875303171_.html，20170425。

151. 羅小華：〈清華簡《越公其事》簡 3「挾弴秉彙」臆說〉，http://www.bsm.org.cn/show_article.php?id=2785，20170425。

152. 羅小華〈試論清華簡〈良臣〉的「大同」〉，《管子學刊》2015 年第 2 期。

153. 羅漫：《夏·越·漢：語言與文化簡論》，《東南文化》，1992 年第 3～4 期。

154. 嚴可均輯：《全梁文》卷九〈梁簡文帝《上昭明太子集別傳等表》〉，北京商務印書館，1999 年 10 月。

155. 蘇建洲：〈談清華七《越公其事》簡三的幾個字〉，http://www.gwz.fudan.edu.cn/Web/Show/3050，20170520。

四、網站資料

1. 「漢字古今音資料庫」，
   http://xiaoxue.iis.sinica.edu.tw/ccr#。

2. 中研院史語所「殷周金文暨青銅器資料庫」，
   http://bronze.asdc.sinica.edu.tw/rubbing.php?04169。

3. 中國社會科學院考古研究所編纂：《殷周金文集成》，
   http://www.ihp.sinica.edu.tw/~bronze/。

4. 中國哲學電子書網址，https://ctext.org/zh。

5. 武漢大學簡帛研究中心簡帛論壇：「清華七《越公其事》初讀」，
   http://www.bsm.org.cn/bbs/read.php?tid=3456&page。

6. 武漢大學簡帛網簡帛論壇簡帛研讀版塊「清華七《越公其事》初讀」，
   http://www.bsm.org.cn/bbs/read.php?tid=3456&page=8。

7. 武漢大學簡帛網：「中國古代簡帛字形、詞例數據庫」，
   http://www.bsm.org.cn/zxcl/login.php。

8. 殷周金文暨青銅器資料庫，
   http://bronze.asdc.sinica.edu.tw/rubbing.php?04688。

9. 清華大學出土文獻研究與保護中心，
   http://www.ctwx.tsinghua.edu.cn/publish/cetrp/6831/2015/20150428171432545304
   531/20150428171432545304531_.html。

10. 漢字古今音資料庫，http://xiaoxue.iis.sinica.edu.tw/ccr http://xiaoxue.iis.sinica.edu.
    tw/ccr，由行政院國家科學委員會經費補助，臺灣大學中國文學系和中央研究院
    資訊科學研究所共同開發。

五、碩博士論文（依筆畫順排列）

1. 王凱博：《出土文獻資料疑義探析》，吉林大學歷史學博士論文，2018 年 6 月。

2. 何家歡：〈清華簡（柒）《越公其事》集釋〉，河北大學碩士論文，2018 年 6 月。

3. 吳德貞：《清華簡《越公其事》集釋》，武漢大學碩士論文，2018 年 5 月。

4. 金宇祥：《戰國竹簡晉國史料研究》，臺灣師範大學國文研究所博士論文，2019
   年 2 月。

5. 徐超：《吳越兵器銘文的整理與研究》，安徽大學碩士論文，2014 年 8 月。

6. 馬曉穩：《吳越文字資料整理及相關問題研究》，吉林大學博士論文，2017 年。

7. 郭洗凡：《清華簡《越公其事》集釋》，安徽大學碩士學位論文，2018 年 3 月。

8. 羅云君：《清華簡《越公其事》研究》，東北師範大學，2018 年 5 月。